万葉の打毬

江戸〈洋学〉異聞（二）

熊木敏郎 著
Toshiro Kumaki

雄山閣

反謌一首

「梅柳　過良久惜　佐保乃内尓　遊事乎　宮動々尓」

右、神亀四年正月、数王子及諸臣子等集於春日野、而作打毬之楽。

『萬葉集巻六』より

目次

（一）天覧《てんらん》の象《ぞう》

登場人物

今村英生《えいせい》　六十歳　大通詞
吉雄藤三郎《とうさぶろう》　三十歳　稽古通詞
ハンス・ケイゼル　三十七歳　調馬師
徳川吉宗　四十五歳　八代将軍
細井安明《やすあきら》　六十歳　長崎奉行

二、三日停滞している秋雨前線《あきさめぜんせん》の影響でときおり小雨が降ってくる天候だ。昨夕は中秋《ちゅうしゅう》の名月だったがこの辺りでは見た人はいないだろう。

浜御殿《はまごてん》と称されているこの広大な庭園のほぼ全体を覆《おお》う高木樹《こうぼくじゅ》の上側はすでに色づき始めており、そのまだらな色彩を大川に面した潮入《しおい》りの池の水面《みなも》に映して揺れている。

池からはかなり離れた西側の敷地には楕円形《だえんけい》の小型の馬場《ばば》が設けてある。その南縁の林を抜けると大型の厩舎《きゅうしゃ》が並んでいて、相向かいの数棟の長屋は馬の世話役などの屋敷である。

未だ朝の五つ（辰《たつ》の刻《こく》・午前八時）、厩舎から出てきたらしい大小の二人の男がその間の道を中《なか》の御門《ごもん》の方向に向かって歩いている。

一人は六十近い小太りの小柄な老人で、頭には白いものが混じる小さい髷《まげ》を乗せている。目と鼻が大きいが口元《くちもと》は小さい。顔は大きく俗に言う役者顔だ。しかし目尻や鼻の脇には皺《しわ》が深く刻まれている。もう一人は三十歳位に見える背の高い太った青年である。厳《いか》つい眉だが目や鼻は小さく、横長の大きな口は四角い顎《あご》に囲まれている。胴長で四肢はやや短かい。太い髷が桜島大根のような頭に載っている。

「早いものだな、あれからもう四年が経つ、いや五年かな。私が御用方通詞を兼務することになったのは。」

老人が若い男に話しかけると、大きい青年は少し間を置いてから

「確かペルシャ馬が入った時期ですかね」

太い声で少しゆっくりと答える。

「そうだ、最初は五頭積まれてきた」

将軍吉宗《よしむね》は享保《きょうほ》五年（一七二〇）、禁書令《きんしょれい》を緩和してキリスト教に無関係のオランダ書物の輸入を認めた。同時に殖産興業《しょくさんこうぎょう》を勧める一環として軍馬の改良を図り。享保十年（一七二五）にはペルシャ馬やジャワ馬など馬体《ばたい》の大きな洋馬が輸入された。

そのとき、馬の世話や繁殖の指導のための調馬師《ちょうばし》（馬の訓練などの世話をする専門家）としてドイツ・ハンブルク生まれのハンス・ケイゼル（ケイズルとも・当時三十三歳）が招かれて来日した。

その折、出島《でじま》（長崎オランダ人専用の居留地）に馬場を設営したり、飼育法などについて幕府責任者との間を通訳する役割を担当したのが当時五十五歳で大通詞《おおつうじ》（通詞の最高身分）に任命された今村市兵衛（以前は源右衛門）英生《えいせい》であった。従って今村は今年六十歳になっている。

「その年の秋口に当時の長崎奉行石河土佐守《いしことさのかみ》様からケイゼルに御用馬のことでお尋ねがあってね、その和解《わげ》（日本語に翻訳すること）に大変苦労したことが思い出されるよ」

英生は思い出した感慨に浸っていたが
「どんなお尋ねだったのかお教え願えませんか」

間延びした青年の大きな声がしたので思考が消えた。そんな簡単に言えるような通詞の仕事はないのだ。言葉を正確に訳して伝えることはたいへんに難しい。未だ分かっていないなこの男はと思った。

「馬の飼育に関する全般の事だ。いまそれを取纏ているところだよ。早々に完成させるつもりだから少し待ってくれ」

喜怒哀楽をめったに現さない抑制の利いた顔を顰《しか》めて言った。吉雄藤三郎よ、もっとしっかりしてくれ、もう三十近いのだぞと思ったりする。

「はい、すいません」

しかし青年の顔には済まないという様子は出ていない。英生は気を直して言う。

「馬の様子には特に変わりはなかったが、さて、上様の早朝の御来園は何だろうな。象舎の見分かもしれないな」

「何でしょうね。手下の私などにはわかりません」

ゆっくりした声を聴いて英生は藤三郎に聞くだけ野暮だったと思った。

「今年は象様《ぞうさま》の騒ぎで大変でしたからね」

藤三郎が少し間を開けて象の話題を受ける。

吉宗の希望で交趾国の鄭大威により牡牝二頭の象が長崎に入港したのが享保十三年（一七二八）の六月だった。九月に一頭が死に、翌年三月に牡を江戸に送ったが、京都では天覧に供され、江戸では浜御殿で飼育されている。

江戸到着時は、沿道が黒山の人だかりで、この偉い動物を一目見ようと大変な騒ぎであった。

吉宗はこの象を江戸城に迎えて謁見、諸大名と共に見物したが、その後は時折朝駆けなどで浜御殿において見分している様子だ。

図１　瓦版「従四位広南白象」（享保 14 年 5 月）

しかし、最近では飼育係などは一日の食糧が大量なので少々困惑しているらしいとの情報から、この象をこれからどうするのかを思案している様子もうかがえる。

程なく先の方に中の御門《ごもん》（御園の西側にある通用門）が見えてくる。その門は開かれていて数名の人影が両脇に控えている。近くに寄ってみるとそこには浜御殿奉行をはじめ次席の浜御殿添奉行、その下役の浜吟味役、浜御庭世話役など御殿を預かる役者が揃っていた。

「お忍びでこちらの中門からとの仰せがあってね。」

奉行が英生に言い自身の脇に二人を招き入れた。二人は一同に頭を下げながら

「ご苦労様です」

そう挨拶して指示されたところに並ぶ。

英生が中秋の名月が見られず残念だったなどと奉行と言葉を交わしていると、御殿前の松平肥後守屋敷の方から編み笠を冠った数騎の武士が馬の歩を緩めながら橋板を鳴らして中門《なかもん》橋を渡ってきた。

「お成りー」

という誰かの声がした。

出迎えの一同は一斉に右膝を地につけた折敷き（地上の略礼）の姿勢をとって頭を下げる。その頭上を騎乗の武士達が浜御殿の方へ無言で通り過ぎて行った。

直ちに中門が閉められる。

この屋敷は出入りが厳重だ。つい最近まで英生、藤三郎、ケイゼルの三名はここの馬小屋に近い所

に宿舎を与えられていたが、何しろ出入りには鑑札（本人証明の札）と顔の確認を要した。町に出ることは可能だが帰園の時刻は申告して厳守することになっている。人頭改め《じんとうあらため》（人の数を点検する）は人家のない離れ小島でも同じであった。

二人はこの夏ごろから何故か鉄砲洲の明石町にある武家屋敷に宿所を移動させられたのだが、むしろ有難い。後でわかったが、そこの武家屋敷はどこかの大名の抱え屋敷（余分に所属する屋敷）であったが事情があっていまは小普請方に管理されているらしい。部屋数も多く、雑事を引き受ける給仕頭《きゅうじがしら》、通いの使い走り少年、賄いばあさんまでが用意されている。上の方からの指示によって設営されたのだろう。

吉宗出迎えの一同はそれぞれの役職に従った持ち場に戻る。

「お二方は馬場の東屋《あずまや》（東国風のひなびた家）にてお待ち下され」

と浜御殿奉行から英生達は声をかけられた。

英生と藤三郎は先ほど通ってきた道を引き返すような恰好となったが、指示された丘の上にある東屋に向かう。東屋は馬場から離れた小高い森の中にあり、東向きの座敷からは海が良く見えるように建てられていた。

二人が石段を登っていくと上の方から

「グゥデ・モォルゲン（おはよう）」

というオランダ語が飛んできた。ケイゼルもすでに呼ばれていたのだ。

「モォルゲン」

挨拶を返しながら英生と藤三郎は互いにケイゼルと握手を交わした。もう頻繁に逢っているので自然に西洋式の挨拶が身についている。

ケイゼルはドイツ・ハンブルク生まれのオランダ人ということになっているが、純粋な北方系ヨーロッパ人の風貌ではない。目の色や頭髪は茶色で深い眼窩（目のくぼみ）、眉や顎の髭が濃いので精悍な顔付となっている。体格も藤三郎と同じくらいの背丈であるが胸板は厚く筋肉が著しく盛り上がっている。実際の歳も四十歳近いのであろうが本当のところはわからない。

英生はケイゼルに吉宗との翻訳作業の打ち合わせを次のように説明しておいた。

「日本の大きなお寺の門の両側には、起立する仁王様という左右二体の像があり、それぞれが阿吽の形相という格好をしている。これはこの像から暗示を得て自分が工夫したのだが」

英生は説明を補足するためケイゼルに阿と吽の恰好をしてみせる。

「それを通詞の合図に応用すると、先ず会話の話しを止めるにはどちらの手でもいいが片手を相手に向かって開く。仁王様がこちらに片手を開いて向けているのはまた別の意味もあるらしいのだが、どこの国でも待ったをかけるのは手を開いて向けるだろう。話し始めを知らせるには片手を握る。手を握るのはどこの国でもでも良しという意味があるからだ」

この英生式通訳合図の説明をケイゼルは面白そうに聞いてから英生に向かって片手を握って突き出した。

東屋の入り口前で立ち話をしていると、浜御殿番の一人がやって来て東屋に入り、将軍が御成りになる広間や左右の座敷を仔細に点検していった。恐らく最近設けられて掃除の者（お庭番）もこちらを遠巻きに注目して見ているのであろう。姿はないが辺りの気配が緊張しているのが感じられる。

間もなく御側の高官と思われる三名の武士が東屋の前の階段を登ってきた。

三人は入り口の端に並び、折敷して頭を下げる。

「やあ、待たせたな」

そう言いながら先頭を歩く背の高い四十代後半の武士が伴の三名を従えて足早に奥に入ってゆく。その後から東屋に入ると、中は広い土間になっていて、横に長い上がり框《がまち》（上の間に上がる床）の横木が見えた。土間の横の方から御殿番がすり寄ってきて、その場に折敷いて上の部屋からの指示を伺う構えをしたので、三人も同じような姿勢をとると、奥の方から供の侍が

「構わぬ、というお上のお言葉だ、こちらに上がってきてくれ」

と言った。

三人が御殿番の案内で次の間に入って並んでいると、正面に座った吉宗は三人に向かって

「こちらの馬の様子はどうかな」

と大きな声で言った。するとケイゼルが良く響く低い声で

「馬は元気」

と答えた。この程度の日本語は出来るようになっている。

吉宗はにこりと頷き

「三人にはペルシャ馬の飼育指導に励んでもらっていることを大儀に思っている」

これは通詞の今村英生が小声でオランダ語に訳しケイゼルに伝えた。

吉宗の頭には当面するいくつかの課題が横切った。

一つは、浜御殿にケイゼルを置き馬の世話をみてもらっているのは、ペルシャ馬を日本馬に交配して馬体の改良をするだけの目的ではない、むしろ彼のオランダ語を生かして蘭書和解《らんしょわげ》の手伝いをしてもらいたいのが本当の意図なのだ。特にこの浜御殿内に西国の救荒《きゅうこう》植物を試験的に移植するためにオランダ書の『植物誌』を解読和解させているが急がせなければならない。

しかし、あまり露骨に行動を急ぐと彼はあくまで調馬師という立場をとるに違いない。何故ならばオランダ国自体がこの日本に対しオランダ語を武器として優位な立場を長く保っていたいからだ。

また、日本がキリスト教を排除しているので、オランダ人にとってはオランダ語を教授することはキリスト教を広めたなどと誤解される恐れもあるため到底無理な話であることを承知している。そのために日本在住の商館員もその危険は冒さないだろう。ただケイゼルならば報酬によっては受けるかもしれないが急ぐべからず、事を急《せ》いてはいけないことは、神君《しんくん》家康公の教えだ。

もう一点は男子の体力増強だ。

日本では疫病も蔓延するので、若死にする男性が多い。従って、武家の家では跡継ぎの確保に最大の努力をしている状態だ。この徳川家でもこれは切実な問題である。

しかし、他の諸国では体力を健全にするための色々な工夫がなされているようだ。先日もケイゼルから聞いたのだが、ポロ競技などは馬術の向上と同時に武士の体力を強めるための手段としては恰好な競技であろう。騎射競技としては流鏑馬《やぶさめ》を昨年復興させたが、これはあくまで個人競技であり、当人一人の技術鍛錬に負う競技だ。

ポロ競技は数名が力を合わせて団体として勝負を競うので、合戦の無くなっている日本では現在は衰退している。しかし、この世では油断は禁物であり、不平の輩はどこにでもいる。そのために、各藩の情報収集は欠かせない。それには公的な使いを向けて行う圧力的な方法と、隠密裏に将軍自体が直に行う方法しかない。

吉宗は以上の事柄を瞬間的に脳裏に反芻してから

「だがな、もう一つやってもらいたい事があるのだ」

ここで吉宗は一息置いて話し出す

「以前、ケイゼルから聞いた話であるが、ペルシャ国には昔からポロという騎乗球技があり、それが東漸《とうぜん》（次第に東の方に移り進むこと）して唐国を経て我が日本にも伝えられている筈であるとのことであった。」

吉宗が少し間を取るとこれを英生がケイゼルに訳す。

「あれから余も古典専門の和学御用《わがくごよう》の者にも命じて調査してみた。その競技は唐や明では撃鞠《げききく》として行われていたらしい。それがわが国には奈良・平安時代に伝えられ、打毬《うちまり》という競技となった。こ

図２　阿蘭陀人（「西洋東洋人物図巻」より）

の打毬という言葉は（奈良時代の）『萬葉集巻六』神亀《じんき》四年の詞《うた》にあることがわかった。当時の皇子や高位の臣が春日野で競技を行っていることがな。時が経ってその後は端午の節会《せちえ》などの年中行事になったという。しかし鎌倉時代以降は完全に衰微してしまったようだ。そこでこれからが重要な話だが」

と少し間を置いて英生の通訳を待つ。

英生は撃鞠や打毬という言葉はその国の「ポロ競技」の呼び名であることを付け加えたが、詳細は後に解説することにして言葉をなるべく簡略にしてゆく。

ケイゼルも良く注意して英生のささやき声を聞き洩らさないように努めた。

「この打毬は馬術競技ではあるが騎戦（騎馬での戦い）の武技鍛錬としても役立つと思うので、余は明春（来年の春）これを再興して競技試合を実施するつもりだ。試合の方法や道具はどのように工夫改良しても良い。あまり時はないが知恵を出して是非成功させてほしいのだ」

吉宗はそう述べた。それを英生はケイゼルの耳にオランダ語に訳して小声で伝えた。床近くの藤三郎は早口にささやくオランダ語を感心して聞きながら、そっと奥の方に目を向けた。床の間の前には吉宗が座って居る。何よりも大柄な体と顔に大きな耳と鼻が付いていて眉間は広い。両小鼻からは八文字に深い皺が下がる。顎は細く少ししゃくれている。黒い小さな目が急に藤三郎を睨んだような気がしたので思わず反射的に頭が下った。それを見たケイゼルと英生もつられて頭を下げる。

吉宗にはそれが承知しましたとの態度に見えたのだろう、満足そうに頷いた。

「ケイゼルはポロ競技の実際を知るものとして競技者の訓練を指導してくれないか」

英生から翻訳した小声で囁かれた吉宗の言葉を受けてケイゼルは突然困惑した。調馬師の俺が何で競技指導をさせられるのだろうか。仕事の延長ではないだろうが、それを確かめるべきかどうか。

しかし、絶対権力者将軍の命令は重く、それを振り払うことなどこの日本では到底不可能なことだ。瞬間的にそう観念し、自分の考えを聞いてほしいと英生を通じて申し出た。それを許されたので

「私の知るポロ競技は印度で行われていたものです。しかし私はただの見学者にすぎません」

ケイゼルはそう断ってから述べた。

「仮に私の知識を基にして実施するとすれば、この競技の規模はかなり大きなものとなります。騎馬の得意な四人で構成する幾つかの組の編成と、その騎乗者一人に対して最低二頭の替え馬を用意する必要があります。また、これらの人馬の競技訓練が欠かせません」

英生の通訳を待ってから
「しかし競技法の組み立てと競技用の道具類を作成することはあまり問題はないと考えます」

と結んだ。

少し長い通訳となっているが英生は老人とも思えない明瞭な高い音声で正確に訳してゆく。

「競技場は、広ければ広いほど良いのですが、通常は此の御園にある馬場の四倍以上の広いところで行われています。」

通訳を待ってからケイゼルは更に続ける。

「日本で行われた打毬について記述した書物がありましたら今村氏を通じてその内容を知りたいと思います。ポロ競技と比較して、できるだけ伝来している打毬の再興に努力致します」

吉宗は英生の通訳を受けて頷き
「よしわかった。手配を考えてみよう。但し競技場については昨年流鏑馬で高田馬場を使ったので、来年は北の丸馬場（または朝鮮馬場）を使うことになろう、経費節約も考えてな。それに合わせた規模の競技を考えてもらいたい。それで、これからの諸事万端については此処にいる長崎奉行の細井《ほそい》安明《やすあきら》に相談してくれ」

この吉宗の言葉に同じ部屋の下座に座っていた新任の老奉行細井因幡守安明が、四角ばった大きい顔を吉宗に向けて禿げあがった頭を承知しましたという風に下げる。

英生の通訳を聞いてケイゼルもまた深く頭を下げた。

本年四十六歳の男盛りとなっている吉宗の行動には寸刻の無駄もない。この件については終わったという風にすっと立ち上がり

「挨拶は此の場で良いぞ」

そう言いながらさっさと東屋を出て行った。供の侍たちもそれを追いかけるように続く。

吉宗のこのような率直な態度からみて、何事も形式より実務的な行動を重要視している性格がよくわかる。吉宗一行は時を置かず風のごとく引き上げていった。

後に残された三人は東屋の上がり框に腰を下ろしたまま無言でいる。大きな荷物を背負わされた牛のようにしばらくは動けない心境なのであろう。

急にケイゼルが英生に

「少し相談がある」

と話しかけると英生がぱっと片手を広げて見せた。待ったの合図だ。そして人差し指で外を示した。

三人は東屋を出て馬場の方向に黙って歩く。

周囲が見渡せる場所に来ると英生はケイゼルに片手をぐっと握って見せた。通訳間での約束事である。ケイゼルがオランダ語で話し出した。

「お国の諺《ことわざ》にある《壁に耳あり》ですか。これからも注意します」

「ケイゼルさん、この国でね、一番の情報収集場所はどこかわかりますか。将軍様のところですよ。壁どころか木の陰、叢《くさむら》、どこにも油断できないのでね」

ケイゼルは両腕を広げて見せる。

「さて、この仕事を成功させるためには、お二人の御協力が無ければ到底不可能です。この点は御理解頂いていると考えてよろしいですな」

ケイゼルは英生と藤三郎の二人に念を押した。英生がまた右手を開いた。

「私は見た通りのおいぼれ老人だ。いつお迎えが来るか分かったものではない。この度はそれを見通して二人目の通詞藤三郎を付けているのだ。これからの舞台ではここで役者を藤三郎と交代する方がよいと思う」

また右手が握られたのでケイゼルが発言する。

「そうですか。今村さんがそういうのでは止むを得ません。私は了解します。藤三郎さん頑張ってください」

藤三郎は、これはえらいことになってきたと思い、内心不安で一杯になった。

「今村先生、私には未だ大役すぎますよ」

藤三郎がのんびりとした顔で答えた。大げさに西洋人の真似をして両手を広げてそう言ったのだが、他の二人はそんな身振りには何にも感じていない。ただたどしいオランダ語しか聞こえていないようだ。

「まあそう怖気《おじけ》ることはない。わしもこの幕が下りるまでは手伝うつもりだ。だがこれからはいい機会だからな、この際ケイゼル殿に密着しているといい。自然にオランダ語の会話も上達すると思うよ。努力次第でな。理解力は悪くないのだからな」

英生は笑いながら日本語で言って藤三郎を力づけてから

「エン（さて）、デイリゲント（指揮者）殿、ウワット（何から）スペーレン（演奏）する」

とケイゼルの肩を叩く。

ケイゼルは両手を挙げてタクトストック（指揮棒）を前に上げるような恰好をしてから、藤三郎に向かって言った。そして英生には次の様に念を押す。

「ところで英生殿、私の本来の役割は調馬師だが、これからポロ競技指導役が加わりましたね。将軍は委細は長崎奉行に相談するようにとも言われた。日本人は地位が上がり報酬もそれに伴うだろうが、こちらはどうなるのでしょうか」

「さあね、いずれ長崎奉行から何らかの釈明があるでしょう」

「なんだか他人事の様に聞こえますね」

ケイゼルはそう言って窪んだ眉を広げて見せた。そして藤三郎に向きを変えて

「藤三郎さん、これからよろしくお願いします。先ずは競技場の面積を知りたいですね。それによって競技の規模が決められますから。」

そう言ってケイゼルは右手を藤三郎に差し出した。

「はいケイゼル殿、ご指導をよろしくお願い致します」

藤三郎も反射的に右手を出して握手に応じながらそう答えたが、さてどうしようかと戸惑うような目付きだ。

まあ頼れる今村先生が居るのだ、心配しないでおこう。そんな腹を決めているようでもある。英生にしてもケイゼルの打算には理解を覚えるし、藤三郎や英生自身も立場は同じことだろう。この楽天家に付き合っている英生老人は、

「まあ腹を据てかかろうよ。案ずるより産むが易いと言うからな。」

と自身へ向けたような諺を言う。英生もなぜか今はあまり真剣になれない気分なのだ。これからの成り行きについてはどうにでもなれという気になってきている。

英生はむしろ吉宗の最近の行動についてやや不安感がある。

贅沢を自らにも禁じて木綿の着物を着用し、日常の食事も一汁一菜を励行する一方において、昨年の四月に吉宗は六十五年ぶりに日光社参（日光東照宮の参拝）を行い、巻狩などの莫大な費用を要する大型行事を実施し、無駄とも思える象なども飼育している。

吉宗が目指す崇高な理念の実践は理解できるが、庶民的感覚では割り切れない矛盾を覚えるのはこの俺だけか。

そこまで頭に浮かんでから、面長な顔をぐるりと回し舞台で見えを切るような真似をした。

図３　浜御殿（「千代田城大奥の風俗 江戸錦」より）

（二）三日月の矢立《やたて》

図４　騎馬野馬図（伝・徳川吉宗）（和歌山市立博物館蔵）

登場人物

徳川吉宗　四十五歳　八代将軍

加納《かのう》久道《ひさみち》　五十六歳　御側御用取次

有馬《ありま》氏倫《うじのり》　六十一歳　御側御用取次

吉宗は四つ頃(巳《み》の刻・午前十時)城に帰り中奥御小座敷に入った。浜御殿までの近い朝駆け(朝の乗馬)であったが、かなり空腹感が強くなっている。貝原益軒《かいばらえきけん》が去る正徳三年(一七一三)に上梓した『養生訓《ようじょうくん》』によれば

「腹中空虚《ふくちゅうゆうきょ》になりて食すべし(腹が空いたときに食べなさい・または、空腹でなければ食してはいけないという意味)」

という言葉がある。最近は空腹のときには食べる方がよいというように解釈している。むしろそれが自然の摂理に叶うようだ。

吉宗は通常の城中執務が座業であまり体力を使わないのでそれほど空腹とはならない。それでおおむね朝夕二回の食事となっている。また食事は一汁一菜を原則としていたので一日の食事量が少ないことを気にしていた。しかし、朝駆けの場合などには空腹感がつよくなるので我慢せず、帰城早々に朝食を摂ることにしていて、一日三食になることも珍しくない。近年朝駆けや狩場に出る機会を多くしている、これが元気になる元だと考えるようになっていたのだ。

御側御用取次《おそばごようとりつぎ》の加納久道《かのうひさみち》(角兵衛)は、吉宗の兄たち綱教《つなのり》、頼職《よりもと》が若死にしているので、養生の意味からも心身の鍛を勧めてくれている。鷹狩を復活させ朝駆けなどを行うことにしているのはその一環だ。なお護身術である新心《しんしん》流拳法も日課として稽古している。

今日の朝駆けにはいつもの茶漬けを用意しておくよう命じておいた。膳の茶漬けには貯《たく》わい漬け(のちには沢庵漬)と、皮もこんがり焼いた鮭の塩引が付けられていた。吉宗の好みだ。潔斎《けっさい》日(精進日・

物忌みの日）でなければ魚を良く食べる。それを少しずつ齧りながらさらさらと茶をかけた椀飯を流し込む。傍に控える小姓が何度かその飯椀を御代わりした。

「五味偏勝《ごみへんしょう》（一味を偏って食べないこと）」

鹹《から》い物が多いかなと思いながら貝原益軒の書中にある言葉を頭にうかべる。

「朝飯にかけ汁（朝飯に汁をかけると親不孝）」

などの俗諺《ぞくげん》も頭を掠《かす》めたが、朝駆けの茶漬けはまた格別だ。止めるつもりはない。

吉宗は食事が済むと部屋の机に寄り、机上の筆箱を開け、中にある鼠色の袱紗に包んだ品物を取り出した。吉宗が包みを開くと柄杓型の小さな矢立（簡便な筆記用具）が一本現れた。墨壺（矢立の墨入れ）の蓋に銀三日月象嵌《ぞうがん》（金属に付ける装飾法）の付いた銅製の矢立で、柄《え》の部分には細かい線ですすきの草彫（細い線状の彫り物）があり、その裏には在銘（作者のサイン）の付いた品物である。

吉宗は墨壺の蓋を開け、柄を振ると中から小筆が振り出され、その小筆には薄い紙が巻き付けてある。紙には「光《こう》　参《さん》　培《ばい》　芽《が》　功《こう》」の五文字が書かれている。

吉宗には各語の上に隠してある組み合わせ文字が想定できる。頭の中で隠し文字を組み合わせた単語は「日光《にっこう》、人参《にんじん》、栽培《さいばい》、発芽《はつが》、成功《せいこう》」となる。吉宗は満足そうに矢立ての筆を柄に戻し、前の様に袱紗に包んで元に戻しておいた。城中でも油断はできないのは今までの経験である。自分以外は誰も信じていない。特に情報管理には細心の注意をはらっている。

吉宗はしきりに右手親指の関節を左手の指でくるくると回す。何か考え込む時の癖だ。曾祖父の徳川家康は親指の爪を噛む癖があったというが血は争えないものだ。

茶漬けを食べた後少し休んでから吉宗は御座之間に移った。

そこに側衆《そばしゅう》の一人で御側御用取次ではあるが兵庫守《ひょうごのかみ》の有馬氏倫《ありまうじのり》と同役で、近年は一万石の近江守《おうみのかみ》となっている加納久道が伺候してきた。有馬、加納の両者とも幼少のころから紀州藩において松平頼方《よりかた》に仕え、頼方が紀州藩主（吉宗と改名する）となると、藩の改革を一緒に支えてきた人物だ。

享保元年（一七一六）吉宗が八代将軍に就任して江戸城に移ると、両人は将軍の腹心として江戸に従い、将軍と老中を取り次ぐ役割として新設された御側御用取次という役職に就き、その後行われた幾多の改革（後に享保の改革と呼ばれる）を推し進めるためにも活躍した。

行政の実務は、以前から同じ役職に就く者を複数任命して月別に職務を担当させ、一方に何らかの支障が生じても業務が滞ることのないようにしていた。従って各行政の役料は二人前となってくる。

行政改革では、吉宗は、家柄、年功などに関係なく人材を登用することを心掛けたが、役高が高くなると出費が重なるため、在職中は本来の役高の差額分だけを加える制度「足高《たしだか》の制」（在職中禄高補給のこと）を定めた。

吉宗の倹約ぶりは徹底している。食事は通常一汁一菜（汁は一杯でおかずは一種類）で一日二食とし、衣服はすべてが木綿である。時間も無駄には使わない。側近者もそれは十分承知していた。

決まりはなかったが有馬、加納両者は隔日交代に早出の出務をしていた。不必要な重複出仕を避けているのである。

有馬氏倫は現在六十一歳であるが、昨年の四月には吉宗の日光参詣にも供奉《ぐぶ》している。昔から氏倫は気性が激しくしばしば相手との悶着を起こす老人だ。

それに比べて加納久道は五十六歳で氏倫より年は若いが穏やかで慎み深い性格を持っている。

吉宗はそのような両者の性格をうまく利用して使い分けているわけだ。

「お早うございます。上様、朝駆けは如何でしたか」

丸い顔で目が細く口には分厚い唇が横長に付いていて、時々大黒様の笑顔のようになる久道がその顔を吉宗に向けて挨拶すると
「久しぶりに腹が減って茶漬けが美味かったよ。ところで今日は幾つか相談がある」

と言い、吉宗は懐の懐紙に挟んだ紙片を取り出し部屋の傍らに控えている番士に渡した。番士はそれを受けて、紙面を見ると丸に囲まれたウの字、丸にヤの字、丸にコの字が小さく書いてある。

「イロハ事物帳《じぶつちょう》（いろいろなことがらを記す帳面）をただいまお持ち致します」

番士はすっと立って西の間の襖を開けると、欄間からは光が十分に入っていて明るい部屋となっている。中には欅の大きな箪笥が二つ並んでいる。

観音開きの引き戸の真ん中には大きな丸い鉄製の錠前が付いていて今日も既に鍵は開けてある。

これは吉宗専用の書棚であるが、扉を開くと段の棚があり、それぞれに千両箱大の桐箱が並んでいる。各箱の表側には、イ、ロ、ハの文字が幾つか纏めて大きく書いてある。箱の両脇には手掛けの切れ込みが付いている。

番士は字列にウ、ヤ、コが書かれている三個の箱を取り出し、吉宗の前に並べた。

吉宗はそれぞれの箱の蓋を開けて、中に重ねて入っている「イロハ事物帳」と呼ぶ冊子の表記から、該当する文字を探し出した。吉宗は最初にコの字を付けた冊子をめくりながら
「昨年（享保十三年・一七二八）改定の五公五民制（民が五割の税）では、前からみれば一割の税の引上げとなり農民の負担が大きくなったが、各地の様子はどうかな」

と久道に問いかける。

後に米将軍、八十八将軍（米の字が八十八に分けられるので）などと言われるだけに米の生産、米相場など農政の問題は常に頭から離れたことはない。

「今のところ各地農民の動きには変化ありません。しかし、米の作柄の悪いところによっては騒ぎ出すことも考えています」

吉宗はコの字帳に「幕府領の米作調査」「米価引き上げ策」と書き込んだ。

吉宗は次にヤの字の冊子を開く。

「話が遡るが、小川笙船《しょうせん》の目安箱（投書箱）の建議で小石川薬園《やくえん》に長崎の療養所と同じような施設（小石川療養所）を設けたが、近頃は収容者が大変増えているらしい。新たな目黒村駒場薬園の薬草を加えても治療薬草には限りがある。そこで当時命じた野呂元丈《げんじょう》と丹羽正伯《しょうはく》の諸国菜薬探索《さいやくたんさく》については何か聞いているかな」

吉宗は先ほど届いた日光今市の人参発芽の報告が頭にある。人参栽培には専門家が必要となる。

朝鮮人参の栽培は享保六年（一七二一）以来、対馬藩の献上により始められたが成功しなかった。ところが享保十三年（一七二八）対馬藩から届けられた人参の生根八本と実六十粒のうち、日光で実を栽培したものがこのたび発芽に成功したのだ。これを更に育てていかなければならない。

「申し訳ありませんが現在の状況は把握していません。直ぐに調査させます」

久道は大黒顔を歪めて頭を下げた。

吉宗はヤの字冊子に

「野呂、丹羽の所在は現在不詳」「人参栽培の推進」

と追記した。人間の記憶は覚束ないので出来るだけ記帳することにしている。

このイロハ事物帳には吉宗の脳の消えては困る部分が格納されているわけだ。

久道は、あの二名は今頃何処をふらついているのかな。お陰でこちらが大変迷惑だ。そう思いながら頭を上げて吉宗の言葉を待つ。そこへ取次の番士が廊下から声をかけた。

「有馬殿が登城され、お目通り（面会）を申し出ています」

吉宗がうなずくと

「こちらにとの仰せだ」

久道が番士にそう伝えた。

有馬老人は長い廊下を進むが小刻みな歩き方のためなかなかはかどらない。急いだせいで未だ荒い息をはきながら部屋に入ってきた。

氏倫は長い顔を吉宗に向かって拝礼し
「これは氏倫遅くなってまったく申し訳ありません」

そう言って久道の隣にぺたりと座り込んだ。

「いや、急ぐことはない。爺さんだからな。ゆっくり動いたほうがいい」

小刻み歩きを承知している吉宗がそう労うと
「未だ耄《おいぼれ》ては居られません。こちらの加納殿ともそれほど年は違いませんからな」

六十を超えてもそんな強がりを言う。

氏倫は小柄で頑丈そうに見えるが四肢の筋肉はかなり衰えていた。俗に言う馬ずらの顔には近頃皺が目立ち頭にも白髪が多くなっている．最近少し気になるのは小刻みな歩き方と手の震えだ。

久道は氏倫の言葉を聞き流していつもの大黒顔に戻り、吉宗に向かい話を戻しましょうと言わんばかりに発言する。

「野呂元丈と言えばなんでも昔オランダ商館長から献上されたというドーネズ（ドドネウス）とかいう薬草の本を和解すように命じられていたようですが」

万治《まんじ》二年（一六五九）当時のオランダ商館長から献上された独々涅烏斯（ドドネウス）の『草木譜《そうもくふ》』のことで、この書籍は幕府の書庫に眠っていたところを吉宗がそれを今の世に生かすため野呂元丈に和訳すよう命じてある。

『草木譜』の文章はただのオランダ語ではなくラテン語などが各所に含まれていたので、これまで誰も和訳することが出来なかったのも無理はない。またこれまでは、オランダ語書物を日本語に訳すことが禁じられていた。それにわが国に存在しない言語を創作する必要もあった。その言語学的な理由は担当したもの以外には判らない。

このような状態でこの役割を受けている野呂元丈は誠に気の毒な事態に遭っていたわけだ。

「オランダ書の和解の難しさは判りますが、江戸参府のオランダ人にも質問して急ぎ御用を務めるよう申し付けます」

和訳を単純に考えている久道は言上する。

吉宗は将軍就任の後、禁止されていた外国の書に対してキリスト教に無関係の書物については禁令を緩めた。享保五年（一七二〇）のことである。そのため漢訳蘭書（漢文に約したオランダ本）の輸入が多くなったが、経費節約のためには既に輸入して幕府文庫に眠っている本草《ほんぞう》医学に関わる植物学書や動物図説などの翻訳が急務となってきているのだ。

「しかし、オランダ語を解読するのには、先ず長崎のオランダ通詞に蘭書の解読を許可して、少し汗をかいてもらう必要があるのではないかな。通詞には単に会話を仲介するだけでなく、蘭学文字を適正な日本語に変換する工夫をさせるのが早道だろう」

とこの時に言った吉宗の意見は後世には実現することになる。

吉宗はヤの字帳の最後に「蘭書和解促進」（オランダの本の和訳を進める）と矢立の筆で付け加えた。

「さて、次の用件になるが」

吉宗はそう言いながらウの字帳を開く。
「今朝、朝駆けで浜屋敷に行ったが、そこの厩舎（馬小屋）ではペルシャ馬の飼育は順調らしい」
吉宗の話題が馬の話に移ると馬面の氏倫が急に緊張した気配を見せた。
吉宗は話を続ける
「昨年三月、家重《いえしげ》（嫡子）の疱瘡《ほうそう》（天然痘）が全快した祝いの折に高田馬場で行った流鏑馬は、常春《つねはる》（小笠原平兵衛常春）に命じて古来の騎射（馬上から弓を射ること）、歩射（歩いて弓を射ること）の古儀（古い様式）を改良させ実践的な騎射としたものだ。武芸振興の一環となったものと思っている。そこで、来年の同じ頃、平安の昔に行われていた打毬という競技があるがそれを復活させて行ってみたい。組み合わせの騎馬調練になるのでな」
吉宗は側近二人の様子を見て
「今回は経費軽減を考え、朝鮮馬場（城内北の丸馬場）で簡便にやろうと思

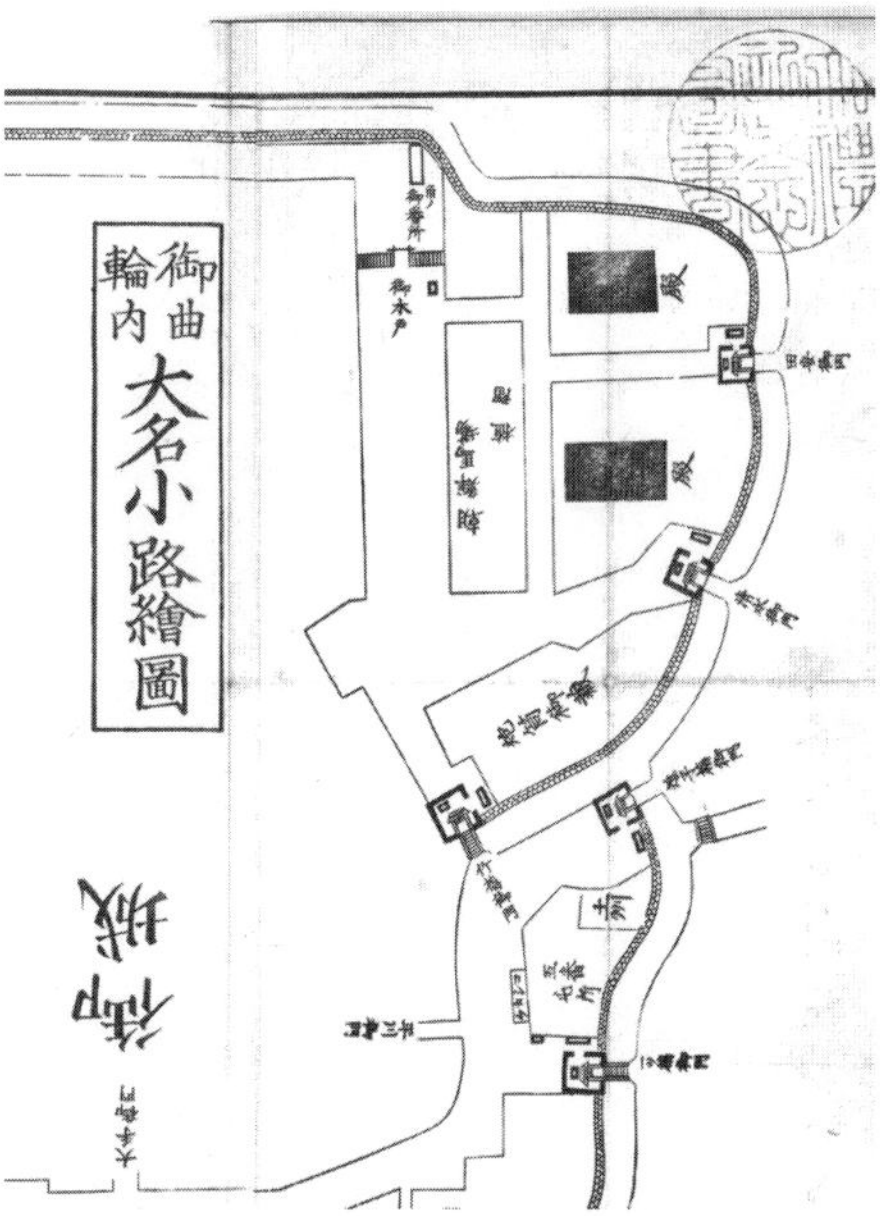

図５　朝鮮馬場（都立中央図書館特別文庫室蔵）

うがどうだろう」

朝鮮馬場というのは江戸城の北の丸にある馬場で、朝鮮通信使（将軍代替りなどに朝鮮から派遣された祝賀使節団）の馬上才《ばじょうさい》（曲馬・馬乗り芸）を将軍が上覧したことからそのように呼ばれていた。その頃、江戸中のあちらこちらには馬場が散在していて、周辺武士たちの訓練に使われていた。中でも馬喰町馬場（または初音の馬場）には関ヶ原以来の歴史があり、采女ヶ原《うねめがはら》馬場は五年前の松平采女正定基《うねめのしょうさだもと》の屋敷が火事で焼失した後の新しい馬場だ。郊外の高田馬場は最も古くからあり馬場も大きく松が植えられていて景観も良い。だが規模が大きいだけに催しものを行うには設営費用が嵩《かさ》むのが難点だ。

吉宗は昨年の流鏑馬催行《さいこう》でそれが良くわかっている。倹約を励行している建前からもこの度は小規模に収めたい。

久道が直ぐこれに応じて発言する。

「上様が尚武《しょうぶ》（武道を盛んにする）のために行う大事な催しです。これはやはり多少の経費を惜しまず昨年同様に高田馬場をお使いになってはいかがでしょう」

するとそれまでじっと堪ていた氏倫が甲《かん》高い声を出した。

「何を言われる」

久道をたしなめる様に言い、さらに
「私は上様の仰せのとおりこの度は小規模の催しとしたほうが良いと思います」

そう先に結論を述べてから

「この五月、外国から象が輸入されていて現在は浜御殿で繋がれたままになっていますが、これは将来どうするか問題です。むろんペルシャ馬の輸入は馬匹改良が重要ですから継続すべきでしょうが」

氏倫老人はそこで右手を挙げ、久道に話を中断されることを恐れて制止しながら

「氏倫が懸念するのはその他にあります」

「去る四月には修験者の企てた御落胤事件（一般では「天一坊事件」という）がありました。獄門（晒し首）になった首謀者はそれまでですが、他に江戸払い（江戸を追放される）となった浪人者なども大勢いて未だ油断はできません。昨年とは状況が全く異なります。また、米価の低落が続く現在、不平不満の徒《やから》（連中）も横行していることも考えてみなければなりません」

このような正論を吐いた。

吉宗はそのとおりだというように肯いてから、ウの帳面に「象の件」「朝鮮馬場」と記した。

「二人の意見は良くわかる。これらの件は後刻老中にも諮《はか》ってくれないか。早々に決めることにしよう。人馬の手配もあるからな」

そう述べて

「よろしく頼む」

と二人に笑顔を向けた。

イロハ事物帳は吉宗の手振りを見て番士が直ちに欅の箪笥の中に収めた。

吉宗は思い出したように二人に言った。

「そうだ、調馬師のケイゼルに頼まれたのだが、打毬の記された日本の書物を貸してほしいということだ。だが紅葉山《もみじやま》文庫にあるかどうかを何万冊の中から書物《しょもつ》奉行に探せといっても無理だろう。鎌倉以前の競技だからな。享保と改元した頃、忠之《ただゆき》（老中の水野忠之）と共に小笠原（持廣《もちひろ》）家伝の秘蔵書をざっと見させてもらったことがあるが、その中にこの競技書があるかどうかを聞いてみるのが早いだろう」

そう言って吉宗は奥に引き上げた。

（三）阿蘭陀宿《おらんだじゅく》長崎屋

登場人物

長崎屋源右衛門　三十五歳位　阿蘭陀宿主人
細井安明　六十歳　長崎奉行
小笠原長羽《ながのぶ》　二十九歳　御書院番
今村英生　六十歳　大通詞
吉雄藤三郎　三十歳　稽古通詞
ハンス・ケイゼル　三十七歳　調馬師

大川から舟で明石町と南飯田町を繋ぐ明石橋をくぐると向かいの角が奥平大膳大夫《おくだいらだいぜんのだいぶ》の中屋敷だ。その中屋敷北東部の二千坪程は以前はどの系統かの榊原家抱屋敷《かかえやしき》（上・中・下屋敷とは別に与えられた土地の屋敷）となっていた。築地塀《ついじべい》（土壁の塀）で囲まれたその屋敷は手入れを怠っているせいか背の低い小木の常緑樹があちこちに塀越しに見えている。北の堀側には岩礁の露頭がむき出しであるようだ。この辺りの土地は全て海岸で一部が岩礁地帯だったようだ。従って歴史の浅い埋め立て地のため未だ屋敷内には大木は見られない。

　理由はわからないがこの武家屋敷は享保七年頃から普請《ふしん》奉行の管理する預かり屋敷となっていた。以来、榊原家関係者はここを退去していて、今は公儀の特別な用途に使われているようだ。

　北の道路に向いた屋敷門の脇戸が開いて一人の老人が出て来た。供の小者が風呂敷包みを抱いてこれに従う。地理のわかった小者の先導で、東の堀端を北に向かい、内藤紀伊守の下屋敷角を南に折れ、蛭子《ひるこ》橋、合引《あいびき》橋、真福寺橋と幾つかの武家屋敷地を跨ぐ橋を渡ってようやく旧榊原抱屋敷からは西南方向の京橋に出た。京橋を渡ってから日本橋へは北への一直線で人通りの多い目抜き通りとなっている。老人の足にしてはかなりの速足《はやあし》だが、秋の陽は釣瓶落と言う。夕の七つ初刻《しょこく》（午後四時）になると既に薄暗くなってきている。

　今村老人が、日本橋を渡り、真っ直ぐ北西に伸びる通りを室町、本町、十軒店本石町《じっけんだなほんごく》と過ぎて来て、江戸町人には馴染の「時の鐘」がある本石町三丁目の阿蘭陀宿《おらんだじゅく》長崎屋の通用門に入った頃には既に辺りが暗くなっていた。

図６　長崎屋図（葛飾北斎「画本東都遊」より）

江戸長崎屋の歴史は古く、カピタン（オランダ商館長）の江戸参府《さんぷ》（将軍へ貿易御礼言上の儀式）が定例化した寛永十年（一六三三）頃から阿蘭陀宿を仰せ付けられていたという。

江戸阿蘭陀宿長崎屋は江戸参府の際に、通例ではオランダ人三名、その使用人を含む付添人五十九人迄を滞留・宿泊させる定宿となっていた。そのため総勢では六十人を超える人数を宿泊させ賄うための大規模な機能を持っていた。手代五人をはじめ門番、人足、部屋働《ばたらき》、賄人《まかないにん》、台所働、小使などの使用人の人数も多く、他に通いの使用人、出入りの商人、各種の職人、風呂番、髪結などがそれぞれ長崎屋出入り鑑札を渡されて通っていた。

長崎屋はまた長崎表御用向《うかがい》を務めるほか、京、堺、大坂、長崎の糸割符《いとわっぷ》仲間（中国産生糸を扱う商人の仲間）の定宿も務めている。

当主の源右衛門は元和《げんな》の初代から数えると正式には四代目とされている。しかし、その間の実質的な当主代替《だいがわり》は倍の八人あまりとなっていたが、その深い事情はよく分からない。

今の源右衛門は先々代・先代がこの二、三年で次々に江戸の流行り病で倒れたため享保十年（一七二五）に当主となったばかりだ。

未だ若い源右衛門は、少々背の曲がった手代に案内されてくる英生を、二階に登る階段のある板敷の間にいて待ち受けていた。

「今村先生、お待ちしていました。先ほど長崎奉行の細井様がご到着になっております」

と二階を指さして見せた。子供時代からの顔見知りなので挨拶は抜いている。

「そうか、急いだつもりだが歳は争えないな。酉の中刻《ちゅうこく》（暮六つ・午後六時）には未だ間があると思って油断していた」

英生は約束の暮六つの鐘を聞いていないことを古い時刻《とき》で言い、遅れてはいないつもりであることを主張しているのだ。

源右衛門が小柄な体つきで素早く動き手代に近づいて何事か告げると、手代は階段の手すりを利用してするすると登ってゆく。背は円いが見かけによらず猿のように素早い。英生の到着を先客に告げに行ったのであろう。

「お連れ様が別室で先生の御指示を待っておりますが如何しましょう」

源右衛門が小声で言う。英生は少し考えて
「若いのと一緒に登りましょう」

英生が答えると源右衛門が
「ではすぐにお連れしますのでお待ちください」

そう言って音もなく暗がりに消えた。

すばしこい連中だと英生が思っていると
「先生、私が一緒でよいのですか」

とのんびりした声がして藤三郎が奥から現れた。

「そうだ。前段の打ち合わせだからな」

英生は近づいてきた藤三郎の肩を叩いた。

源右衛門が中央に赤い毛氈《もうせん》のような織物が敷かれている階段中程の踊り場にいて二人を待ち受けている様子だ。踊り場から折れ上がる手すりの付いた階段を何段か昇ると広い絨毯《じゅうたん》で覆われた控えの間に出た。両脇には低いバンク（長椅子）が数個置かれていて待合の者が休めるように配慮されている。また床にはガラス細工の背の低い行灯《あんどん》が適所に置かれていて淡い安らかな光を編んでいる。右手の壁の中央部にはどこかの田園風景を描いた大きな油絵が掛かっており、向かいの窓の下には、大きな盆栽が華足《けそく》（猫足の脚）を付けた黒檀《こくたん》の花台に置かれていて、太く曲がりくねる白枯《しらが》れた太い幹に傘の様に層を重ねて五葉の葉を天に向けている。左側の両開きの戸が開いて源右衛門が半身を現し二人を招き入れた。

絨毯の敷かれた部屋の中央には大きなターフェル（テーブル）があり、天井からは大きな吊り行灯

（シャンデリア）が下がっている。南北両側に紅い天鵞絨《ビロード》の背張りを持つ椅子が相向かいに並んでいる。ターフェルの北側には金箔押しの六曲屏風が開かれていて、向かって右前には紫檀《したん》の四脚花台に大きな白磁の花瓶が乗っている。

金屏風前真ん中の正客席には一人の老人がちんまりと腰を下ろしていて、その左側には見知らぬ若い武士が肩を張って浅く腰をかけていた。

部屋の戸が閉まる音を追いかけて、本石町の最初の鐘がゴーンという大きな響で鳴り始めた。初めは三つの捨て鐘（打ち始めの合図の鐘）で、その後に少し間を開けながら六つ鳴った、商店の閉店を告げる暮六つ（午後六時）の鐘だ。

江戸城周りにある他の八ヶ所の鐘がこれに応じて一斉に時を打つので〝石町は江戸を寝せたり起こしたり〟などと言われている。

鐘の音が未だ余韻を引いている中で声を上げて

「通詞目付《つうじめつけ》今村英生です。大変遅れまして誠に申し訳ありません。またこちらは稽古通詞《けいこつうじ》の吉雄藤三郎です」

英生と藤三郎が正客に頭を下げて挨拶すると

「なんのなんの、今鐘が鳴ったばかりだ。さあ二人とも掛けて下され」

長崎奉行の細井安明が大きい四角の顔から細い声で言い、英生と藤三郎が向かいの席に腰を下ろすのを見て

「こちらはな旗本の小笠原長羽《ながのぶ》殿と申される御仁《ごじん》じゃが、まあ話が進む中でなんでここに御出《おいで》になったのかが判ってもらえると思うよ」

奉行はここで一息ついて言う。

「さて、今日は当方の用件で呼び出して申し訳ないが、任地の長崎ではこれからいろいろと世話になるのでな。まあ一緒に食事でもと思ったわけだよ」

英生は細井が会食の席を設けたことは良くわかる。ご丁寧な招待の席だ。また当方の用件とは先日浜御殿でケイゼルが吉宗から下命されている一件に違いないと思った。

「実はケイゼル殿と話す前に、今の実情を知っておいてもらいたいわけだ。そう簡単に事が運ぶ問題ではなさそうなのでな」

細井奉行は今村、吉雄両名の単なる通詞職の者に何でこの件の実情などを話すのだろう。当事者でない二人は未だ頭に疑問符を載せている顔をしている。

「先日、御老中の松平大給乗邑《おぎゅうのりさと》様に呼ばれてな。例の上様お声がかりで行う打毬競技の一件でな」

細井はまた息を吸う。肺臓の具合でも悪いのか。

「知ってはいるだろうがな、いまの御老中は水野忠之《ただゆき》様、戸田忠真《ただざね》様、安藤重行《しげゆき》様、酒井忠音《ただおと》様、それに松平乗邑様だな」

自分でも確かめるようにそう言って

「たまたま松平様の月番のときにだな、御側御用取次の有馬氏倫様から、上様がお望みの打毬競技の話があったらしいのだ」

その時、奥の方から二人の若い給仕の男が入ってきて、それぞれに砂糖の入った甘い生姜湯を注いだ湯飲み茶碗を配っていった。

奉行は早速それを少し飲んでから
「有馬様は紀州から御付きの側近で御側御用取次の権力者、乗邑様は徳川譜代大給松平宗家の十代当主で佐倉藩の藩主。それぞれの気概をお持ちの方々だ」

そこでまた湯飲みを口に運ぶ
「だが有馬様は既に六十越えの方で、一方の乗邑様は未だ四十少々の働き盛りだな」

御自分も六十過ぎの奉行は何を言いたいのか前置きがいやに長い。英生はなんだか気がせいているようで尻が落ち着かない感じだ。精神がいらいらしている。少し歩きすぎて疲れたのか。

前の湯飲みを取って一口飲むと喉が渇いていたのでうまい。

向かいにいる旗本の小笠原長羽の方を窺うと、浅めに腰を下ろしてきりっと背を伸ばしている。顔付きはお雛様のような瓜実顔で鼻筋が通り、筆で横一文字を引いたような切れ長の目が閉じられている。きっと血筋が良いのだろうと思った。

「お二人はあまり相性《うま》が合わないようだ。しまいにはとうとう口論になってしまったらしい」

そう言って皺の寄っている四角い顔を二三度横に振る。

「氏倫《うじ》氏がもう少し老中方を柔らかく取り扱わないとまずいのだろうな。上様の威光を笠に着て、お伺いではなく指示するような態度が表れて乗邑氏《うじ》の癇に障ったのだろうよ」

この辺から奉行の言葉が上司に対して少し乱暴になってきている。

聞いているうちに普段は我慢強い英生の抑えももう外れてきたようだ。通詞という自分の立場をすでに越えてきているような言葉が出た。

「お奉行、それで打毬競技はどうなるのですか」

英生は結論が早く知りたいので話の先を急いだのだ。

「そこでだ、途中経過を省いて言うと、この打毬の件は同じ乗馬の競技なので流鏑馬師範家の小笠原に意見を求めることになったのだ。またそれを松平老中からわしが一任されたというわけだ」

なるほどここで旗本小笠原氏のここにいるわけが或る程度読める。しかし、細井奉行の話は途中経過を省きすぎていて重要部分を飛び越えてしまっている。

「ところがだな、ここでケイゼル氏が絡んでくるからやっかいなのだ」

ケイゼルがどう関連しているのだろう。英生にはそこが疑問となってくるわけだ。しかし話の様子では通詞としても関連が生じてくる成り行きなのかもしれない。

その時、旗本の雛様侍がぱっちりと目を開けて今村とその涼しい目を合わせた。

「今村さん、お奉行の話に少し台詞を足してもいいかい」

そう断って話し始めた。話し方は姿勢に似合わずどこか伝法なところがある。だが相変わらず格好良く背は伸ばしたままでいる。

「まず俺は六年前（享保八年）、上様に一応お目通りを頂いてはいるが実は小笠原同士の養子よ。相続関係が入り汲んでいて俺にもさっぱりわからねえ。ただ、先の話の中に出ている師範家小笠原（小笠原平兵衛常春《つねはる》）の一統じゃあねえ。その他大勢の仲間で両番《りょうばん》（書院番・小姓組）の役立たずだ」

と自己紹介してから話を続ける。

「じゃあ何でここに居るんだと言えば、お奉行の奈良のお勤め（奈良奉行）以来の御縁があって今ここにいるのさ」

と奉行との関連を言う。

「さて、あらかじめお奉行からこの話を聞いているので筋書きの始まりはわかっている。簡単にまとめて代弁させてもらっていいですかな」

と奉行に伺うと奉行が四角い顔を縦に動かす。

「まず一つは、お奉行の話しの中の両権力者の葛藤は別にするとして、端的に言えば打毬競技の実質的な教練を誰がするのかということになるだろう」

ちょっと間をとって

「側近の御老体（有馬老人）は上様お声がかりであるからケイゼルという調馬師を教練者として認知している。また、大給松平の御老中は、これから国技ともなるかもしれない馬術競技の再興に際し、それを異国人の馬飼《うまか》いに委《ゆだ》ねるわけにはいかぬというわけだね。大給さんは格式を大事にするからな」

と言って長羽が相向かいを眺めたが特別な反応はない。

「次に、ここがちょいと難しいところだが、有馬さんはお上からケイゼルに我が国の打毬を記録した書籍を貸してやるように命ぜられているらしい。鎌倉以前の競技書籍が有るのかどうか紅葉山文庫が点検できるか有馬さんも考えた。何万冊からその一冊をつまみ出すわけにはいかねえ。他に所持しているとすれば、皇室の書陵部または儀式処《どころ》の書庫にあることは間違いねえが、もうそんなところを訪ねまくる時間はねえ。そこで手っ取り早く聞いてみるのは、その道で食っている幕府の流鏑馬師範の小笠原（平兵衛常春）だろうということになったのよ。これには大給も異存はねえようだね」

英生は浜御殿でのケイゼルの願いを吉宗が手配してくれていることを強く実感した。

「ただこうした面倒な問題をさっさと人に振り分ける達人が大給なんだよ。この問題を人の好い細井奉行殿に一任するなんて話はな。世の中じゃこうした世渡り上手がでかい面して罷り通っているというわけだ。とりあえず此処まではいいかね今村さん」

この時、ギュウーという音が聞こえた。誰かの腹の虫が啼いたのだ。藤三郎が顔を伏せたので多分彼だろう。折よく奥の方から給仕が出てきて小声で主賓に何かお持ちしますかと伺った。給仕は全員が筒袖《つつそで》の紺の作務衣《さむえ》を着用している。

細井奉行がちょっと右手を上げてから皆に提案した。

「実は別室にケイゼル殿も来てもらっている。どうだろうここで一緒に飯を食わないかな」

ケイゼルは、旧榊原屋敷から先発して浜御殿宿舎に迎えに来た藤三郎とこの宿に入り、別室で待機していたのだ。二人とも既に馴染の宿であり、長崎奉行発行の出入りの鑑札も持っている。

奉行の食事提案には誰も異存がない様子なので給仕は承って奥に引き下がった。

英生には今までの話でこの問題を奉行が一任されたことまではわかったが、ここに旗本の長羽が居て、奉行の代弁をしていることの成り行きが未だすっきり呑み込めなかった。しかし腹が減っているのであまり頭の回転が良くないのかもしれない。

奥から給仕が数名来て先ず近くの明るく背の高い行灯を下げて、硝子細工の燭台に乗った幾つかの蝋燭をターフェルに置いてゆく。部屋の明かりが適度に落ちたようだ。

ケイゼルのために皆と同じ椅子が英生と藤三郎の間を明けて正客の前に置かれる。

金屏風の前にある白磁花瓶には給仕が赤い小さな実が小枝に残るウメモドキの枝を沢山抱えてきて無造作に入れ屏風に彩を与えた。各客人の前には白い布切れ（ナプキン）が敷かれ、その上両脇には銀の食器類が並べられる。木製の箸も付けてある。

間もなく源右衛門に案内されたケイゼルが戸口から入ってきた。

「今晩は、皆さん」

ケイゼルが日本語で挨拶して頭を下げる。

「やあ、ケイゼルさん。どうぞこちらへ」

細井奉行の挨拶よりその手招きでケイゼルには意味が分かったと見えて指定の椅子に腰掛けた。

一同が落ち着いたところを見計らって長崎屋源右衛門が少し威儀を正し
「皆様今晩はご来店賜り誠に有り難うございます。さてこの度、細井様には長崎奉行というご要職にご栄転されましたこと誠に御目出度く存じ上げ、心よりお祝い申し上げますとともに、今後とも相変わらずよろしくお引き立ての程お願い申し上げます」

とお定まりの挨拶を述べた。

「なを、今晩の会食はすべて細井様のご厚意により賄《まかな》われておりますことを申し上げさせていただきます。更に、ここは宿屋ですのでご宿泊のご用意も準備させていただいておりますので、御触れ（法律）により女性は居りませんが十分にお過ごし下さいますようお願い致します」

と更に追加説明があったので、英生は若い源右衛門がなかなか商売上手になっていることに感心した。

「女性が居ないというのが玉に創《きず》だね」

声をあげたのは長羽侍だ。側の細井奉行が拳固で長羽を打つ真似をした。

ターフルには各人の右手に肉叉（フォーク）、小刀（ナイフ）、匙（スプーン）の食器が並ぶ。箸も付いているので洋食器に慣れていなくても安心だ。

ギヤマン（ガラス）のコップが大小置かれて、給仕が香高い珍陀酒（チンダシュ）、葡萄酒、ヒイル（ビール）などを注いで回る。未だ誰からも発声がないので長羽が

「いただきます」

と言いながら葡萄酒のグラスを挙げた。

唐突に細井奉行が立ってヒイル（ビール）の注がれたコップをとって前に突き出しながら

「プロースト（乾杯）」

と言ったのでこれには皆がびっくりした。

ケイゼルも立ち上がり同じヒイルのコップを上げて見せてからそれを一気に飲み干した。

奉行は腰を下ろしてから言った。

「実は皆さんに酒が入る前にもう一言があったのでな。でももう遅い、まあ飲みながら食べながら聞いてくれないか」

料理は既に汁物が銘々に配られている。汁物は鶏煮汁、突き出しは鮎南蛮漬（鮎唐揚げの南蛮酢、長葱、木耳、蓼）小鉢は豚油揚《とんゆあげ》、大皿には鯛、長葱、柚子の皮螺旋切《かわらせんぎり》などの塩スープ煮、鍋物は軍鶏鍋《しゃもなべ》が二ヶ所に分けて運ばれてきている。他の場所にはブロート（パン）、ジャム、ボウフルチイ（揚げた果物）が山ほど置いてある。

藤三郎はあたりを気にしながら大鍋の中の切り分けられている鯛を、付いている大匙とフォークで自分の皿に取り始めている。

英生はいまの瞬間、この光景を既に経験したことのように思えた。そのうえ細井奉行が吉宗の顔に重なって見えたのだ。

既視感（デジャビュ）だろうか、いやそうではない、いつかの夜の情景が蘇っているのだ。

それは五年前の享保八年（一七二四）三月（洋暦の四月）、江戸番大通詞の頃である。

オランダ商館長ヨハネス・ゼンデンスの江戸参府の際に、城中で幕府医官が外科医師ケーテラールとの会話を行い、それを今村源右衛門（のちの市兵衛）が小通詞名村五兵衛と共に通訳したことがあった。その場の陰には吉宗が居たことが後で分かったのだが。

その数日後のある夜、長崎屋に呼び出されて行くと、間もなく吉宗が奥坊主（江戸城内の茶室を管理する坊主頭の接待役）の水谷甫閑《ほかん》らと共にオランダ人との会話と西洋料理の会食を目的にお忍びで来た。吉宗らが千住にある幕府の狩場で捕らえた白鳥を土産に持ってきて、これを西洋風に料理してもらい皆で一緒に食べたのだ。またこの時にブドウ酒とヒイルを飲んだことも思い出される。ただヒイルは何の味もしない悪しき物（英生の記述）であった。

この折の会話は英生が行い、後世に『和蘭問答』となって残っている。


細井奉行は細い声を張り上げて言う。

「このまま情勢を睨み合っていても事が進まないのでな、知り合いの長羽殿に相談して小笠原対策を考えてみたのだ。長羽殿この続きを頼む」

奉行が話をぱっと横の長羽に振った。長羽は藤三郎と相向かいの位置であるため鯛の大鍋が共同の取り合いとなる。藤三郎の早い掴みだしに鯛の鍋は頭と尻尾を残して切り身は殆ど無くなるため、ちょうど最後の一切れを匙で掬い取る寸前であった。仕方なく匙を置いて背を伸ばす。

「えへん」

と喉を鳴らしてから
「食べ物が喉を通過中のことで慌てたのさ。では先の続きを一席」

そう断ってヒイルを一口飲み

「何処まで話が行ったのか忘れたが、一つは打毬試合の調練者の話、もう一つは打毬の本の話だったと思う。調練者はお上のお達しでケイゼルさんということは決まっているが、これに表立って反対するような骨のある人間はいまのところいねえだろう。だが、小笠原一統が協力しねえに決まっている。むしろ意地悪をしてくるだろう。これじゃあいくらケイゼルさんが頑張ってみてもうまくはいかねえよ」

英生がしきりに横のケイゼルに長羽の早い言葉を訳している。藤三郎もさすがに食べることを控えている。

「さてそこで頭を使うのはここをどう切り抜けるかということだろう。そこで細井奉行は昵懇《じっこん》（親しい間柄）の町奉行大岡越前殿（大岡越前守忠相）に相談したというわけだ」

長羽はまたヒイルを一口飲んで続けた。今度は英生の翻訳も頭に入れて間を置いたのだ。

「大岡殿は直ぐに知恵を授けてくれたらしい」

長羽がちらりと細井を見る。細井はちんまりと座っていて四角い顔は何の反応も示さない。なんだお知恵拝借の賜物かと思われても仕方ないと観念している顔だ。

「大岡さんは、ここは一歩引くことを考えたらどうかと言っているらしい。つまり、負けるが勝ちという戦法だ」

競技試合の勝ちを小笠原に譲り、実績をこちらが得るという方法があるというのか。英生にはこれも難しいと思った。対抗する小笠原はケイゼルがわざと負けることぐらいは読める。位取りの高い小笠原だから安易に乗ってくるとは思ない。だがそのままケイゼルに訳す。

長羽は少し時間をおいてから続ける。

「試合を紅白の組に分けて行い、白組が小笠原一統の騎馬隊とし、紅組はケイゼルが訓練する騎馬隊とする」

間をおいて

「但し、その競技の審判は三人の公正な審判員が第三者から選ばれる。審判員はそれぞれ紅白二本の旗を持ち、競技の結果勝ちと思う組の旗を揚げる。紅白どちらか挙がった旗の多いほうが勝負の勝ちとするわけだ」

そこで英生が手を挙げて話に待ったをかけた。しばらくケイゼルと話してから

「話の途中だが質問はいいかとケイゼル殿が言っている」

と長羽に告げる。

「競技の馬は自由に選べるのかどうか」

長羽の返事を待たずに英生がケイゼルの質問要旨を長羽に告げた。

「俺はそこまでは聞いていない。まあ一度全部しゃべらせてくれないか、話がこんがらかってくるからな」

長羽はケイゼルの質問を振り切って更に続ける。

「大岡さんは、ポロの競技を見ているケイゼルさんの組が同じ土俵では十分勝てるとみている。そこでだ」

長羽は空のコップを給仕に示しヒイルを注いでもらうとそれをぐっと飲みこむ。多少の酒が効き目を表してきているようだ。コップはまた空になった。

「大事なのは試合の数だという。これを二回限りとすること。その一回はケイゼルさんが思い切って働きを見せる。それは勝つに決まっているだろう。次に二回目は相手を最後までじらしながら行うがよいのだ。但し退路を断つことはしてはいけない。最後に少し隙を見せればいいだけだ。ただの模範競技を見せるだけならそう意地になって真剣勝負になることはねえだろう。この勝負は引き分けで穏便に終わる」

長羽の話は名前のとおり長話となって少し通詞への配慮が欠けてきている。英生が汗をかきながら訳語を考えつつケイゼルの耳に通話している。

給仕たちがこんどは二つの大皿に大きな豚のらかん（ハム）を運んできた。付け合わせには細く切って茹でた大根に甘酢がかけてかけてある。追加のブロードとヒロース（砂糖を加えた小麦粉生地に具を巻いて油で揚げたスナック）も沢山籠に入れて二ヶ所に置いていった。

藤三郎が大鍋に残った鯛の一切れを名残惜しい顔で見ていると、給仕はそれを小皿に掬い長羽の席に置いてその大鍋は持ち帰った。

細井奉行は英生の通訳が済むのを待って
「さあ御馳走が冷めないうちに食べてくれないか。話はそろそろ煮詰まってきたようだからな」

と両手を上に向けて動かす。

「すいません」

それを見てケイゼルは右手を挙げながらそう日本語で言い、次いでオランダ語で話し出す。

英生の訳語がそれを追う。

「大岡氏の助言は良く理解できます。私が試合を最後に按配して上手に負けることも可能です」

英生の手の拳が開く合図で続ける。

「しかし問題は異国人の私が試合に出ること自体にありそうです。紅白の組のキャプテン（主将）は貴国の人（日本人）でなければ収まりがつかないでしょう」

少し間を取ってから発言する。

「ショーグン様は、この国の打毬競技を再興させたいとお望みになり、その教練を私に命じました」

と言い英生の手の開きを待ってから
「私は自身ではキャプテンとならず、紅白の両グループ（組）にコーチ（指導者）として公平に教練をさせていただきたいと考えています」

これは正論だが実行は難しいぞ。英生はそう感じながら通訳する。パチパチと手を叩いたのは長羽だ。

「御立派な意見だと思う。さて、そうなると双方のキャプテン、馬、選手、練習場などが問題となるな」

そう言いながらケイゼルにヒイルを注ぐ。その時こんどは通訳していた英生が左手を挙げて細井を見た。細井がどうぞというように右手を英生に向けた。

「脇役の私などが意見を述べることはどうかと思いますが、お許しを頂きましたので申し上げます」

藤三郎はおどおどしながらこれをケイゼルに通訳する。当人は囁《ささや》き語（かすかな音声での話）ができないので大きな声となる。

「大岡様の提案した負けて勝つ策略では先方に譲り負けしたことを見透かされる危険が高いと思います。双方が凡て了解済みの芝居なら別ですが、誇り高い小笠原様が到底賛同しないでしょう」

しばらく藤三郎の言葉をかなり簡略化した通訳を待ってから
「そしてケイゼル案は確かに上意に基づく正論でしょう。また長羽様の言われる問題点の解決が必要となるでしょう」

少し間を置いてから
「しかしその前に、細井様が最初に大給御老中様からこの件を一任されたお立場から、その後何か現御師範小笠原様への御相談は無かったのでしょうか。あったとすれば先方の態度が如何なものであったか差し支えなければお聞かせいただければと思いますが」

今までそれが気になっていたので、ケイゼルへの通訳がおたおたしていることも忘れて長々と聞いている。

細井奉行がわかったとばかりに大きな顔を縦に動かして頷いてから言う。

「それを話す機会が無かったが、平兵衛常春殿は流鏑馬の小笠原流師範でな。もう六十半ばだが未だお元気な様子だ」

やはり声量は低く少し辛そうな話し方だ。

「若い頃は知り合いだったよ。あれは正徳三年だったが、彼が家継《いえつぐ》様御元服の式で書を奉る際に、私が文昭院殿《ぶんしょういんでん》様（家宣）御廟造営のことを承るという慶と弔の相反のお役が下命されたことがあったのでよく覚えている。以後それぞれの道を歩んでいて特に親しい仲ではない。だから未だ会ってはいないのだ。この問題では頼んでもどうせ断わられるからな」

なるほど年下で役割も下の者に頭を下げにくいのだ。異国人に教えを乞う度量はないとも判断している。

「そこでだ、ここにいる長羽殿だが奈良奉行時代の知り合いと言っておったがな。その話はまた別のこととして、義父の長方《ながかた》殿とは今でも良く付き合っている昵懇の間柄なのだ。だからこの一件は先ずそちらに相談したというわけだよ」

細井奉行が細い声を張り上げるなかで給仕はボートル煮（蕪根の煮物）などの野菜料理を運んでくる。ケイゼルに通訳している英生以外の三人は、話を聞いているのかどうかフォークとナイフを巧みに使いながら料理を食べている。

「長方殿は、この一件の解決に役立てばと養子の長羽殿を推薦してくれたのだ。少し遊びの方が多いそうだが、なにしろ小笠原流の乗馬と流鏑馬の達人であり、家道の礼法にも通じているという両刀使い（大小の刀を巧みに使うこと）だからな」

奉行はそこで一息吸った。

これを聞いた長羽が左手を挙げて奉行の話の流れを止めようとし、口の中の料理を急いで飲み込む。口を給仕から与えられている白布（ナプキン）で拭ってから言う
「お奉行、まあ一ぷく吸って休んでくださいい、あとの追加はこちらで話しますので」

奉行が行ったいまの語りで、長羽が礼法にも通じているなどと見得を切ってくれたので、伝法なところが出せなくなったらしく語る言葉使いが少し改まってくる。

皆の落ち着いたのを見て続ける
「ご奉行が少々風邪気味らしいのでまた代わりますが、まず私の小笠原流なぞはほんのひよこ芸ですから誠にお恥ずかしい限りですよ。さて、この度の一件は義父のところで一緒に聞いてはおりましたが、その時は詳細はこちらの席でということで別れましたので中途半端な理解でした」

ケイゼルの視線を意識して続ける。

「義父はこの際ケイゼル殿の西洋馬術を教わる手づるができるかもしれない。この集まりは顔見知りとなる良い機会だから是非行きなさいなどと尻を叩かれたわけです」

英生の翻訳を待ってから
「現実にはそれがどうも難しそうですが、まあ機会があればケイゼルさんよろしくご指導をお願い

します」

と折り目正しくケイゼルに向かって頭を下げている。英生の翻訳を待ってからケイゼルが黙って答礼をした。どんな成り行きになるか見当がつかないから簡単に引き受けられない状況だ。

長羽が更に言葉を続ける
「これからの展開のなかで、一つだけ情報を申し上げておきます。流鏑馬の師範家小笠原平兵衛常春殿の息子さんの常喜《つねよし》殿とは現在流鏑馬の騎射番士《きしゃばんし》としては良い関係の仲にあって、あちらが年齢も経験も大先輩ではありすが、この先生は大抵の相談が可能な人柄だと思います。父上とは異なって頑迷なところはないと思っています」

長羽は止まらず更に続けようとしたが、気が付いてケイゼルへの英生の通訳が終わるのを待つ。ケイゼルが判ったという合図に親指を立てたので
「そこで提案ですが、私がその先輩に当ってみて師範家の様子を探るというのはどうでしょう」

と長羽の考えを述べたところで英生の訳を受けていたケイゼルが手を挙げた。

「私は賛成です。また、私からの提案もあります。先ず皆さん、この試合はもう既に始まっているのです。この席の一同は運命共同体と言ってもよいでしょう。もう誰もがこの試合から降りることは出来ません。ここに集って来たのが運の尽きと思ってください」

厳粛な宣言、または最後の予告を聞いたように思いながら一同にはケイゼルの目が据わってきているように見えた。英生が冷静な通る声で通訳する。

「先ず定期的な戦略会議の開催を提案します。時期と開催場所については議長の奉行様にお任せ致したいと思いますが如何でしょう」

英生はケイゼルの提言を訳し終えた後に今度は自分の意見を付け加えた。

「私はケイゼルどのの翻訳機のような存在ですが、一個人としてもこの作戦に協力していく覚悟はできています。また、会議場所については今私と吉雄通詞が与えられている鉄砲洲《てっぽうず》の宿舎が最適だと思いますので候補地としてお考え下さい。公的なお許しを頂ければの話しですが」

藤三郎がケイゼルに懸命に大意を告げているようだ。声は大きいが通詞の内容は細かいところをかなり省いているのでむしろ判り易くなっている。

奉行の頭が磨いた銅鍋のように光って動き、体を立て直して声を精一杯に上げて発言した。

「皆さんの提言はすべて重要な意見だと思う。長羽氏《ながのぶうじ》には師範家の探索、ケイゼルどのには競技を実施する戦略、そして　今村どのには会議場所を設営していただければありがたい。毎回ここで御馳走を食べながらの会談というわけにもいかないからな」

そう言って今村に向かってちょっと頭を下げる。一旦そこで言葉を切ってから締めの言葉があった。

「さて、皆さん今夜は大変ご苦労をかけました。食後のカステイラ（カステラ）も出たことだしそろそろお開きとしましょう」

そこで終わるのかと思っていると未だ続く

「一言《ひとこと》付け加えると、このポロ競技はお上《かみ》（将軍家）の命令による行事であって、幕府全体が協力して取り掛からなければならない事業となっている。役職者個人や或る特定の流派家の一党が取り仕切るべき問題ではない」

今村の通詞を待って
「そのことをわきまえて事に当たる覚悟でいる。反対者はなくても非協力者は出てくるだろう。私はそれに恐れることなくあらゆる手段を尽くすつもりだ。今夜は皆さん全員が同じ志を持つ侍と見た。これからの動きは各自が直面する事態を判断して果断に行動してくれないか。お願いする」

細井奉行の声が一段と高い調子となっている。なんだか語調が急に部隊の指揮官の訓示のようになっていた。自分でもそう感じたたらしく、奉行は改まって一同に頭を下げてから普段の弱い声を出して、

「尚、わしは帰りの供と駕籠が待っているから心配ないが、宿泊される方々は更にゆっくり席を変えて歓談していただきたいと思う。源右衛門は準備が整っているいるというのでな。では近日また私から連絡することにするのでよろしくな」

ようやく幕引きとなった時に、時の鐘が殷々と鳴って何時《なんどき》かの刻限を知らせている。

（四）老中水野屋敷

登場人物

水野忠之《ただゆき》　六十歳　老中
細井安明　六十歳　長崎奉行
今村英生　六十歳　大通詞

（四）老中水野屋敷

図７　外神田絵図より水野和泉守上屋敷

桜田御門前の南側一帯は有力高官の上屋敷がびっしりと軒《のき》を並べた武家屋敷街となっている。

十月半ばのある日、八つ半（午後三時）頃、二つの駕籠が数人の供に付き添われてゆらゆらとその大名小路を行く。お城に近いこの辺りは非常時以外は急ぎの通行を遠慮することとなっている。何事か起きたのかと勘違いされるからである。通りに人の気配はない。

門前の上杉弾正大弼《だんじょうだいひつ》屋敷と松平中務《なかつかさ》大輔《たいふ》屋敷の間を入り、松平安芸守《あきのかみ》屋敷築地塀《ついじべい》を右に見て進み、左側の阿部因幡守《いんばのかみ》屋敷端を左に曲がると外桜田通りに入る。

目的の老中水野和泉守忠之の上屋敷は、この通りにある相馬大膳亮《だいぜんのすけ》屋敷の東隣にある。南町奉行の大岡越前守忠相《ただすけ》の上屋敷は北側通りを隔てた隣屋敷となっている。

二十七年前の元禄十五年（一七〇二）十二月十五日朝方、赤穂浪士が主君の播磨赤穂藩主浅野長矩《ながのり》の仇討ちを行い、吉良義央《よしなか》の首を挙げて幕府に出頭した。

その際、三河岡崎六万石藩主の水野忠之は、間《はざま》、奥田、矢頭《やとう》、村松、間瀬《ませ》、茅野《かやの》、横川、三村、神崎ら九名の浪士のお預かりを命じられた。

三田中屋敷に浪士を預かった忠之は、翌年二月四日九名の浪士が切腹を命ぜられるまで彼らを忠臣としてもてなしたため、江戸の庶民に称賛された。

忠之は、享保二年（一七一七）に老中となり、以来、将軍吉宗の改革を支えており、五年後には勝手掛（財政を専任する）老中に任じられている。

その後は新田開発のため、「見立て新田十分《しんでんじゅうぶん》の一法《いちほう》」の施行、年貢を四公六民（四分の税）から五公五民（五分の税）に引き上げ実施などに貢献し、幕府の財政改善に努めた。しかし、税を上げることはいつの世でも時の政府の財政は好転するものの一般庶民の反発を買う。

更に新田開発による米の増産が、米価を引き下げたため、農民を中心に不満が充満して来ていた。結果的に地方の上納（納税）が不足したため、その責任を地方役人が負わされて、遠島処分を受ける代官も出る始末となった。

この農村政策の不調は今年六十歳になる中央の責任者水野忠之の肩を次第に重くしていった。

門前で駕籠を降りた二人の老人は水野和泉守上屋敷玄関わきの待合に通された。老中は通常特段の会議が無ければ昼の八つ半（午後三時）頃には下城している。

間もなく長廊下を渡って奥庭に面した部屋に案内されて入る。しばらくして、奥の廊下から太った中背の老人が静かに入ってきて上席に座った。二人が同時に頭を下げて挨拶すると、

「やあ、しばらくだったね。お互いに年をとっているな。うん」

早速二人の来訪者の年齢的な変化を論評する。

御当人は、未だ俺は若いなとの自負がありそうだ。目鼻立ちの整った福々しい顔をしているが鼻の頭が少し赤い。恐らく酒をかなり嗜のだろう。

「このたび、長崎奉行を拝命いたしましたので御礼のご挨拶にまいりました。また、恐縮とは存じますが少しご相談申し上げたいことがありますので、こちらの御用方通詞・今村英生を同道させていただいた次第です」

細井安明が大きい顔を狭めるようにして細い声をだした。

「よかったな。年を取ってからの外国相手の御奉公ではあるが頑張ってもらいたい。また、結構な伏見の酒を有難う。わしも京都時代を思い出すよ。うん」

忠之は、細井が事前に届けさせた祝いの品々の中の酒の銘柄までを承知している。十五年前に忠之が京都所司代を経験していることも抜かりなく生かしている細井の配慮も感じているのだ。

忠之は今度は英生に向かって言った。

「ラテン語も解す今村大通詞のことは今でもよく承知している。シドッチの事件で名を挙げたことをな。うん」

忠之には言葉の最後に「うん」となる癖があるようだ。

シドッチの事件には、忠之が将軍家宣《いえのぶ》の奏者番《そうじゃばん》であった宝永六年（一七〇九）十二月に遭遇している。その事件は、イタリア・シチリア島の出身でカトリック在俗司祭ジョバンニ・バッティスタ・シドッチが、宝永五年（一七〇八）に薩摩の屋久島に上陸したことから始まった　シドッチは長崎奉行によって取り調べが行われたが、その時にはいったんオランダ商館員を介してラテン語からオランダ語へ訳してもらい、それを英生の通訳によって日本語にして幕府に報告するという手間が掛かった。

また、切支丹信仰者であることを重視したため、当時の将軍家宣側近であった新井白石はシドッチを江戸に護送させて直に取り調べることにした。

その際、大通詞の英生も付き添いを命ぜられ、江戸到着後小日向《こひなた》の切支丹屋敷に入った。白石は、英生が短期に修得したラテン語を介してシドッチを尋問した結果、シドッチの語る博学な西洋事情について大変興味を持つことになったのである。

その後、現役を退いたが、個人的に西洋の知識を吸収することに強い信念を持ち、オランダ人にも面会したり、英生にも書簡による質問を重ねて、後に『西洋紀聞《せいようきぶん》』（シドッチの尋問記録）や『采覧異言《さいらんいげん》』（世界各地の地理風俗の編纂書）などの名書を著している。

この時の大通詞今村市右衛門英生の働きが幕閣にも伝わり、役目を終えて帰国の際には将軍より白銀五枚を下賜されている。忠之はこのシドッチ事件で一躍有名になった今村英生を記憶していたのだ。

「さて、その今村大通詞、いや今は御用方通詞だったな。だがオランダ通詞同行による用件とは一体何だろうかな。うん」

長崎奉行の細井は一度禿た頭を光らせながらて下げて
「実はこの度の長崎奉行を拝命したこととの関連がありまして通詞を同行いたしました」

と先ずは英生同席の理由を述べてから、来朝しているオランダ人調馬師ケイゼルが上様のお声がかりで来春「ポロ競技試合」の教練を実施することになったこと、その時の月番老中松平様からオランダ人の関与があるからとのことで長崎奉行がその行事担当を命ぜられたことなどを簡略に述べた。

そこで細井がやや声の調子を挙げて、異国人が教練の采配を執ることに抵抗する動きがあること、特に小笠原師範家は反発が強くなることが予想されるので困っていること、小笠原家秘蔵の「打毬《うちまり》」書借用のことなどの実情を述べてから、

「先日、こちらの関係者で相談しましたが特に妙案もなく、先ずは長崎奉行拝命の御礼かたがたではありますが、御経験の深い水野御老中様の御意見を頂戴致したく参上しました。尚、今村通詞はケイゼルとの意見交換を既に十分にしておりますので、関係者として競技方法などの説明にお役に立つものと考えて同道した次第です」

と結んで忠之の反応を窺った。

細井はこちら側の相談した方策には妙案がないと言って核心には触れていない。その点は老獪など

ころが見えた。

「ふーむ。先ずは一服してからにしようではないか。うーん」

今回のうんは少し間が伸びている。

忠之は側近を呼び右手で湯飲みを口にするような恰好をして見せた。指示を受けて直ぐに水野家中が煙草盆とお茶道具一式を運んできて銘々の前に置いた。水野の手真似を酒と受け取らなかったのが不思議であったが、手の作る輪が猪口とは大きさが違うのでわかるのかもしれない。

三名の同年輩の老人が独自の形で煙草を吸っているところは、田んぼの畦道に腰を下ろして昔話でもしているような風情だ。キセルの首を灰落としの竹にポンと当てて煙草の灰をおとしてから、忠之が赤い鼻を英生に向けて尋ねた。

「ポロ競技というのは団体競技であろうが、一組何名くらいで行うのかな。うん」

英生が通詞の澄んだ声で答える。

「ではケイゼルから聞いた話を申し上げます。この競技は、流鏑馬の馬場を四つ横に並べたより広い場所で行い、四名で一組を編成した紅白二組で小毬《こまり》を撃ち争う競技です」

英生は先ず競技の概要を述べて質問者に答えてから
「簡単に申し上げますと、四騎一組がそれぞれに小鐘を撞くような形をした長い棒、仮に叩き棒とでも言いましょうか、その道具を持ち、それで馬上から競技場の一方の地上に置いた紅白の小毬を他方に設けた狭い囲いの中に撃ち込み合います。その際には騎馬戦のごとく互いに相手の行動を遮ることもできます。試合の時刻（時間）を計るため、例えば小さな線香が燃え尽きるまでに各組が囲いの中に紅白の毬をそれぞれ何個打ち込んだかを競い合うものです。この試合を、小憩（休み）を挟みながら四回から八回くらい繰り返して行い、一定の試合結果を総合して比べてみて、相手の囲いに打ち込んだ毬の合計が多い組を勝ちと致します。尚、馬保護のために一回ごとに全員が替え馬を使用することになっています」

英生は老人に理解しやすいようにゆっくり話した。

「なるほど、さすがに大通詞の説明は良くわかる。うん」

忠之が英生の話に納得したように合点して言う。

「馬の巧みな捌きが必要となるわけだな。その競技方法をケイゼルが教練することを上様がご下命したとすれば、これに反対する者が居るはずはないが、今の話では紅白の騎者は予備を含めて少なくても二十名ほどで訓練しなければならないだろう。うん」

一息ついてから円い顔を四角い顔の方に向けて

「細井奉行よ、小笠原家も色々とあってな、隣屋敷の小笠原長重《ながしげ》（越前守・前老中）殿ともよく話しが出たが、現在の流鏑馬の師範家の他にも騎馬古来の流儀を継承している者がいることを承知かな」

細井は突然話を振られてぎょっとしたが、忠之は続ける。

「小笠原と同じ清和源氏の出ではあるが武田流がある。若狭武田氏が消滅した後、姻戚の細川藤孝（幽斎）に伝えられて以後細川家によって継承されたが、三代忠利のときに家臣の竹原惟成《これなり》に後を継がせたようだ。うん」

忠之は更に続ける。

「その武田流の馬術を熱心に訓練している者達が居るのだ。流鏑馬でなければ場合によっては使えるかもしれないな。うん」

細井奉行は四角い顔をにこっとさせて言う
「さすがに御老中は御目が広く世間を御覧になっておりますな。私共は身の回りさえ行き届きません。武田流の熟練者が承知してくれれば、たとえ小笠原が非協力でも困りませんので是非よろしくお願い申し上げます」

忠之は新たにこちらの腹の内を読む。

「それから訓練する馬場のこともあるだろう。また、話の様子では日本の打毬の書借用のこともあるようだな。うん」

細井は首をすくめるような態度が自然に出た。

「訓練馬場の事は馬預かり（馬場の管理者）に一言話しておこう。打毬の書は三年前に御徒頭《おかちがしら》に付いた小笠原持廣《もつひろ》の所にあるかもしれないぞ。お上の台覧《たいらん》（高貴な人が見ること）にお供して持廣家の秘伝書を見せてもらったことがあるのでな。うん」

細井は忠之の博識にも真からびっくりした。また小笠原一族は徳川の土壌に良く蔓《はびこ》るものだと感心もした。

この言葉を受けて、奉行と英生にはこの問題の彼方に一筋の燭光を見たような思いがした。そのせいで二人の目には忠之の顔が如意輪観音のように映ったのであろう、両手を合わせるような気持ちで深々と拝礼した。

細井奉行は先に届けた進物が功を奏したのかななどとも考えながら、先方がこのほとぼりを覚まさないよう願い、長居は禁物とばかりに忠之の上屋敷を早々に引き下がった。

（五）騎射試合

登場人物

小笠原長羽《ながのぶ》	二十九歳	御書院番
三吉《さんきち》親分	三十歳前後	遊び人
小笠原長方《ながかた》	六十四歳	長羽の義父
小笠原持廣《もつひろ》	四十五歳	御書院番
堀　利庸《としつね》	二十四歳	御小姓組頭
大須賀高胤《こういん》	十九歳前後	榊原家次男
小笠原常春《つねはる》	六十四歳	弓馬師範家当主
お　菊	三十歳位	女将

十月も半ばを過ぎていつもの年ならば晴天が続く時候だが、この数日は空がどんよりとしていて時々驟雨《しゅうう》に遭うような具合であまりさっぱりしない日々が続いていた。しかし、今日は東から薄日が差してきている。

長羽は雨で数日休んでいたが、日課としている小日向の屋敷からは目と鼻の先の築土《つくど》明神八幡宮への参拝に出かけた。足腰を鍛えるために長い階段を上り下りする目的もある。境内の隅に寄って木刀を持参し素振りを数百回繰り返すことも怠らない。

本日は、半蔵門南西にある公儀の騎射調練馬場では朝から定例の騎射《うまゆみ》訓練があるので、月番者以外の両番（小姓組と書院番）の馬術修練者が集まる。

本日参加する同じ修練者でも、こちらは陪臣（諸大名の家臣）上がりの養子だが、小笠原師範家に属する多くの面々は五番町の名門旗本が集まる住居地に屋敷を構える気位の高い連中だ。

小笠原蔵人《くらんど》長羽は、師範家とは関連のない小笠原八右衛門長方の跡継ぎとして、六年前の享保八年（一七二三）九月一日に、将軍吉宗に御目見《おめみえ》（旗本として認知される儀式）を済ませている。この時は二十三歳であった。

実父の小笠原準之助政房は、当時土屋能登守の家臣として仕えていたので、長羽が直参旗本（将軍直属の家臣）家禄六百石御書院番の跡継ぎになることを喜んで承知したのかもしれない。

ところが人生はそううまく転んでは行かないものだ。近年、養父長方には別に実子がいたことが判明して、家の中が少々ややこしくなってきている。長羽としてはどうにもならず、いまは事の成り行きに任せるしかないと思っている。

本日は、かねがね狙っていた師範家小笠原常春の長子（長男）孫七郎常喜に自然体で近付く良い機会であり、これを逃すことはできないのだ。

築土八幡社と明神社は長い坂の上の森に並んで祭られている。長羽が両社殿に参拝して素振りを終え、石畳を下りてくると、その中段にある平地に、三十歳前後の苦み走った顔をした遊び人風情の男が待っていた。男が腰をかがめて長羽に近寄ってきて
「小笠原の殿様、あちらの様子を見てきやしたぜ」

と耳打ちする。

「おいおい三吉親分、殿様呼ばりはやめてくれ」

長羽は一言注意してから
「ご苦労だったな。どんな様子だった」

と言って傍《かたわ》らの腰掛石に腰を掛ける。

「殿様、あっいけねえ、おがさの旦那、半蔵御門の馬場の周りは大変厳重な警備でさあ。なんでも今日は大変な数の軍馬が出るそうでしてね」

小耳に挟んだ噂を伝える。

「馬場の状態はどうだったなどと聞くだけ野暮だろうな」

長羽が自分に呟くような聞き方をすると三吉は

「多分そこが旦那の知りてえところだと気づきやしてね。警備の目をごまかして馬場の中をちょいと覗いてみましたら、大勢で水たまりに砂利と砂を埋めていやした。何分広い範囲なんで目が行き届きませんが、柵を作ったり、板戸や幕を張ったりてんやわんやの騒ぎでさ」

江戸っ子の三吉には、騎射場の整備も御祭りの準備に見えてくるようだ。

「三吉親分有難うよ。良い目利きだったぜ。馬場に砂が厚い時には馬の足が深く潜るんだ。馬体が大きいと重みが掛かって余計に不利になる。今日は小さい方の馬が有利だろうな」

三吉は長羽に褒められて満更でもない様子だ。長羽はついでに言う。

「今夜はな、神楽坂の『咲良《さくら》』に邪魔をする。離れにお客を連れて行くかもしれないが成り行きで確かなことはわからない。そうお菊さんに頼んでおいてくれないか。料理はその時のあり合わせで結構だともな」

三吉は合点だというようにぺこりと頭を下げてからさっと坂下に消えて行った。

半蔵門の濠橋《ほりばし》から西へ麹町一丁目から五丁目へと延びる大道りの北側は、大火の時の火除け地を兼ね幾つかに区分けした御用地となっていて、そのうちの御濠に近い最大の御用地には東西方向に整地された騎射調練馬場が設けられている。

騎射とは、馬を馳せながら矢を飛ばすことを言い、古来から近東《きんとう》の民族によって行われてきた狩りや戦闘の馬上弓術である。

日本では、古事記や日本書紀などの古い文献にも弓矢が登場し、弓道は四、五世紀以降固有の武道として実戦の場で発達してきている。その後、弓馬《きゅうば》の修練は武士道の精神的道義を形成する手段として様式化され、鎌倉時代の源氏に伝承された。

しかし、戦国時代の鉄砲の導入が戦争の手段を急激に変化させ、弓馬の戦闘法は衰退した。

源家（源氏の家柄）から伝承された弓馬術礼法《きゅうばじゅつれいほう》は、清和源氏義光流《よしみつりゅう》の小笠原家を中心に受け継がれて射術《しゃじゅつ》に基準が定められた。また、礼儀作法も屋内法、屋外法などの礼法分派が生じて後世に至っている。

騎射の一つとして疾走する馬上から鏑矢《かぶらや》を射る儀式化された技術があり、これを「流鏑馬《やぶさめ》（鏑流馬）」と言う。九世紀ごろは「矢《や》馳《ば》せ馬《うま》」と呼ばれていたらしい。

馬上弓術とされるものはこのほかに笠懸《かさがけ》、犬追物《いぬおうもの》がある。

保延二年（一一三六）、奈良の春日大社若宮社殿改築に際して関白藤原忠道《ただみち》により流鏑馬が奉納されたという記録がある。

その後、室町時代になると、春日大社では若宮おん祭りに際し、大和《やまと》武士（興福寺荘園内の武士）による「流鏑馬十騎」の奉納が恒例となった。

だが、戦国時代以降は兵法も変化してきた関係で一般的に弓馬の修練も衰えていき、流鏑馬は宮中儀式の一部や神社の神事などで行われる以外に見ることはなく、武士の関心からは次第に遠ざかって行った。

時代が下って徳川時代となり、小笠原流二十代小笠原常春は、尚武《しょうぶ》の復興に燃える八代将軍吉宗の意向によって、かねてより伝書《でんしょ》（伝わる書籍）を基に古式《こしき》流鏑馬を研究していた。

図８　流鏑馬図

昨年の享保十三年（一七二八）には、吉宗は世継ぎ家重《いえしげ》の疱瘡《ほうそう》治癒祈願のため、常春に命じて流鏑馬を復活させてこれを高田馬場で執り行い、鎮座する穴八幡宮に奉納した。

その後各所において再び流鏑馬が行われるようになったので、後世の人から吉宗が流鏑馬中興の祖と称されることになったわけである。

春日若宮おん祭りの「流鏑馬十騎」奉納に際しては、小笠原長羽には偶発的な出来事の思い出がある。数年前の事である。義父の小笠原八右衛門長方が大奥（将軍御台所）の依頼による春日大社若宮おん祭りに合わせての世継ぎ健康祈願の奉納のため奈良への出張を命ぜられた。

長方は当時やや持病が優れず、長旅の公務遂行に憂慮していたが、事情を旧知の奈良奉行細井安明に相談したところ、陰から運動してくれたと見えて、出発直前になって上司の月番若年寄から養子の長羽の同行補助が許可された。二人が道中無事に何事もなく奈良に到着し、若宮おん祭り祈願を済ませたとき、現地の奈良奉行所役人から思わぬ依頼を受けたのである。

これから始まる「流鏑馬十騎」奉納に長羽に騎射の代役出馬をお願いできないかという突然の話であった。

役人の話によると、奉行所の手配した騎射の一人が急病で倒れてしまい、その射手の代役が居らず、奉納十騎が揃わないのだという。あらかじめ小笠原父子の奈良公務出張が江戸から手配されていたので、小笠原と言えば弓馬の家柄だ、これ幸い神の援けとして代役出馬をお願いしてはどうかという話になったようだ。

小笠原父子としては、今回の若宮祈願の公務は江戸滞在中の細井奈良奉行に大変お世話になっている関係で、この話を断るわけにはいかない。無論、射手代役は、若き騎馬功者《こうしゃ》である養子長羽の出番となる。

「お願いできるかな」

養父長方の悲痛の眼差しが長羽の両眼を覗う。

「無論のことです。ご心配はいりません」

きっぱりとした長羽の返事に長方はほっとして胸をさする。

春日大社の騎射馬場の一帯には大勢の「流鏑馬十騎」奉納を拝観する民衆が溢れていて空気がむんむんとしている。

長さ二町（二一八メートル）ほどの細長い直線馬場には、走路に沿って両側に低い埒《らち》という柵が設けてある。

馬場には、馬の走る走路（さぐり）から一間（一・八メートル）から二間程度離したところに、一尺四寸（約五〇センチ）から一尺八寸（五四センチ）四方の檜板を竹の的串《まとぐし》に刺して、出発点から二十間（約三六メートル）、四十間（約七二メートル）、同じく四十間の三か所に三本の的を立ててある。

射者は綾藺笠《あやいがさ》、弓懸《ゆかけ》、弓籠手《ゆごて》、行縢《むかばき》、などの狩り装束を着用して太刀《たち》、腰刀《ようとう》を差し、箙《えびら》を負う。

流鏑馬十騎は、順番に騎乗した馬を馬場走路を疾走させつつ一の的の手前では「インヨー」と声を上げて鏑矢を射流して的に当てる。二の的では「インヨー、インヨー」の二声、三の的ではこれを三声とし高音で長く繰り返しながら矢を放つ。このインヨーの発声は天地の陰陽《いんよう》に謹んで誠心《まことごころ》を表すものだと言われている。

奈良奉行所の役人達が用意した狩り装束で身を拵え、十騎の一員として同化した長羽は、見事に三つの的の中心に鏑矢を射込んで大役を果たした。

奈良奉行所の役人たちもこれを見て大喜びし、臨時射者長羽に惜しみない拍手を送ったことは言うまでもない。

小笠原父子は、帰路の道中ではゆっくりと旅を楽しみながら江戸に帰着し、無事にその役割を終えたのである。


麹町の騎射調練馬場は、半蔵門堀端通りの門前から西方向に延びる大道りと北側の武家屋敷に囲まれた広大な御用地の一角にある。

縦の長さが三町（三二七メートル）を越え、横幅が一町ほどの長方形の敷地内に硬い野芝を張って造成された騎射専用の馬場だ。

敷地周囲は全て小塀で囲われていて、南側大通りに面した中央部と、北側道路の二か所に大門があり、それぞれ両横に押し開ける大戸《おおど》がついている。また、その脇にも通用口が設けてある。南側の入り口脇には、道路に沿って左右横長の小屋が軒を並べていて各種用途に用いられている。また、南西の道路側には馬小屋などの馬場施設が数多く設けられている。

お城方向の東側と北側の武家屋敷側は、入り口以外の塀囲いの内側に高く土盛りがされていて、馬場で誤って矢を射出した場合の矢止めにしている。

馬場には、堀端から南西方向に延びている南側大通りに沿って直線の走路があり、その両側には二尺三寸の高さに縄を張って埒（柵）が設置されている。左側を男埒《おらち》、右側を女埒《めらち》という。

走路は、南西端から東北の方向へ半蔵門のお堀に向かって走るよう設計されていて、騎者の視野を日光からできるだけ避けられるように配慮されている。

昨日までの雨でできた走路上の泥濘《ぬかるみ》や窪みには、朝から大勢の人夫が来ていて砂利や砂を埋め、大《おお》槌《づち》を使って地面を補修しているが、重い馬場となっていてあまり状態は良くない。南西の出馬地点から見ると右側には観覧者席が設えてあり、左側の中央三か所には矢留《やどめ》の板塀に藁束がびっしりと並んでいる。

その前の場所には的を打ち付ける丸太が距離を置いて立ててあるが、丸太の先端には未だ何も付いていない。これから設置するのであろう。矢留板北側の広い芝地は、騎射調練や騎射試合の行われていない時は自由に馬を動かせる場所になっている。

昼前には大勢の若手番士たちが自由馬場で馬を調練していたが、昼四つ半（十一時）ごろからは、南側の正門口から競技関係者や競技参加者が集まってきているので南西の騎士溜《きしだま》りに戻り、試合の始まりを待っている。

南門からは午前中に四十頭ばかりの鞍を付けた馬が公儀の馬預り所から既に入場していて、南西道路側の厩舎に繋がれ、切藁や清水を与えられて休んでいる。

長羽は荷物を背負った中間らしい従者二人を連れて正門をくぐった。

門内の左側には
「騎射試合出場者登録所《きしゃじあいしゅつじょうしゃとうろくどころ》」

という立札が立っていて、其処には受付台があり、受付係が先ず騎射参加申し渡し書の提出を求めた。試合申込者には試合主催者の審査があり、参加者にはあらかじめ許可証が送られてきていたのだ。

受付大台には裏返しにした紐付きの木札が歌留多《カルタ》（遊び札）の様に並べてある。形だけは小判と同じ大きさだ。

「どれか札をお取り下さい、試合開始は九つ半（午後一時）ごろです」

受付掛かりに言われて上段の一枚を取り裏返すと「十一番」と書いてあって下には何かの焼き印がついている。

次の台上には長い巻紙が広げられていて、一番から三十番までの番号が右から左に記されている。係に番号札を見せると筆で十一番を指して言う。

「この番号の下に御記名とご年齢をご記入願います」

そこここには既に十名ほどの名前があったが十一番の回りはまだ空白だ。記名を終えて他の名前を見ていると
「番号札は最後までお持ち下さい」

と念をおされて札を懐に入れながら試合場内に入った。

さっと見た名簿には本日挨拶しておきたい目的の人物、師範家の小笠原常喜の名は未だなかった。供の二人にも同じ番号を記してある紐の付いた円い小板が渡されている。

場内を案内する係がいて誘導され、左側に続く長屋の前を通り、出馬点に近い場所の小屋に着いた。そこの前には「十番〜十二番」の張り紙が付いた小竹が刺さっていた。三人溜りの小屋ということだ。

小屋の中には未だ誰もいないが、縁台のような腰掛が横に三列並んでいて、後ろ側には風呂屋の着衣棚のように区切った物置棚が付いている。供の者が持参した騎射の衣装を下ろしている。よく見るとその一人は中年男で眉の濃い目鼻立ちのきりっと締まった顔の三吉親分であった。

本来射手の衣装は、水干、または鎧直垂《よろいひたたれ》と決まっていたが、本日は儀式ではないので特に衣装や装備は指定していないということであった。自由で良いということだ。長羽はいつもの衣装と陣笠、袴などを着けたが陣羽織は省くことにした。手捌きの邪魔になるからだ。

競走馬、弓、矢などはすべて主催者が用意しているものを使用するという。それらにはすべてくじ引き番号と同じ番号が既に付されているということだ。

「今日の籤運が悪いとお手上げだぞ」

三吉親分にそうぼやいているとき、係に誘導されて供を連れた四十半ばの中年武士が小屋の中へ入ってきた。

「やあ、珍しいところで会うな長羽殿」

痩せ型で背の高い武士は、面長の優しそうな顔を崩してよく響く低で言った。長羽は記憶を回して

から
「これは御徒歩頭。御弓場始め以来ですね。お元気そうで何よりです」

小笠原縫殿助持廣は腰かけながら長羽に手を振り
「もう年だからこうした試合に臨むのは遠慮したいと思ったのだ。でも倅の萬五郎が体の運動にとあまり勧めるのでね、今日は大いに恥をかくことだろうな」

と言い訳を述べる。持廣が手に握っている木札の番号は十番である。

長羽は持廣の騎射支度を待ってから傍に寄り耳元に小声で言った。

「持廣殿、これは偶然ですが何らかの引き合わせです。私から是非お尋ねしたい事がありまして、近日中にお会い致したく思っていたところです」

「はて、何だろうか、こちらは近頃知恵の廻も悪くなってきているが」

と返事にはやや不安なためらいが感じられる。

「少し込み入った話なのです。また、あまり師範家家中の耳には入れたくない事でもあります。どうでしょう、本日の仕上げに神楽坂あたりで一献お付き合い頂けないでしょうか」

長羽は持廣が三十六歌仙の大伴家持ほどの酒好きであることをよく承知していた。案の定、持廣の顔付では直ぐに乗ってきているが少し恰好を付けて言う。

「いや有難いが、今日の試合結果を倅の萬五郎が楽しみに待っているのでな。でも試合成績によってはやけ酒という薬が必要になるかも知れないな。最近は騎上の腰がふらついていけないのだ」

この返事で長羽には自分の成績より持廣の試合成績の方が心配になってきている。

「持廣殿、今日の馬場は緩《ゆる》んでいますから鞍に尻を着けると余計に振られます。私は鐙《あぶみ》を少し短くしてすかし（鞍から腰を空ける）を高めるつもりです」

長羽の言葉に持廣は少し間を置いてから、長羽の顔を見てぽつりと言った。あるいは持廣自身に対して言ったのかもしれない。

「膝の締めが肝心だ」

その低音が長羽の頭の中で波状的に共鳴したような気がした。

先輩に対して失礼な言い方をしたかなと反省し、更にもう一言何か忖度の言葉がないかと探していると、そのところへ、未だ二十歳前と思われる若い武士が案内もなしでぬっと小屋へ入ってきた。ちょいと頭は下げたが挨拶はない。本日の参加者は抽選で決めたというが挨拶もできないような雑な人物もいるのか。良く言えば玉石混淆、悪く言えば糞も味噌も一緒かと思った。

供の三吉親分がどこからか戻ってきて

「乗馬の見分が始まったようです」

と一同に言う。すると先程の若者がすっと立って

「十二番の大須賀高胤です。お先に」

と言って小屋の外に飛び出していった。

長羽は立ち上がって持廣に向かいどうぞというように片手を外に示した。

小屋の外に出てみると今日の参加者がぞろぞろと厩のほうに歩いている。各厩の前には係員が大きな番号札を挙げているので十一番を見つけていると、三吉が袖を引いて案内してくれて直ぐに今日の乗馬が見つかった。

「旦那、この馬ですぜ」

と言って三吉が係員に長羽旦那の番号札を示す。

「少々くたびれた馬のようだな」

長羽には直感でわかった。年を取った中型の栗毛馬だが性格がおとなしそうな目をしている。馬の手綱を取り、首を叩いて鼻づらをさすり、足元を丁寧に点検する。馬脚は逞く爪も良く揃えてある。この馬なら案外走るかもしれない。全体からそんな感じを受けた。

「籤で当たった馬だ。頼むぞ相棒」

そう言ってから、係に頼んで鞍の帯を強く締め直し、鐙の位置を少し短く調整した。

ドーン、ドーンと大太鼓が鳴った。

鈴を鳴らした係員が走りながら叫ぶ。

「騎者の方々出馬口にお集まり下さい」

出馬口に据えられた台上にはまだ若い御小姓組頭《おこしょうくみがしら》の堀利庸が、鞭を右手に持って左の手の平を叩き辺りを見回している。ちょうど空の雲が切れて太陽が顔を出し西瓜に油を塗ったような頭を照らしている。

「只今から本日の試合要領を申し上げる。御一同には少々前の方にお進み願いたい」

組頭が高い声をだしなが手招きをする。

「ご参加の方々は、あらかじめ応募された大勢の出場希望者の中からあらかじめ調書により厳選された上で更に抽選によって三十名が選ばれている。また、出場者はこれも引き札によって番号を決められている。以後この番号ですべてを処理してゆく。同じ苗字の方が多いので混乱を避けるためである。なお、事情により当日不参加の方が数名あることを報告しておきたい」

確かに馬術競技では小笠原姓の者が多い。

「よろしいかな」

組頭の確認に誰も異議はないようだ。

「さて、競技に先立って本日の試合奉行として師範役の小笠原殿からご挨拶があるのでお聞き願いたい」

台の上に小笠原平兵衛常春の小柄な体が付き人に支えられてよろよろと登る。

「本日試合に参加下さったご一同には誠に感謝に堪えません。皆さんの平時においてなお騎射のご鍛練に精励される真摯な武士道精神に接し、老骨に新たな活力を喚起される思いであります。本日の試合は、儀式的な流鏑馬とは異なり、本来の実践的な騎射術を競うものであります。馬場はいつも使用しているものでありますが、戦場を走る戦闘行為と同じであると心得てください。弓矢も同様に戦闘用の武具で行います。ご承知のように戦場は如何に早く駆け、如何に正確に的を射るかの真剣勝負の場です。本日はどうかそのような気概で充分なお働きをお示しいただきたいと思います」

と老体の常春が主催する奉行として挨拶をした。係員が台上に代わって立ち

「これから、本日の試合の細部について説明いたします。なお、同様の説明内容は中央入り口とこの出馬口付近に書面で張り出してありますのでご覧ください」

次に係員は次の事項について説明した。

「騎射術試合実施の事」

一、騎射の乗馬は抽選番号にて定める。

一、騎射に用いる弓矢は実戦用とする。

一、騎射の勝負順位は採点法により決める。採点者は三名とし、各合計点を総合し三分した点数の高位者をもって上位者とする。持ち点は騎射各自十点とし、各採点事項の減点法とする。騎射年齢の十分の一の数を加算する。

一、採点事項は当り的の評価及び走行時刻計量の二点とする。当り矢が的の中心より離れた着矢点の距離によって持ち点は減点される。走行に要した時刻を水量計で測り、水量の多い方が減点される。

「実施事項で何かご質問はありませんか」

係員が一同に尋ねると参加者から数名の手が上がった。主要な質問と答弁は以下のようであった。

「矢の的はどのようなものか」

「今回の的は、檜の丸太を厚く輪切りにしたもので、大小の寸法が三通り揃えてあります。表には黒丸を中心に三重の円を描いてあり、竹竿の先に挟んであります」

「走行時刻を測る水量計とはどのようなものか」

「走行終点に計量所があり水量計の見分はできますが、要するに出馬と同時に容器から水を射出して器に取り、走行終了を確認して射出を中止し、射出した器内の水量（重量）を秤で測定して数値を比較するものです。つまり水の入った器の重量から器の重量を引くと水の重量が判るわけで、その射出水量（重量）が走行時刻を表すことになります。つまり、時を水量に変えた秤です」

「出馬の合図は終点及び計量所にどのような方法で知らせるのか、まさか鉄砲を合図にというわけではないだろう」

「騎射に使用される乗馬は馬預り所が管理しているため馬の扱い方にどう慣らされていたのかよくわかりません。馬はどのような音響にも敏感でかなり影響を与えます。慣れの問題ですが。そこで考えて今回は終点係員に白旗を振って出馬の合図を送ります。その合図は見張りから射出水を止める係に即時伝えられることにしてあります」

太鼓がドン、ドン、ドンと三回鳴り、昼八つ（午後二時）の試合開始用意を告げる。

一同がそれぞれの乗馬に向かい、諸役が一斉に持ち場の位置に着く。

観覧席の中央部には、試合の実行責任者である書院番頭を中心に、実施奉行である小笠原常春その他の役員が先頭の列から、後方にも二段三段と腰掛けている。先頭の審判席には、かつて騎射の名手だった三名の審判者が木机を前にして控えている。採点表を記入する用意もできているらしい。馬場の走路には砂が撒かれていて、左右の埒（縄を張った区切り）が横に長い百二十間（約二二〇メートル）の直線走路を作る。

出馬口から用意完了の青い長い旗が左右に振られている。いよいよ騎射第一番の出馬である。一瞬観覧席に緊張が走った。すると次に長い白旗が地面からさっと挙がった。小さな茶色の馬体がさぐりの地面を蹴って中央のこちらに向かって飛んでくる。

一の的は、檜丸太の輪切りで大皿くらいの大きさがある。出馬口から二十間（約三六メートル）先の進行方向左手に走路から三間（約五メートル）ほど離れて立てられた丸太の先に釘で止めてある。

騎射一番が矢を射流して当てて次の二の的に迫る。

二の的は、それから四十間（約七三メートル）先にあり、騎射はそれまでに箙《えびら》から矢を抜き番《つが》えて、団扇ほどの輪切り丸太の的に射込む。

三の的は、同じく四十間先に立つ丸太の先に子供の顔大に小さくなった輪切り丸太が打ち付けられていて、勢い付いた馬を馳せながらこれに矢を当てることになる。

第一番が風と砂埃を撒いて中央部を走り去ると、あっという間に終点から到着の長い赤い旗が振られた。直ぐに諸役は次の騎射番の用意に掛かる。

この繰り返しが予定では三十回継続するわけだ。

出馬口で待機していた長羽は、終点で赤旗が振られたので小笠原持廣が無事騎射を終えたことを知り安堵した。

自分の番となるとやや緊張するのかと思ったが、全く何の感情も湧かない。平静そのものだ。馬のほうも騎射の気動を敏感に受けて特に興奮している様子はない。係の合図で白線の引かれた位置に着くと、

図９　乗馬の稽古

「十一番、よーい」
との静かな声の後で前方の地面から白旗がさっと上に挙がった。
同時に長羽は両の鐙で馬腹を蹴り手綱を引くと馬は勢いよく疾走を始めた。
矢を番えて一の的へ向けて弓を絞ると、耳の奥から
「膝を締めて」
という持廣の低い声が耳元に蘇ったので、愉快になりながら
「はいよー」

と掛け声を掛けて的の中心に射込む。

二の的も同じように過ぎ、素早く最後の矢を番え三の的に焦点を集中させる。

目が左前方に立つ的を捕らえると、その丸い的の側面に焦点を当てる。そのまま焦点を合わせているると走行に従って的は徐々に正円《せいえん》に近ずく。それはまるで三日月が満月になってゆくようにだ。満月の手前で矢を放つが、的までの距離によってその一瞬が異なるのは当然だ。

目の焦点調節は黒点を動的に拡大する近接効果を表すので、的に正対《せいたい》する際までは黒点をぐっと大きく近づけて見せてくれるのだ。問題は放射の時期（タイミング）だ。その瞬間を会得するために若いころ信州の戸隠で修業してきたのが近射法である。

この一連の動作では、自身の馬上の行動がまるで緩慢な動作に変化した感覚となり、その流れの自然体でゆっくりと矢を放つと、その黒点の中心に矢が吸い込まれてゆくまでが判る。しかし、傍目には瞬間的な疾走射法として映じている。

長羽は終点に駆け込み、空き地で輪乗りをして老馬の首を摩りながらその健闘を労っている。

先に上がった持廣が扇を使って近くにいたので、馬を下りて係に渡してから
「お疲れさまでした。御立派な騎射でしたね。これで今夜は一杯できますね」

相手を称えておいて夜の部の情報操作を行う所存だ。

「まあこんなもんだろう。もう歳だからな」

満更でもない返事だった。後で三吉を迎えに行かせる段取りを約束しておかなければならない。

興味があったので長羽は走行時刻計測所に行き水量計を見学した。

水を張った大きな樽が一つの台に置かれている。その脇にやや小さめな二つ目の樽があり、上の樽から竹管で水を少量づつ受けて常に満水にしている。

第二の樽の中ほどからは細い竹の放出管が出ていて常に少量の水を下の容器に排出している。その水は一の樽にまた返されて絶えず上の樽が満杯になっているように補水係が水の循環に注意している。二の樽の細竹から放出される水の量が常に一定になるよう設計されているのだ。二の樽の排出管から出ている水を受けるのは丼だ。番号を付けた丼が幾つも下に用意されている。

出馬を見張る係の合図によって排出口に丼を設置する。また、見張りの到着合図で丼を引っ込める。溜まった水の全量を丼ごと天秤皿に載せて計測すると、水を入れた丼の重さが判定できる。番号の点いた空丼の目方は予め秤で計測されているのでその風袋（器の重さ）を差し引くわけだ。

こうして騎射走行時刻は水の重量に変化してくる。その数値を記載されて比較されるのだ。

「多少の誤差はあるのだろうがよく考えたものだ」

そう感心して長羽は場内の待合小屋に戻ってゆく。本日の重要な一幕は終えたが未だ夜の第二幕が残る。

長羽の当初の面談目的者であった師範平兵衛家長男の小笠原孫七郎常喜は見当たらず、面談の役者が偶然に現れた小笠原織殿助《ぬいどのすけ》持廣というもう一方の主役級人物に変わった。

小笠原平兵衛家と織殿助家とは流祖（流派の先祖）は同じであるが、今の時代では平兵衛家が宗家（本家）となっている。しかし、両家の分派がそれぞれ独立した活動をしていて、互いに切磋琢磨の状態となっているので、むしろ都合がいい。

全騎射が終了してから、試合結果の発表までかなり待たされたが、優勝は十一番となり長羽に決まった。当たり的の位置決定、水量計による走行速度の排出水重量の比較、年齢の調整などと三審判の決定要素が多いので集計が大変だったようだ。

十番の持廣は順位五番に入賞した。本人は大喜びであったが、しきりに高年齢の余禄だなどと言い、他の参加者に気を使っていた。

優勝の賞状と記念牌及び副賞の金一封が、小笠原平兵衛から渡されたとき、長羽は

「常喜（平兵衛の長男）殿が居られれば私の優勝などありません」

と常春に胡麻を摺っておいた。

常春は翁面（能面で額と目じりに皺を持つ老人顔）をにこりとさせて首を振った。

長羽は小日向築土八幡の家に戻り、一休みしてから夜の部に臨むことにした。

今回の長羽の騎射試合優勝には、養父八衛門長方も大変に喜んだ。

そのついでに言ったのが次の言葉である。

「まあこれでお嫁さんの実家にも鼻が高くなるよ」

長方の妻は大久保喜六郎忠次《ただつぐ》の娘であるが、長方とは実子には恵まれなかった。そこで縁戚関係か

ら長羽が養子に入ったのであるが、最近になって長方に隠し子（内緒の子供）があったことが判明したのである。

関係者相談の挙句、長羽には早々に嫁を貰い、隠し子の平十郎長之《ながゆき》は長羽の養子とすることで決着した。長羽に子ができれば今度は長之の養子とするのだろう。

そのような成り行きで長羽は急に嫁と息子が同時に出来ることとなって、目出たいような目出たくもないような塩梅になっている。

神楽坂肴町《さかなまち》にでも行って一杯（飲酒のこと）やりたくなるのも仕方がないということだ。


長羽は七つ半（午後五時）に家を出た。外はうすら寒い北風が頬を撫ぜる。前の通りを右に進み、道なりに通りを左に二度折れると白金町《しろがねちょう》だ。その先の行元寺《ぎょうげんじ》と安養寺《あんようじ》の間の道を抜けると肴町の通りに出る。左方向は牛込御門で右方向が通寺丁《つうじちょう》から矢来下《やらいした》の武家屋敷となる。この辺りは大きな寺院と武家の組屋敷が多い。

肴町通りの両側には門前町の商家や小料理屋が軒を並べていて、その間を細い通路が蟻道のように迷路を作っている。

表通りに面した三光院参道西側の小道を少し奥に入ったところに『咲良』という料理屋がある。お菊さん夫婦が浅草蔵前からここに移ってきてからもう六年ほどになるだろう。

お菊さんは、長羽が蔵前にある大御番組屋敷に住む叔父の家に居候をしていた頃の知り合いだ。当時の風来坊生活が懐かしい。

打ち水のされた『咲良』の玄関に立って声を掛ける。

「ごめんよ」

「あらいらっしゃい、おがの旦那。奥に用意ができています。どうぞ」

ぽんぽんと威勢のいいお菊さんの声が出迎えた。今夜は地味な濃紺の結城紬に博多の帯を締めている。三十代の女ざかりだ。

「お客様は犀角坂《さいかちざか》の上だそうですから神田川沿いに牛込御門に向かってくるでしょう。三吉親分が駕籠に付いていますから。もうお見えになる頃です」

お菊さんに案内されて奥の離れ座敷に向かう。

書院風に拵ている八畳の間に六畳の次の間と控えの間の四畳半、手洗所が廊下の先に付いている離れで、座敷から眺めると広い縁側を隔てて紅葉した楓の枝が中庭を覆っている。

廣座敷に入るとお菊さんは改まって座り
「この度は射馬試合の優勝おめでとうございます」

と小面《こおもて》（若い女の能面）のような顔に笑みを浮かべる。

ここに来ると長羽は元の風来坊に戻る。

「三吉親分に聞いたな。いやいや大げさなご挨拶にはおよばねえよ。大したことじゃあねえ」

切れ目の長い目を伏せて首を横に振る。

本当は優勝など希望していなかったが、本日の成り行きでは師範家に近づく方法として好成績が必要であった。

「でも群を抜いた一着だそうで、大したことですよ」

その時玄関口の方から
「ご到着ー」

と玄関番の爺やが声を上げる。

「ほらほら、五番入賞の先輩がご入場だぜ」

小笠原持廣がお菊さんに案内されて座敷に入り、床の間を背にした厚い座布団に座ると、長羽の挨拶もそこそこに受けて
「やあ、御苦労様だった。まさか優勝するとは思はなかったが良くやった。日頃の精進の賜物だろう」

と面長な顔に労を浮かべる。

「私の五位入賞も萬五郎が大変喜んでくれたよ。出馬前にあなたの忠告で鞍から腰を浮かせたのが良かったのだ」

こちらには膝を締めると言っていたのだが、多分双方とも上手く出来たのであろう。

「ところで、何か私に訊たい事があるとかいっていたが先に話を聞かしてもらおう」

もう酒になる前の話を早く片づけたい意向が見えている。

「では手短にお話し致します」

そう断って長羽は次の事項を説明した。

一、将軍吉宗の御意向でペルシャ馬が購入され、その際、馬の調馬師のオランダ人ケイゼルが来朝していること。

一、将軍は、明年四月、江戸城北の丸朝鮮馬場において、古来日本に伝わる打毬競技を再興させることとし、その競技指導を打毬競技の原点であるポロ競技の実際を知るケイゼルに命じたこと。

一、この競技の奉行（実行責任者）は、当時の月番老中から師範家の常春殿が命ぜられているが、昨年の流鏑馬復興を成し遂げたばかりであり、あまり積極的に動いていないこと。また、師範家には外国人の指導を潔《いさぎよ》しとしない連中が多いこと。

一、競技指導者とされるケイゼルは、打毬が記されている日本文献の拝見を将軍吉宗に求め、将軍はこれを受けている。その後、月番老中がいずれかの小笠原家に依頼することを決め、ケイゼル関連で競技実務担当を命じられている長崎奉行の細井安明にこれを担当させたこと。

長羽の今までの概略説明は以上であったが、更に加えて本命の依頼をする。

「実は長崎奉行の細井殿とは、養父長方との交友関係で関りを持つことになりました。かねてより持廣殿が弓馬に関する古書籍をお持ちの事はよく承知しておりますので、打毬に関する文献があればの事ですが、拝見できないものかと思いました」

「ふーむ、これまでの事情はよく分かった。確かに我が家には家伝の書籍があり、享保元年と六年と二度の台覧（貴人の見分）を戴いている。但し、いま話の打毬の古書には覚えがない。吉宗公が源頼朝のわがけ（弓を射る手袋）に興味を持たれたことはおぼえているが調べてみよう。一度我が家にお訪ね下さらんか、萬五郎も喜ぶにちがいないのでな」

「お言葉に甘えて一度お訪ね致したいと思います。まあ、この話はこれまでとしてさあ祝い酒といたしましょう」

長羽の合図で酒席となった。

お菊が夫の板前が腕を振るった鯛料理を運び、中居の女性のお酌で下り（関西から運ばれた）の銘酒を酌み交わした。

酒席の会話で長羽には一つ気になることがあった。

持廣が言った。

「そうそう、馬場の待合小屋で会った十二番の男のことを覚えているだろう。大須賀とか言っていたが。あの男が六位だったようだ。なんでも鼻の差で私が彼を抜いたということだ。私の年齢加算（高年齢で加点）が寄与したかもしれないが」

持廣はどうしても年齢加算を気にする。

「いやいや全くの実力差でしょう」

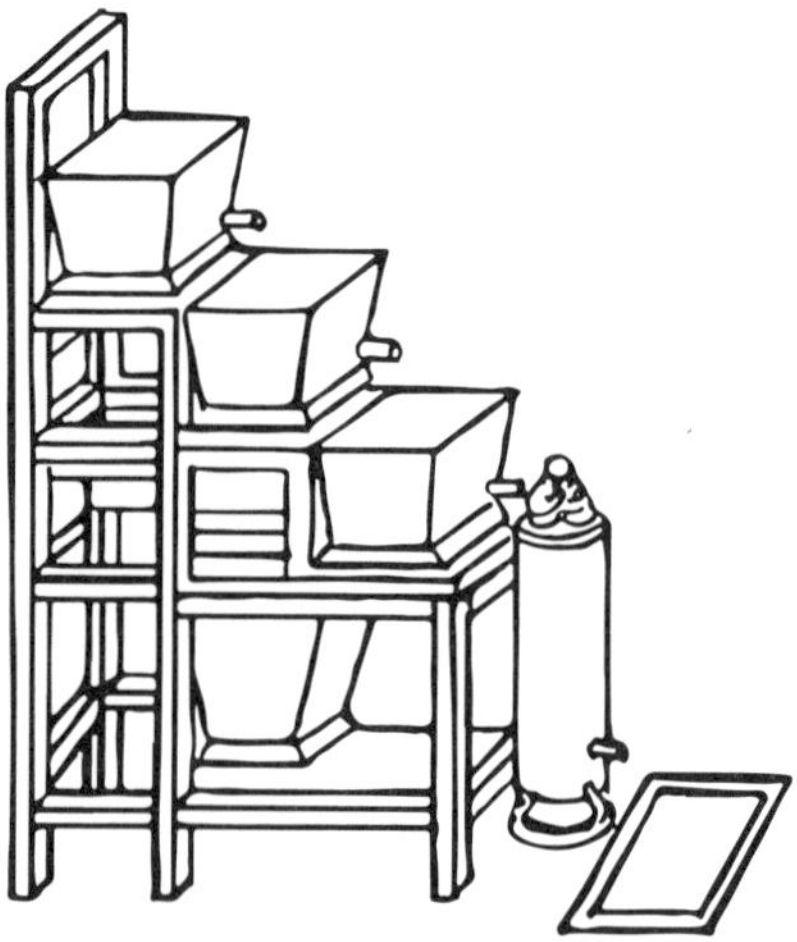

図10　漏刻（水時計）

一応礼儀として宥《なだ》め言葉を置いてから言う。

「そういえば彼は確か大須賀高胤《こういん》と名乗りました。光陰《こういん》矢の如しと覚えています。それでも六位になるとは驚きました。一体どこの人物ですかね」

お菊がふと言った。

「御旗本の榊原様の御次男かもしれません。未だ二十歳前ですが友人と何回かこの家に参りました。その時になんでもこの度昔は千葉の有力者だったという大須賀姓に変わったと話していましたので」

榊原といえば、長羽の嫁さんも榊原氏だということである。どのような関連なのだろうか長羽には少し気になってきている。

（六）

吉宗の決断

登場人物

徳川吉宗　四十五歳　八代将軍
堀　利庸　二十四歳　御小姓組頭
三日月矢立の男　不祥　お庭番
加納久道　五十六歳　御側御用取次

六つ半（午前七時）に朝駆けに出かけ、いまは帰路に就いていて　西の方から四谷御門を過ぎたところだ。

朝の空気が頬に冷たく感じるこの頃だが、吉宗には爽快感がない。最近頭がすっきりしないのだ。理由は良くわかっている。

その原因の一つが米相場の下落だ。米の相場が下がれば農民が困窮するだけでなく、米で俸給を受けている武士は米を換金して生活しているので、消費生活が苦しくなってゆく。特に江戸という大消費地に暮らす旗本は年々借財が増え、その解消策もいろいろと講じてはいるが、もう打つ手がない状態だ。

供の一騎が馬を寄せて来た。本日の朝駆の共に指名しておいた御小姓組頭の堀利庸である。

「上様、この先の左側でございます。お先に」

そう言って先触れ（あらかじめの知らせ）のため馬を飛ばして南側の門内に入る。

騎射調練馬場のある広大な門内は、無論、将軍が見分することを知り綺麗に清掃してあるが、数日前に騎射試合が行われたままの状態で走路や的などすべてが当日のように保存してある。

吉宗は当日の試合の方法を堀利庸から聞き、自身でも走路（さぐり）に入りゆっくり馬を走らせてみた。

吉宗はペルシャ馬の場合ではどうかと考えてみたが馬体の違いから、このような近接的への騎射には不適当と考えた。日本在来種の馬に比べて疾走速度が速く、馬高《ばこう》が五尺五寸（一六五チセン）くらいある。古来日本の在来馬は、『平家物語』に出てくる源義経の愛馬「青海波《せいがいは》」でさえも体高《たいこう》は四尺八寸（一四五・四《センチ》）と低い。

「的は丸太を輪切りにして使ったそうだな」

などとかなり詳しいことを承知しているようだ。

「しかし流鏑馬とは違い、実戦用の騎射訓練ができたことは良かった」

と感想を述べ、中央部の小屋前に優勝者、入賞者の張り出し掲示がそのままあったので、これにも眼を止めていた。

「試合の審査に水量計測という新たな方法が加わったらしいが、どれかその仕掛けかな」

吉宗の大きな耳が少し動いた。本命の器物を見る前には耳が動くらしい。

御小姓組頭が走行時刻計測所に案内し、係から実施法を説明させた。

吉宗は小さい子供のような目で計測器を眺めて
「水樽を二つに分けているのはなぜか」

今度はこの樽の仕組みを質問する。

「その辺の正確な理由は聞かされておりませんので、申し訳ありませんがわかりません。しかし、上の樽は水を加えるときに内側の縁にある横線までとされていますので、上樽の水の分量と下樽から放出される水の量が微妙に関連しているものと考えます」

なるほど樽の内縁《うちべり》には白線が引いてある。

吉宗はこの時ふと水を米に置き換えてみた。米が余分に出回らないようにするには、この上樽の役割を持たせる容器を設置することだ。その容器に一時農民から年貢米の籾を買い上げて保存しておくことが出来るようにする。地方大名にも蔵を設けて保存させることも必要だ。

また、旗本・御家人の給米《きゅうまい》も同じように買い上げる。無論、買い上げ量も際限を設けて貯蔵量を調整することにし、必要な分量だけを放出すればよい。その際、投機的な商人や仲買人の暗躍を防ぐ手段も考える。

吉宗の頭がすっきりとしてきている。

「この水量計は誰が考えたのか判るか」

吉宗は左手で右手の親指をくるくる回しながら、目を御小姓組頭に向ける。

堀利庸は西瓜頭を中心に円い顔を周りにぐるりと回したが返事がないので

「ここにこの装置を据えたのは」

そう言って今度は右手の指先を係達に向けた。

「ここにこの装置を設置したのは我々一同ですが、それを指導したのは、吉雄《よしお》という長崎の若い通詞です」

一人の係が言うと、利庸がびっくり顔を膨ませた。

「通詞だと、通詞が何でここに出てくるのだ」

吉宗には通詞という言葉がヒントとなって直ぐに一人の人物に思い当たった。ペルシャ馬の調教師ケイゼルである。しかし、どうしてこの疾走順位の計測に彼が関連したのかはわからない。また、走行速度を水の重量に変える発想や機械の設計についても興味はある。

だが、この装置が、米を大量備蓄して相場を調整する仕組みを全国に実施する決断を与えてくれたことは大きい。これで行き詰まりの現状を突破できるかもしれない。

「まあ、誰が手伝っても良いではないか、実際この装置が立派に機能したのだ。では、引き上げるぞ」

吉宗はそう言ってこの場を発った。

一同に見送られて帰城していったが、大柄な顔には気分の良い様子が浮かんでいた。

吉宗は帰城するといつものように茶漬けを所望し、何杯か食べた。近頃あまり食べられないこともあったが、今日は無性に腹が空いていた。

吉宗が食事を済ませたのと同時に小柄で色白の顔をした奥詰番士が入り、鼠色の袱紗に包んだ品を捧げて渡す。

「三日月です」

袱紗から三日月の銘を持つ矢立が現れ、吉宗は器用にその墨壺から紙きれを取り出す。

紙には、「呂《ろ》、羽《は》、帰《き》、」の三文字が書いてあり、野呂元丈、丹羽正伯が江戸に帰っている事がわかった。吉宗の頷きを見て、平凡な顔の番士は消えた。

吉宗は御座之間に移り、イロハ事物帳に何事かを記してから、待たせている御側御用取次の加納久道と面談した。

「上様、朝駆けは如何でしたか」

久道のこうした挨拶はもう決まり文句となっている。

「ああ、気分が良かった。腹が減ったよ」

吉宗の返事も同じようだ。

「野呂と丹羽が地方から帰っているようだが、面談したいと思うので至急手配してほしい」

久道は大黒様のような顔を少し硬くして
「早速手配いたします。うっかりしていました」

忘れていたわけではなく自分には情報が届いていないだけの話であった。

最近は吉宗の申し付けで同僚の有馬氏倫と日替わりで勤めをこなしている。本日は久道の当番だ。

久道は、吉宗から何か大きな問題を言いつけられることを避けたい気持ちでいる。ところがその大きな問題が突然降ってきた。

「近日中に老中に格好だけ諮問するが、米価引き上げ政策の一環として、全国内に米の大量備蓄を実行する。無論、江戸府内にもだ」

久道は心の臓が一瞬びくっとした。

その上に被《かぶ》せる様に吉宗は言う。

「かねてより相談の米延売切手売相場会所《よねのべうりきってうりそうばかいしょ》（商人米市場の一つ）の設置も許可することにした」

恐れていた米価の問題である。だが久道には反対するような理由も知識も、また度胸もない。無い無い尽くしでかえって気が落ち着いてきた。久道はこの時少しの躊躇はあったが、ついでの事だと思い切って言ってしまった。

「ご指示の通りに計らいます。ただ御老中の中にお一人だけ何かと難しい方が居られますが」

常日頃の言動から予測して、この際あらかじめ吉宗の大きな耳に入れておいた方が将来的に有利となると判断したのだ。

「誰《たれ》のことかな」

吉宗は特に気にしていない態度を見せてさりげなく聞いた。

「松平乗邑《のりさと》殿です」

吉宗はそれを聞いてもあまり意外には思わない。改革を進めるには旧守派の抵抗は避けられないことだ。吉宗とほぼ同年輩の乗邑は優秀な官僚だが、理論的な言動が多く相手をやり込める形になってしまうので、年配者には煙たがれている。

「大給《おぎゅう》松平も一言居士だからな」

しかし、今回の米価引き上げ政策は良く理解している筈なので吉宗は心配していない。

「まあ、大丈夫だろう、このまま進めてみてくれ」

久道はそれを聞いて言うべきこと言ったまでだと観念した。

「はい、そのように致します」

吉宗は次に打毬について言う。

「その後打毬競技の件はどのような具合になっているかな」

久道はこの問題にもあまり自信をもって答える材料がない。しかし現状報告はしておくべきだ。そう考えて知っている事項について述べる。

「未だあまり進展している様子がありません。しかし先日別の用件で、水野（水野忠之）御老中に会いましたところこの相談を受けました。お話によりますと、細井長崎奉行が御用方通詞の今村を連れて奉行就任挨拶方々御老中のところにこの問題で相談に行ったようです。問題はケイゼル調馬師の指導に師範家の常春があまり積極的な動きを示さないとのことです。これには先ほどの大給松平殿も、異人の指導を心良しとしていないらしいとの御老中の見解でした」

久道は、打毬問題の進展が進まないことについて、自分の関わりをなるべく曖昧にして中立的な言い方をしている。

吉宗は、左手の指で右手の親指を回しながらそれを聞いていた。

「それは少し考え違いだがな、ふーむ」

間を置いて言った。

「先ず大給の頭を打毬競技の件から遠ざけるしかないな。また、常春は流鏑馬で固まっているのでこれも打毬の復興を被せるわけにはいかないだろう」

吉宗は、大給の全精力はこの際改革実行に向けるべきだと判断した。また、常春には別の流鏑馬行事を奉行（実行責任者）させる。打毬復興には別の適任者を選任させることにした。

そう決断して久道に言う。

「大給にはこの度の米価引き上げ政策に没頭してもらおう。それには浅草蔵前の首尾の松（御蔵群の中心部にある松）周辺にある蔵を建て増ししなければならないと思う。この際彼に建設を手伝ってもらうことにしよう」

久道は、自分の一言がえらいことに発展したことを強く自覚し、大給松平の難事到来には他人事ながら身を震わせる思いがした。

この時吉宗の耳が動いた。

「打毬の奉行には老いた常春を煩《わずら》わすこともあるまい。人材を育成しよう」

吉宗の頭には先日行われた騎射術試合優勝者・入賞者の張り出し紙が蘇っていた。

（七）水量計設計図

登場人物

武藤安與《やすより》　三十五歳　旗本の三男
吉雄藤三郎《よしおとうざぶろう》　三十歳　稽古通詞
ハンス・ケイゼル　三十七歳　調馬師
野呂元丈《げんじょう》　三十五、六歳　本草学者
今村英生《えいせい》　六十歳　大通詞

武藤庄九郎安與《しょうくろうやすより》は、八つ半（午後三時）に城から下がってきて歩兵屯所北側にある駿河台の屋敷から駕籠に乗り、御堀端を八つ小路に出て、神田鍋町の大通りをしばらく進む。室町まで真っ直ぐ一本道であるがかなりの距離がある。供の者は駕籠屋の歩調に合わせていつしか速歩となっている。更に日本橋を渡り京橋から新橋へ出て鉄砲洲に入り、奥平大善太夫上屋敷脇を通ってようやく浜御殿に到着した。

門内に入るには通常は表御門を避けて中之御門通用口から入る。門前で駕籠を返し、一度通っているので門番も顔を見知っているが通行証を見せて中に進む。中之御門内には背の高い太った青年が四角い顎を少し上に向けて待っていた。ケイゼルの専任通訳となっている吉雄藤三郎だ。

「やあ、世話になりますね」

安與が声を掛けると、藤三郎は頭を下げてから言う。

「先生がお待ちしています。他にも客人が来ておりますが」

先生とは誰だろう。先客と混ぜこぜでも良いのだろうか。相手が迎えに来ているのだから問題ないのだろう。そう思って安與は藤三郎の案内に従う。

安與は寄合旗本武藤庄兵衛安英《やすふさ》の三男であった。享保三年（一七一八）に安英が六十二歳で他界し、跡を兄の弥三郎安武《やすたけ》四十七歳が継いだのでもう三十五歳になっているが、現在はその兄の世話になっている。安武の長男で理兵衛安富《やすとみ》は未だ十五歳であるが、昨年九月吉宗に拝謁が済んでいる。

兄の安武は、若いころから小笠原流騎馬術を良く修練し、現在は師範代の地位まで達している。このほど行われた騎射試合には師範家棟梁《とうりょう》で試合奉行である小笠原常春の一任を受けて審判員に任ぜられ、その役割を立派に果たした。

この試合の審判で安武が特に留意したのが、当り的の評価と馬走刻限（馬の走る速度）の比較だ。正確で客観的な計測法が用いられなければならない。

的は輪切り丸太で作り、勝負は当たり矢の鏃痕《やじりあと》を計り、真心からの距離を比較することで解決したが、走行時刻を比較することがなんとしても出来ない
安武は何日か前、馬の諸病治療を教授してもらうため、以前から知り合いになっているオランダ調馬師のケイゼルを滞在所の浜御殿に訪ねた。たまたま今度行われる騎射試合の審判員を引き受けていることの話となり、西洋では馬の走行時刻を測る機械があるのかどうかを聞いたところ、ケイゼルは見たことがあるあるという。

それは「水量計」というもので、走行に従って射出する水を受け、その射出量の重量を秤で計るというものだそうだ。

安武が是非その装置を教えてもらいたいと頼んだところ、ケイゼルが快く承諾した。

ケイゼルがその仕組みについての説明をする日に丁度安武の用件が重なり、代わりに弟の安與を派遣したのである。

ケイゼルは、安與、藤三郎などの若手にその仕組みを教えて指導し、水量計の装置を組み立てた。ケイゼルは二人の聴講者に他の関係者たちには自身の名を伏せて欲しいとの約束をした上で、運搬と

組み立てを稽古通詞の吉雄藤三郎に委任した。藤三郎は通詞の本職は未だ未熟なところが多いが、オランダの書物を読み取る能力や工作機械を操作する技量は人一倍あるようだ。ケイゼルもその点を大いに買っていた。

安與は、この藤三郎という人物がこのように蘭書の読解力や工作機器などの知識を持つにも関わらず、苦労しながらなぜ通詞を目指しているのかをよく理解できなかったので、歩きながら単刀直入に尋ねてみた。

「藤三郎殿はオランダ通詞の仕事が好きですか」

藤三郎はちょっと躊躇しながら言う。

「あまり好きではありませんが長崎の実家が代々通詞稼業ですから。今は稽古通詞ですが」

なるほど、通詞の家に生まれてきたのが宿命ということかもしれない。通詞の世界もなかなか大変なんだなと思って聞いてみる。

「今村英生殿は大通詞ということだが数は少ないのでしょうな。稽古通詞の人数は何人ぐらい居るのですか」

「今村先生は通詞目付にもなっています。稽古通詞の数は正確には知りませんが恐らく十四、五名はいるでしょう」

「色々聞いてしまってわるいが、今度の在府（江戸府内の勤務）はいつまでですかな」

安與は遠慮なく事情聴取のような問いかけをする。

「来春のオランダカピタン（商館長）江戸参府（将軍に挨拶すること）までです。子供が待っていますから」

藤三郎はうっかり余計な情報まで付け加えた。

「知らなかった。お子さんがね。御幾つかな」

安與の問いかけに藤三郎は今になって口を噤《つぐ》むのも遅いので答える。

「五歳になります。オランダ語も少しわかります。」

また聞かれてもいないことまで言ってしまった。その会話のうちにケイゼルの宿舎が見えて来た。ケイゼルの話では、この宿舎は御浜奉行の指示で別なところにあった大きな物置小屋を移築して与えられたものを、ケイゼルの希望で床を高くし内装をオランダ風に改修したものであるという。家の周りには花壇を造り四季の花々が植えられている。新たに付けたらしい玄関の前には手摺りのある階段もある。

安與と藤三郎が使用人に案内されてケイゼルの部屋に入ると、先客らしい人影があり、その人物がこちらを振り向いた。頭は大きいが顔が小さくラッキョウ顔をしていて腫れぼったいような瞼をしきりに開け閉めしてこちらを見ている。年のころは三十半ばというところか。

もう一人の老人は大通詞の今村英生だ。その英生が椅子に座ったまま面長な顔を双方に向けて

「こちらは本草学者の野呂元丈先生です。また、今おいでになったのは旗本武藤殿の弟さんです。そうでしたな。お名前は未だうかがっていませんが」

と言って紹介した。

野呂はのろのろと立ってちょいと頭を下げたような恰好をした。また、ケイゼルが立って深い眼窩を動かしながら外来者を椅子に座るように勧めてくれた。

「お二人重なる、何か問題あるか」

ケイゼルは太い眉を上げて元丈と安與の二人に日本語で聞く。

「こちらは何しろ自然の野山を歩いている身ですから内緒ごとは全くありませんよ」

元丈は顔に似ず野太い声を出した。英生がケイゼルに伝える。

今度は皆の顔が安與に向く。

「私は武藤安武の弟で安與です。先日の水量計の図面をケイゼル殿に書いていただくよう兄から頼まれてお願いに来ただけです。同席には問題ありません」

安與はそう答えてすでに本日の用件も話してしまっているわけだ。

英生がケイゼルに発言を訳しているが、弟子の藤三郎は未だあまり積極的に通訳を買って出ていない。本職の通訳業が未だ滑らかになっていない証拠だ。

英生が元丈に言う。

「では、元丈先生、先程の続きをお話しください」

元丈はラッキョウ顔を上に向けていたが
「どこまでお話したのか忘れましたが、私の課せられた地方の植物採取があまり成果を挙げなかったことを述べてきたつもりです」

英生は小さい口をつぼめて藤三郎に顎を上げて見せ、通訳するように促す。

「繰り返しになると思いますが、薬草類の実地採取には限度があって、無暗に天然の薬草を求めて行脚してもその努力の成果は上がりません」

何だか他人事のように言う。少し間を取ってから

「江戸に引き上げてきてみたら、早速お上（将軍家）からお呼び出しとなり、薬草園での栽培に取り掛かるよう命ぜられました。人参だの甘藷だのをです」

これは自らの重要な役割であって、あまり口外出来ない事項ではないのか。

ここで英生が藤三郎の通訳に無理を感じ、ケイゼルへの通訳を代わって助け船を出す。藤三郎が少し誤訳したのかもしれないし、彼がオランダ語に直すには難解な単語が頻出しているのかもしれない。

「そこでケイゼル殿を訪ねたのは、万治二年（一六五九）にオランダ商館長のワーヘナールによって献上されているドドネウスが著した『草木誌』の参照の件です」

今までは外国語原書を読むことは禁止されていたが、近年、将軍吉宗はキリスト教以外の外国文献を参照することを許可している。

「このたびお上より私にお話しがあり、早急に植物栽培を進めるため、今村、吉雄両通詞、馬術調練師ケイゼル殿などに依頼して、和解（和訳）に必要な知恵を貸してもらうようにとのお達しがありました」

そう言って元丈はラッキョウ顔を上に向けた。

これもどちらかというとお上に言われている元丈自身の仕事だ。元丈は先程からあれこれと前置きを述べていたが、要するに原書を読むのに助っ人を頼むと言ってきているのだ。来年のオランダ人江戸参府までは待てないのだろう。

お上のお達しを連発するがそれは元丈が命令されていることである。それはよく解るがこちらも打毬という問題を抱えている。これもお達しとなっていることなのだ。

するとケイゼルが茶色の目を光らせて発言した。

図11　ドドネウス『草木誌』

「私は馬の面倒を見る役割ですが、先日、こちらの武藤殿の兄君に依頼されて馬速水量計を作成しました。図面を書くように言っているのは多分、上司の方は私が何かの原書を見て作成したものと勘違いされているのでしょうね。それから私には馬の関係以外に経歴はなく、専門用語の多い他の専門書を解読することにはお役に立てないと思います」

ケイゼルは真実そう思っているので言

葉を飾らずにはっきりと言った。

英生がこれを訳した。

安與は訳語を聞いて本日製図の依頼に来ていることに少々戸惑いを感じた。

元丈は右指でまた頭を掻いている。

ケイゼルは厚い胸板を反らせて続ける。

「ヨーロッパの国々では、居住地には一番先に上水路を確保することが常識となっています。次には下水路です。《水を制する者が国を制する》という言葉は万国共通ですね」

少し間を置いて
「勾配のある長距離の水路を設計するには高度な土木工学の知識が必要となり、水流を調整するための計算も不可欠です。私の国ではこの程度の水量計測装置などは子供でも組み立てられますよ」

ケイゼルのこの言葉を聞いて藤三郎が四角な顔を歪めて横長の大きい口をへの字にした。自分が先日水量計を苦労して組み立てたことを思い出したのだ。

ケイゼルが更に追い打ちをかける。

「下の水槽から流れ出る水の速度は、上の水槽の大きさと水槽内の水の量、および下の排出口の高さにそれぞれ相関する」

何か原理的なオランダ言葉に遭い、英生の訳す日本語にも流暢さが無くなっていく。

「設計図だけを書いてもこの計算が判らないと正確に機能しません。御兄上が上司から命ぜられているのであれば手書きの見取り図だけは作成します」

安與はこの訳を聞き一応ほっとして丸い大きな目をくるりと回した。

元丈は自身の話とは少し離れた方向に話題が進んでゆくことに不安を感じ、また右手で頭を掻く。

「ドドネウスの件はどうなるかな」

元丈は自分の話題に舵を取戻したいのでそう発言してみた。

英生がこれを察して言う。

「先生の研究も国の大切な事業ですから私どもで出来ることはやらせていただきます。さりながら、こちらもいま上様の大事な仕事を抱えていますので、全体で応援するということは難しいと思います。どうでしょう、しばらくの間この吉雄藤三郎を使って戴くというのは」

この突然の発言に藤三郎はぎょっとして辺りを見回したが、皆の目はこちらを向いている。

「やあ、有難いことです。猫の手も借りたいところですからな。よろしく」

元丈は零《ぜろ》よりは益しだと思って言った。先ずは連中との繋がりをつけることが重要だと割り切らなければこの仕事はやっていけないのだ。

藤三郎は猫の手にされた自分を嘆きたい気分だったが、まあ当たって砕けろという精神でいれば怖いものはない、家で父親にいつも言われていた言葉が蘇る。

ちょうどそこへ東南アジア系の使用人がコーヒーを運んできた。盆の上にはカスティラも乗っている。藤三郎はその猫の目をきょろっとカスティラに向けた。

話の流れを変えるように英生が言う。

「そろそろ打毬の連絡会をやらなければなりませんな」

英生はもう次の事に頭が切り替わっているようだ。

「ところで武藤殿のお知り合いに騎馬競技に関心をお持ちの方はおりませんか」

英生が安與に尋ねる。恐らく打毬競技の参加者を集めたい意向なのであろう。

安與には英生の意図はむろんわからなかったが、姪（兄の娘）が嫁いだ先の小笠原主水正敦《まさあつ》の若い顔がふと浮かんだ。

藤三郎はこの英生の騎馬競技という言葉が鍵となって小さい目を一杯に開け
「忘れていましたが、先日の試合では小笠原長羽殿が優勝しました」

藤三郎が大事な報告を最後に行った。

（八）弓馬師範家の親子

登場人物

小笠原常春《つねはる》　六十四歳　弓馬師範家当主
小笠原常喜《つねよし》　四十六歳　常春の長男
常春夫人（名前・年齢不詳）　常春の後妻
八　重　二十四、五歳　奥女中表使・武藤安武妹
小娘（名前不祥）　十七、八歳　勝手使

番町の騎射調練馬場から御厩谷《おうまやだに》の通りを真っ直ぐ北に向かい、歩兵屯所の手前まで行くと堀田摂津守の大きな上屋敷がある。その傍に小笠原常春の拝領屋敷がある。

道路に面して東向きに二十間（三六メートル）、奥行も同じくらいの長い塀がそれぞれ立ち、中央より北寄り表通りの場所に独立した門を構えている。その門を入ると正面に二股に伸びた松の木が枝を張り、その向こうに玄関が見え、手前に式台がある。式台の両脇からは小塀が出て囲みを作り向かって右側には長い腰掛が設置されている。敷地の北側には家来や使用人のための住居建屋の別棟が数個あり、周りには背の低い垣根が回らされている。

母屋の様相は、玄関に入ると右に小間、向こう正面に次の間、その右手に天井座敷がある。左側に広い土の間があって隅に井戸がある。次の間に接する大きな囲炉裏を持つ上台所、台所に面した広い板の間、その奥が座敷で天井次の間、天井居間、天井次の間、奥の間がある。その周りには廊下が付いていて突き当りが二階口である。居間の二部屋は二階建てとなっているのだ。厠は渡り廊下の先に東西二か所ある。また、南西の隅には二間、四間の物置蔵がある。北側には屋敷の塀とは別に瓦を乗せた内塀が三方を区切り、北向きの各部屋からは庭の風情を鑑賞できるようになっている。南の塀側には東から西へ細長い独立した弓場《ゆば》が設けてあり、矢場《やば》と的場《まとば》は屋根で覆われている。

常春は先程まで座敷で大奥（将軍御台所）のお使いを迎えていた。客人は老女滝川の書状を届けに来た奥女中の八重である。

用件は口頭でも伝えられたが、来る年の桜の頃、御世子家重様の無病息災を祈願するため、鎌倉八幡宮へ流鏑馬を奉納するための宰領《さいりょう》をお願いしたいという御母堂様の依頼であった。昨年も高田馬場において穴八幡への流鏑馬奉納行事を行ったので、多分その流れから他の人物は選べないのであろう。

御母堂様はこうした善意からの御指名であると思う。大変名誉なことではあるが、失敗は許されない行事であり且つ費用も掛かる。有難迷惑というのが実際の話だ。

別屋に居る長男の常喜を呼んで話してみよう、あまり当てにならない人間だが愚痴をこぼす相手には適当だろう。次男勘敬《すけゆき》、三男利廣《としひろ》は既に他家に養子に出ている。他にも権十郎、六右衛門などの庶子（妾腹の子）がいるがこれらでは全く役に立たない。鈴を振って係を呼んで命じた。

「常喜が居たら会いたい。それから冷たいので良いからこれを用意してくれ」

と言って右指を輪にして猪口を口にする真似をした。翁面のような顔は堅い。

すでに十一月半ばを過ぎて空には鉛のような雲が覆っているので、開け放しの廊下から吹き込む風もひんやりとしている。

常春は庭の見える奥の天井居間に四角に座って、さてどうしたものかと思案し顎を撫ぜている。間もなく勝手使いの小者が持ってきた小盆には徳利と鰯の丸干しを炙ったのが木の皿に一つかみ乗っている。それを肴にして猪口の冷酒を含んでいると、長男の常喜が入ってきた。

「手酌ですか、近頃珍しいですね」

常春の様子を見て言う。常春が、まあ座れというように小さな翁顔の顎で前を指すと、常喜は一旦どかっと常春の前に大きな尻をついたが、直ぐに正座に座り直した。

常春が額の皺を深くしてぼやく。

「酒も飲みたくなるような事が起きた」

常喜は父に似ず下膨れの顔で鼻の頭が今は膨らんでいる。その鼻を一度こすってから右側に置いてある小盆の猪口を取って前の徳利から酒を注いだ。顎を振り上げて飲むと冷たい辛口の酒がすっと喉を通り過ぎる。冷たくても旨いものだ。

「来春、今度は鎌倉八幡宮で奉納だとさ」

常春はその鼻に水を掛けるように語気を強める。常喜はちょっと間を置いていたが少し破れかぶれな言い方をする。

「お上は他人にやらせたくないのでしょう、なにしろ流鏑馬復興大明神ですから」

常春は常喜のこの評論めいた言葉にあまり温かみを感じない。むしろ諦めたらどうかというような意味合いを含んでいる。

「問題は金だ」

常春のこの一言は声の調子がやや荒くなっている。

旗本の経済は苦しい。にもかかわらず、下総小金牧《こがねまき》で巻狩を盛大に行ったり、また高田馬場においての尚武のための流鏑馬なども続いている。幕府の財政再建に尽力しているわりにこうした催し事が好きな性格なのだ。何にしろそれに逆らうわけにはいかないのだから、確かに運命と諦めるしかないのだろう。

しかし、冷酒を旨そうに飲み、丸干しを齧る息子の様子を見ていると少しずつ不満が膨らむ思いがしてきた。先日の騎射試合には何のかんのと言って参加しなかった。多分試合に出て恥をかくことを避けたのであろう。弓馬師範家の跡継ぎという重責を担っているというのにだ。門弟が支えてくれていなければこれまでも無事ではなかった。折角孫ができて喜んでいたら早死にしてしまった。二人の女子は嫁に行くまで成人したが、これまでに四人の男子に早世されている。常喜夫婦の子育てに問題があるのだろう。一人の男子が存命だがなんとか無事に育ててもらいたい。不甲斐ない連中だと思うと何だか無性に腹が立つ。

さてこの難局を乗り切る方法はないものかと、手にした丸干しを眺めているうちに、小便を催してきたので鰯を盆に投げ、両膝に手をついてよいしょと立ち上がろうとしたところ、少し上体のバランスが崩れた。前によろけると、常喜が両手を出して常春を支えながら、鰯臭い息をかける。

「足が痺れたのですね、どちらへゆくのですか」

などと言うので常春はその手を払いのけ、無言で下の方を指さした。常喜が更に

「厠ですか」

と追いかけて確かめてきたので、常春は煩わしい奴だ、余計な確かめだと言わんばかりに無視して廊下に向かう。こうした場合には敢て声を掛けないのが礼儀であるのに出来の悪い息子だ。

常春が腰を半ば折ってそろそろと歩む足の運び方は、能舞台で仕手（舞台の主役）の翁が橋掛かり（鏡の間から舞台へ出入りする欄干をもつ通路）に引き下がるいわゆる引っ込みに格好が似ている。

常喜は父親の後ろ姿を見送りながら思った。この様子では乗馬はおろか駕籠に乗るのもようやくのことではないか、いよいよ親父の隠居も近いぞ、まあ流鏑馬など祭事の儀式で座っていてもらう事ぐらいがせいぜいだろう。それも腰掛でなければ勤まらない。無理して正座などすればこのていたらくを披露することになるのだ。常春が厠から帰ってきて座ると

「また借金ということですか」

常喜が冷たくあっさりと言う。

昨年の流鏑馬試合の催行《さいこう》でも、父親が出入り商人から借金していることをにおわせる。親父は金銭的な遣り繰りがへたなのだ。

常春はその言葉に少しいらだった。この男は四十半ばを過ぎて他人から金を借りることを山から薪でも取ってくるように思っているのか。

「返す当てのない武士などに貸すところはないよ」

憮然とした様子で常春が返す。

「うまく役を避ける方便もないのですね」

当たり前だ。あれば苦労していない。

「もう蛇ににらまれた蛙《かわず》だ」

常春は末期的な心理状態を自棄になって言い放つ。

その時、台所から奥方と勝手使いの小娘が何か料理を運んできた。

「あらあらこの寒いのに障子を開けて冷酒ですか」

太った後妻の元気な声が大きい。主人に対する遠慮もあまり見られない。ぱたぱたと廊下際の障子を閉める。

「奥女中のお八重さんが魚河岸の生きた魚を届けてくれましたので召し上がって下さいな」

高貴なお使いの下賜品（くだされもの）なのに隣のおかみさんが持ってきたような気軽な言い方だ。

台所の小者が箱火鉢を抱えてきて三人の中に割って入った。他の一人は大皿を運ぶ。皿には笹の葉の上にタコ、イカ、アワビ、エビなどの生ものが乗っていて、今まで動いていたような風情だ。小皿と山葵と醤油が用意されている銘々盆が付けてある。

小娘が火鉢に置いた大鍋の中には、一寸ほどに切って少し表面を焦がした長葱と銀杏、切った大根、表面を飾り切りした椎茸、芹のような菜物、牛蒡、豆腐そして鴨肉などが、たっぷりのだし汁の中でぐつぐつと煮えている。

「この鴨は御猟場《おかりば》の獲物《えもの》らしいですよ、大奥の余りものかもしれませんね」

奥方は少し山葵の効いた言い方をする。

田んぼの畔に竦《すく》んだ親子蛙のようになっていた二人は、運ばれた料理を見て手にしていた丸干しを木の皿に手放した。

恰好を付けて少し温まりたいなどと言いながら早速温めた酒や肴を口に運ぶ。奥方もどんと二人の傍に座り、今年は寒さがきつくなる様だとか、寝着物を合わせるのが大変とかのたわいない話が、風神の袋から出る風のようにどっと噴き出す。

常喜は自分の妻より派手な模様の衣装を着て、重要な話の妨げをするこの後妻さんが疎ましく感じられ、早く話を切り上げてくれないかと眉を顰て聞いていた。

「常喜どのどこか具合でも悪いのですか」

奥方は常喜の表情から自分が邪魔をしていることをさとり、嫌みのある言葉を言った。

「いや何でもありません。父上が公儀の問題で悩んでおられる様子なので少し考え込んでいました」

常春を巻き込んでそう答えると
「いや、このお殿さまには多少の悩みなんて心配ありませんよ。なにしろ家庭が平和で盤石ですから」

と石臼のような奥方は自分の努力で家庭円満が保たれていることを主張しているようだ。

「ところで今日のお八重さんは地味な形で参りましたね。大奥でも倹約令が出ているそうですね」

他人事でなくご自分の方も少しは倹約してもらいたい、干からびた夫の常春はそう思って聞いていた。

「そういえば旗本の御番士をなさっているお八重さんの御父上がこのたび上様から長年のお勤めのご褒美を頂戴することになったそうですよ」

なにか羨ましそうな言い方だ。

「何方《どなた》かな」

常春はあまり興味はないが聞いてみた。

「武藤様と言います。なんでもお八重さんの話ではお姉さんがどこかの小笠原家に嫁いでいるという話でしたが」

常春はちょっと考えて
「武藤と言えばうちの師範代で先日の騎射試合審判員を頼んだのも武藤であったが。だが未だ歳は四十七、八の筈だ」

今度は常喜が続ける。

「もし彼ならば同じ年配で家の師範代なので無論良く知っています。しかし八重さんという奥女中さんの父上とは意外なめぐり合わせですね」

この時に常春が手を挙げて常喜の話を止めて言う。

「待てよ、もしそれが武藤氏御当人ならばだ、彼に頼んで御娘の八重さんから大奥中年寄滝川殿を動かしてもらい、御側室からこの鎌倉行きに少し御援助賜ることができないかな」

虫の良い考えだが今度はなぜか常春の翁顔が真の面《おもて》の様に見えてくる。

なるほどその手があるかもしれない。

「鴨葱の冥加金ですね」

このような問題では常喜の頭の回転が妙に良くなってくる。奥方の雑談からの発展なので未だ武藤氏本人がこちらの本命である確率は少ないが。

常春の方も頭の活動が未だ止まらない。

「もう一つある。打毬の話だ」

この辺が切り上げ時とみて奥方は料理の一部を片付ける手伝いをしながら台所に引き上げた。

「打毬と言えば、上様は調馬師ケエズルに来春の試合の教練を命じたということを聞いていますが」

常喜の問いかけに
「そこが問題なのだよ、古来の日本に伝わった打毬などは鎌倉以降は今日まで誰も知らなかった競技だ。今のところ記録のある書籍も文献も見つからない。ただ基本はケエズルがアラビアの方で見ているポロという馬上競技と同じらしい。上様は、恐らく縫殿助家（他の小笠原家）の古書台覧で何れかの記録から打毬のことを見てこの復活を思いつかれたのだろう」

常春は一息入れて
「最初その宰領を我が家に求めていたのだが、私が異人であるケエズルの教練を受けることを潔しとしていないという風説が出て来た。私に疑念を持った人間がそういう風説を敷衍したのさ。大給松平の御老中でさえ、そういう考えの一人となっていった」

「風説ですか」

常喜が何か疑わしそうな目で常春を見た。

「いや正直に言うと全くの風説とは言えない。異人の指導を師範家が受けたという歴史を作りたくないという気持ちは今でも持っている。実は先ごろ知り合いの大岡殿（大岡越前守忠相）に相談した。大岡殿は、気持ちは良くわかる。しかし、例え異人でも良い技術を持っているところは見習うべきだ。そうでなければこれからの日本は発展して行けない。上様の御考えもそこにある。ケエズル殿を調馬師に迎えているのもそのお考えからである。また、藩祖の家康公も同じお考えであったという。外人を差別していては進歩はない。大岡殿はそう言われたのだ」

そこで一息入れて恰好付けた正論を並べる。

「従来私は外人を特に差別する思想はない。むしろ彼らの知識、技術には敬服している。老齢でなければ喜んで教授を受けてみたいところだ。ただ、先に言ったように師範家として受ける指導と個人として受ける指導とはおのずから立場が異なるのだ。そこで多分、上様が風説に悩む私の立場を汲んでこのたび別の任務を課してくれたのさ。私はそう信じている。ただ、高貴なお方はお金の掛かる社会の仕組みに乏しいところがある。だから困難から助かったわけではない。大厄が打毬から鎌倉に振り替わっただけだ。例えばだ、何かの行事を宰領するのには表向きの必要経費ばかりでなく其の裏経費がいくら掛かるかなんてことが計算外となっているわけだ。やれ、御挨拶だ、御礼だ、御祝儀だ、お土産だなどと際限なく経費が掛かる。そんな金は公的支出では賄えないのだ。無償の覚悟を要する。ところが、はいそうですか打毬はよろしくでは済まされないのがこの世界の切ない部分だ。宰領者が誰であっても我が家としては全面的に協力しなければならない。ケエズルにもだ。世間の見る目と同調することが避けられない。これがこの家を守りこの社会を生き抜く一筋の道だ」

常春の長男への訓戒ともいえる言葉を、常喜はどう聞いたのだろう。なんだか酢を飲んだようなさっぱりした顔をしている。鼻の頭も赤くなってはいない。訓話に感動している様子はない。

「くどくど話したが、要するに打毬の件は他の誰かの宰領者に決まってゆく筈だ」

常春は、この男にはいくら真実を話しても無駄な様なので締めの言葉を述べた。しかし常喜からは的外れな言葉が返ってくる。

「お話の途中ですがよろしいですか」

親父の話には生産性がない。いくら聞いても前に進まないのだ。ケイゼルのことをケヽエヽズヽルと言っているが訂正してやる気も起らない。常喜は早く自分の話をしたいので急いていた。従って常春の話は半分聞き流しているため、結論まで終わっているのにこのような発言が出てくる。

常春は気が抜けて来て無言で尖った顎をしゃくる。

「先日の騎射試合で優勝した小笠原長羽という男の事ですが、縫殿助殿のところへ出入りしているようです。上位入賞者同士という関連からでしょうが」

常喜の発言には中間に入る繋ぎの言葉が抜けている。また、長羽とは以前からの知り合いであることについては触れていない。

常春は常喜の要領の悪い話し方にムッとして
「先ず話を整理していこう。小笠原長羽という男がいて、先日の騎射試合で優勝した、その男が縫殿助殿宅に出入りしている。それは騎射試合で上位に入賞した同士だからだ、そういうことだな」

常喜が言い直されて小鼻を膨ませた。判っているならいいだろうという顔だ。

「その通りです。これが先の話にあった打毬と結び付きがあるのではないでしょうか、私の勘ですが」

今度は話が急に打毬と結び付いてくる。短絡的な話運びは直していない。

常春には息子の勘など当てにできないし、ここに打毬が登場する理由がわからない。また、騎射と打毬との関連性は何だろう。息子の飛躍する話法に、可哀そうな奴だ少し緩く聞いてみてやろう、そんな気持ちで話す。

「打毬が何で結び付いたと思う。いやおまえさんの勘とやらを動かしたものは何だろうか」

常春は息子の勘について柔らかく尋ねてみたが、今度は自分が二重の質問となっている。

「ケイゼルが絡んでいるからです」

息子は両方の疑問に一言で答えた。

常喜の言葉に常春は今度は長羽、織殿助、及びケエズルの三者の関係を検索することが必要になった。

「持廣（小笠原縫殿助）殿は私とほぼ同年配でむろん良く知り合った仲ですが、その門下に目加田幸助と鈴木安貞という二人がいます。彼らとは古い知り合いです。先日あるところでこの二人と飲む機会がありまして話していたところ、彼らが縫殿助殿からケイゼルの調馬講話を聴く会に参加しないかと言われたそうです。そしてその発端は優勝した長羽からの誘いらしいとのことでした」

常春はここで考えてみた。では、長羽は何故ケエズルと知り合っているのかである。

小笠原長羽との関連では、騎射試合の当日、優勝牌と賞状を与えたことと、彼の射た第三の的が検証の結果、《正鵠を射る》という言葉通りに的の黒星を正射していたことが記憶に残った。

またその時、息子常喜の出場があれば自分の優勝はなかったと自分にお世辞を言ったが、その時のお雛様のように整った顔が思い出される。小笠原と言っても大名家から小普請組まで色々な系統と身分の者が居るので、長羽がどのような人物なのかわからない。人々の話で分かったことは、御書院番小笠原長方の養子であること、実父方もいずれかの小笠原だそうだ。その長方ならば面識はある。

「待てよ、長方殿はこの度長崎奉行となった細井安明殿と以前より昵懇の仲だ。そしてケエズルの関連事項は長崎奉行の管轄だ。そうだ、これで連中の動きが読めた」

常春はポンと膝を打った。しかし常喜にはこの常春の合点行為が読めない。解説を求める顔を常春に向けている。

「縫殿助と長羽とケエズルの三者関係は解けたがあまり大した問題ではない。やらせておけばよいことだ。むしろ今後こちらがどう振舞うかが大事だ」

常春の言葉に常喜はなるほど顔はしたものの、真に理解した訳ではない。

「私もケイゼルの講習に参加して構いませんか」

常喜からは少し焦点がずれている申し出であった。恐らくいまはこの願望が彼の頭を塞いでいるに違いない。

「先も言ったが、個人で異国人の研修を受ける分には差し支えないが、師範家の看板を背負っての参加はできない。つまりどんな家でも人は替えられるが、家に傷がつくと一巻の終わりとなる仕組みの中で生きている。あくまで個人でやってくれ。門弟達にもそのように伝えてくれないか」

武士の本分にはあまり熱心にならない人間が、妙なところに精神を注ぐとは情けないことであるが、などと思うと急に尿意が強くなってきた。実際に放尿してもちょろちょろしか出ないのだが。早く話を切り上げよう。

「打球競技のことも、主催するのではないので体裁を付けるだけで良いと思う。まあ、せいぜい協力しますという態度を見せれば良いだけの話だ。それより、頼みがある。先の話の武藤氏のことだ。奥女中の八重さんを介して老女滝川殿への取成しを諮《はか》る重要な事項だ。それこそ家名を守る為だ」

今度は常喜にも分るように結論を纏ていった。

「では」

そう言って打ち切りにしようとしたところ、常喜は親の心子知らずで

「私には弓馬の技術よりそのような工作が優れていると思っています。ご安心ください。この仕事は見事にやってのけますので」

なんだか張り切っているようだ。常喜はどっしりとあぐらをかいて動きそうもない。

先の二の舞にならないよう帰るまでしばらく厠行きを我慢しようと思っていたがもう限界がきている。漏れそうだ。

「そろそろお開きにしようか」

常春の声が急にかすれてきたので息子が親の顔を見ると、いつもの翁面が山姥面のよう変っていて、こちらをうらめしそうに見つめていた。

〈九〉

打毬秘図
うちまりひず

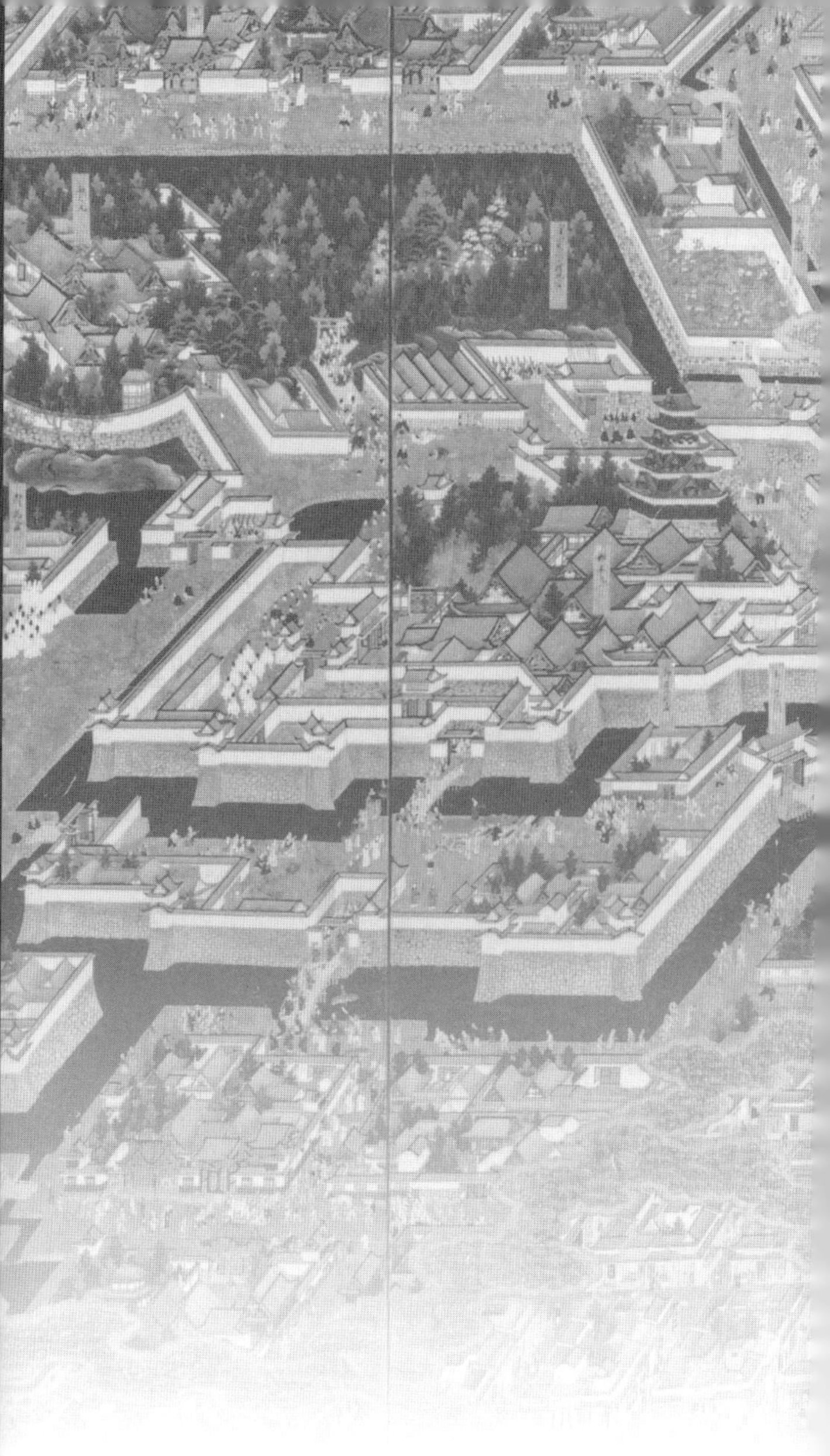

登場人物

小笠原長羽《ながのぶ》　二十九歳　御書院番
細井安明《やすあきら》　六十歳　長崎奉行
小笠原持廣《もちひろ》　四十五歳　御書院番
武藤安與《やすより》　三十五歳　旗本三男
楢林栄実《しげみつ》　三十五、六歳　小通詞
ハンス・ケイゼル　三十七歳　調馬師
紺色作務衣の男　年齢不詳　忍びの者の疑い

鉄砲洲の埋め立て地には大名家の中屋敷が多い。中津藩奥平大善太夫の中屋敷も大川を少し入った角地にある。

京橋方向から行くには浜御殿の北にある西本願寺方向に進路をとり、備前橋手前を左に曲がる鉤型《かぎがた》の道に入ればよい。その広大な屋敷地の北東角には二千坪程度の某大名の抱え屋敷があった。今は町奉行所預かり屋敷となっているが、近頃人の出入りが多くなっているので何かの目的に利用されているらしい。無論、関係者以外には中の様子は分からないが、外見はごく普通の屋敷門と脇の通用門があるだけだ。しかし周囲は高い塀に囲まれていて、塀際には喬木も見られないので何か人を寄せ付けないような雰囲気がある。

十一月も終わりのうすら寒い日、夕の七つ（午後四時）頃、番方の用事を終えてからぶらりぶらりと歩いてこの屋敷の門前にきたのは、旗本侍の小笠原長羽だ。

通用門の右上に錆びた折れ釘が打ち付けられていて、そこには榊の小枝が吊るしてあり、これが集合場所の目印となっている。脇門の戸を叩いたが何の応答もない。

誰も居ないのか、そう思って戸を押すとすっと内側に開いた。不用心な事だと思いながら中に入ると、前方の両脇には瓦を乗せた土塀が立ちはだかり、奥にはもう一つの頑丈そうな内門が見える。足元から先の一面には白い玉砂利が敷かれていている。

長羽は意識的にざくざくと音を立て砂利を踏んで進むと、向かって左側の土壁に付いている分厚い潜り戸が内側に開いて番人が首を突き出し

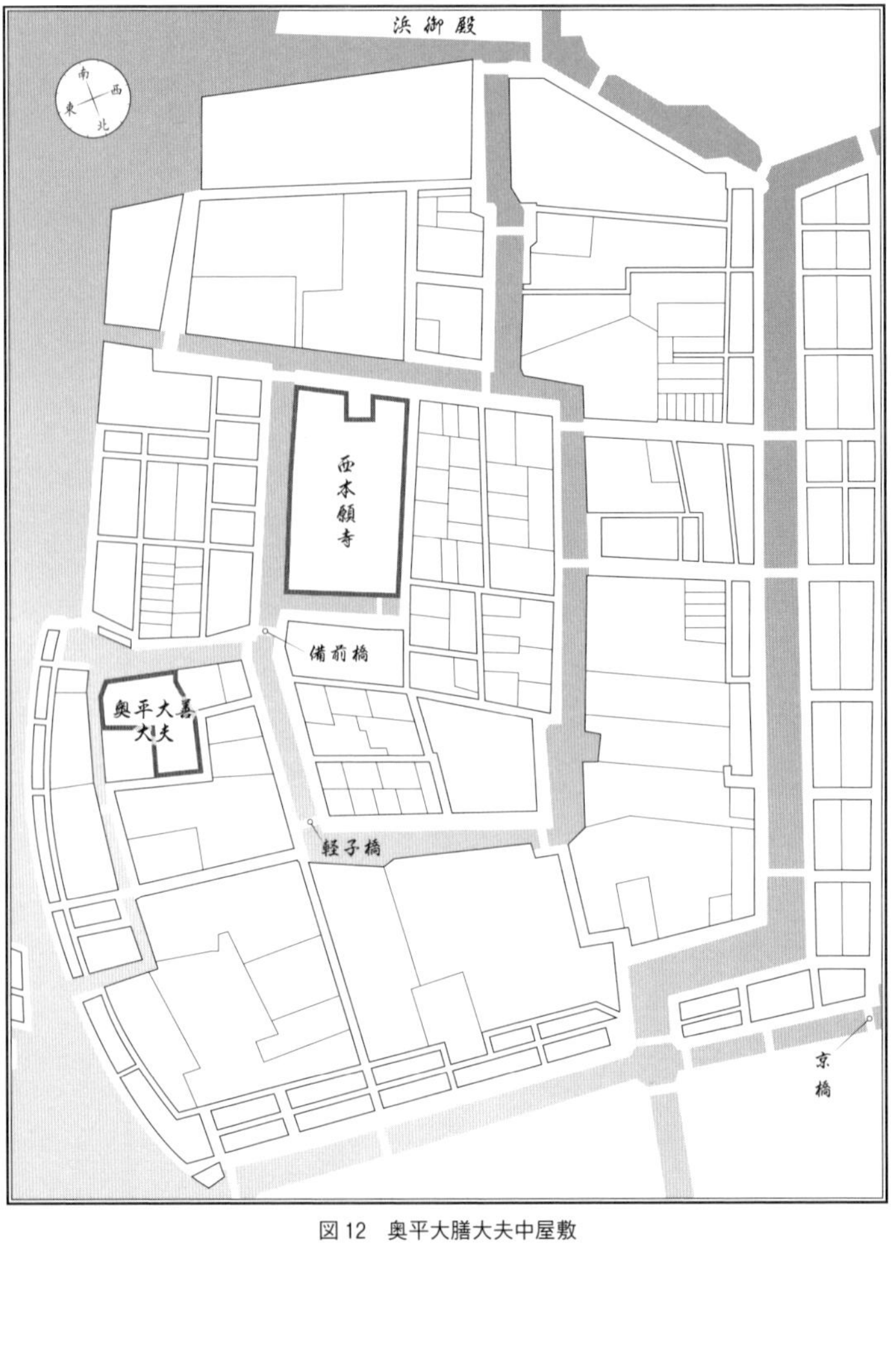

図 12　奥平大膳大夫中屋敷

「こちらへどうぞ」

と無愛想に言う。よく見ると五十年配の屈強な男だ。顔が海の男のように焦茶色の肌をしている。

門衛は長羽が中へ入ると重い潜り戸に鉤金《かけがね》をひねって鍵を掛ける。

土塀を内側から見ると背丈くらいの所々に狭間のような穴が開けてある。こちらの庭からは第一の門に侵入した外来の賊を矢で射ることもできそうだ。土壁と同じ材質で造った穴塞ぎの芯のような形の蓋が嵌め込まれている。

門衛は、低い植え込みの間にある屋根付きの通路を右に折れて、母屋の内玄関らしき式台のある場所まで案内した。

式台には二人の人物がいて、作務衣のような紺の上衣に足元を絞った同色の袴を穿き、短い灰色の羽織を着けている。その一人は袱紗を広げていて
「お腰の物をお預かりします」

と言い木札と交換に両刀を預かる。札には番号が記されているようだ。もう一人の、顔になんの特徴もない女方のような小者が先に立って奥に誘導する。

両側が部屋の薄暗い中廊下を通過している時に、長羽は小者の歩みの気配が消えていることにふと気をとられた。この男は忍びの者ではないだろうか。そんな感じを受けて、信州の戸隠修業時代を思い出した。

左折して更に進むと何人かの人声が聞こえた。案内人の小者が障子を開けると幾つかの顔が一斉に

こちらを向く。

「こんなに遠いとは思わなかったので」

遅れて来た者の第一声にしては遠慮のない言葉が長羽から出た。

広い板敷の部屋の中央には正面に対して縦長の大きな囲炉裏が切ってあり、三個の鉄輪（五徳）が炉に沿って置かれ、中に炭が熾き赤々としている。円座《えんざ》を尻に樫の炉縁を囲んでいる風景は山小屋に集まった猪狩りの猟師のような風情だ。

「皆さんが揃ったので始めましょうかな」

炉頭《ろかしら》（炉を囲む先導者）を務めている長崎奉行の細井安明が四角張った顔を上げて大きく息を吸った。

「最初に私からこの会に初めて参加されている方々を披露しようかね。いや、自己紹介していただこう。何しろ下の名前が覚えられないので」

そういった声にはいつもより力が入っているようだ。何か喜ばしい報告がありそうな予感がする。

「こちらから初めてもらおう」

奉行が左側の武士を向いた。面長で痩せた四十半ばの武士が軽く頭を下げる。

「小笠原持廣です」

低音が室内によく響く。

続いて細井奉行の白髪頭がその隣の武士に向かって動いた。三十半ばの小太りで丸顔の武士は頭を下げ、肩を窄めて円い目を周囲に回し

図13　打毬図（中尾松榮筆）（和歌山市立博物館蔵）

「武藤安與、兄、安武の冷や飯食です」

世間で厄介者とか冷や飯食いなどと言われている旗本三男坊は体を小さくする。

しかしこの時代では家を守る控え人として重要な存在であった。万が一兄が亡くなった場合には直ぐに相続させて家を継がせるのだ。

「あとお一人、そちら側の今村大通詞殿の隣においでの方は今度新たに任命された小通詞殿です」

奉行の言葉に三十五、六歳で小太りの男が一礼し

「楢林栄実と言います。よろしくお願い申し上げます」

と丁寧な挨拶をする。

「えーあとの方々はもう皆さんご承知の筈なので省かせてもらおうかな」

奉行の紹介で飛ばされたのは、今村大通詞、調馬師のケイゼル、小笠原長羽の三人だ。

「では先ず、私から口火を切って報告しようか」

細井が次にこう発言すると
「まあお湯でも飲んでゆっくり話したらどうです」

一番遅れて来た長羽が下座から声を出す。細井の声量が日頃から弱いことを心配しているのだ。

「それもそうだな」

細井が手を叩くと、二人の小者姿の男が大きな鉄瓶を持ってきて、炉内の鉄輪の上にそれぞれ置く。茶碗も銘々に配る。

「なーんだ本当のお湯か、般若湯かと思った」

長羽が声を上げると皆がふっと笑う。会場の様子を見て
「御前会議でもあるまいし、いいだろうその般若湯らしいものを持ってきてくれ」

細井奉行はそう小者に命じる。

直ぐに酒の入った徳利数本が運ばれてきて、炉端の一同も手伝いながら小まめに鉄瓶で燗をつけ始める。こうなれば話は後だ。奉行もそう観念した。有る物でいいから酒の肴を頼むなどと言う声も聞かれる。酒好きの小笠原持廣などは満面に笑みを浮かべている。

「般若湯が体に回らぬうちに重要な報告をしておこう。まあ飲みながら聞いてくれ」

細井の声に一同が耳を澄ませる。

「何から話そうか迷うな。一杯詰っていてな」

口火を切った割には最初の糸口が見当たらないようにもたついている。

「そのような時には、頭を三回左手で撫ぜると出てくるらしいです」

つい先ほどまで両肩を狭めていた中年三男坊の武藤安與が大きな声を出した。

細井がそれを聞いて禿げ頭を左手で三回撫ぜたので皆がどっと笑った。

「いや有難い、頭という言葉が鍵になったのでやっと出口が開いた。先ずは御目出たいことに上の方からの御指示で打毬の実行組織が決定した。こちらの想い通りにな」

今村大通詞は楢林小通詞にケイゼルへのオランダ語訳を譲っているが、それを聞いてケイゼルは手を叩いた。

「詳しいことは小笠原殿から聞いてほしい」

細井はもう話を別人に振っている。

「そうそう今日は二人の小笠原殿がいるがどちらからでもよろしく」

細井の声に炉端の上と下の小笠原氏が互いに右手のひらを上下して譲り合ったが、上の持廣が軽く頭を下げ、音楽的な低音で発言する。

「では始めに私から話しましょう。先日御老中水野様からの御伝達で、来春の打毬競技の奉行に任命されました。無論、関連する皆さんの御援助をお願いしなければなりませんが。また、この件については小笠原流師範家常春殿にもご協力いただけることになりました」

そこで一旦話を切り、楢林通詞のケイゼルへの翻訳を待って
「ケイゼル殿ご希望の打毬競技解説書はあちらの長羽殿と共に当家の古書棚を探しましたが、残念

ながらありませんでした。しかし、その後古い断簡（きれぎれの書き物）入れの箱を整理しておりましたところ、本日お持ちしたこの挿絵類が出てまいりました」

そう言いながら持参した手箱を持ち上げると一同の目がその箱に集中する。

「ズイン（見たい）」

ケイゼルが突然そう叫んで持廣のところへ跳んで行く。細井がまあまあと言うように両手を広げて
「まあ待ってくれ、炉端で広げると燃えてしまうよ」

その言葉はケイゼルに通じないので持廣の箱に向かって進もうとする。

「おーい長羽殿どうにかしてくれ」

と暴馬を鎮めるように細井が頼む。

ケイゼルが箱に手を伸ばす前に武藤安與が床からすっと箱を取り上げて素早く廊下に避難すると、待ち受けていたように鼠色の羽織を脱いだ紺色の小者がいてその箱をさっと奪い取る。またその後ろには長羽が立っていて、箱は瞬間的に長羽の手に移っている。分捕合戦のような立ち回りを繰り広げた。玉手箱の争奪戦が終わり、細井奉行の指図で一同が笑いながら次の間に移った。

今度は先程素早く動いた小者が広い畳の部屋の真ん中に大きな紙を敷き、箱の中の紙切れを全部片端から広げて並べる。

「ウィトステーケンド（すばらしい）」

またケイゼルが叫んだ。ポロ競技を見ているケイゼルの話ではこの挿絵の図には打毬競技の絵図が

何枚かあるらしい。

「グッド　ゾォ（いいぞ）」

ケイゼルが右肘を曲げて拳を上下に振り挙げる。

細井は取り敢えず書類の一時保管をケイゼルに任せることにした。不用心ではないだろうかという声もあったが、ケイゼルには身辺保護のため町奉行所から一人の武芸達者な同心が絶えず付けられているので心配いらないということになった。

話し合いの結果、ケイゼルは小笠原家の書類なので持廣から必要な打毬関連絵図の複写許可をもらった。また、至急絵師に出張してもらって複写を依頼し、本書は速やかに返還することとした。

一同は再び元の囲炉裏端に戻った。

「少し話を戻して補足したいことがあるのでので聞いてほしい」

細井の声は細くなってきている。

「本人達からは言いにくいだろうからな。先ず、しばらく前に騎射試合が行われて長羽どのが優勝し、持廣殿が五位入賞となられた。誠に御目出たいことなのでご披露したい。お二人はそのことが切っ掛けで厚誼を結ぶことになったものと考えられる」

この推測は当たっているが、誰が考えても同じなので言わずもがなのこととなった。ここで次のような長羽の提案があった。

「お奉行、もうその話はいいでしょう。むしろ打球競技訓練の方法についてケイゼル殿から話をお聞きしたらどうですか」

細井は話を折られて、四角張った顔をケイゼルに付いている楢林栄実の方に向けて言う。

「ケイゼル殿いかがかな」

細い顔の栄実が薄い顎髭を震わせながら長羽の言葉も含めて訳す。

掘りの深い顔のケイゼルはそれを聞いてから手を挙げて答える。

「本日、図らずも絵図が見つかりましたので、これを参照して至急競技方法を組み立てます。訓練計画も作成し、遅くとも一月から始められるように準備します。三月まで日を定めて模擬試合も何回か行いたいと思います」

未だ馴れていない栄実は発言の意味を、競技方法、訓練計画の一月までの準備、三月までの模擬試合実施の三点に絞って懸命に日本語に訳す。今村大通詞は絵図参照の所が抜けていると思ったが気にしないことにした。お雛様顔の長羽はここで手を挙げて
「ケイゼル殿の訓練希望者は、今までに持廣殿関連の乗馬愛好者から十二、三名、また、常春殿関連では子息の常喜殿をはじめ十名程度、今村大通詞殿関連ではここにおいでの武藤殿など五、六名。〆て約三十名弱の希望者があるようです」

今度は今村大通詞が白い髷が付いている大きな頭を上げて言った。ここから流暢な和蘭語が出てくるのが不思議なくらいの小さな口元だ。

「私は老齢者なので今般若い楢林殿が赴任されましたことを天の助けと思っています。無論来年ま

での競技訓練には参加してその成功を見たいと存じます。なお本日ここに居りませんが、稽古通詞の吉雄藤三郎は現在出張中で、小石川薬草園の野呂元丈先生の翻訳を手伝っています。時々その中の療養所にも顔を出しているようですが。医療が好きなようです。皆さんによろしくとのことでした」

細井はほぼ一同の報告が済んだので

「本日の報告会は一応これまでとしましょう。後は何もありませんが酒肴を用意してありますので十分に召し上がって下さいな。言い忘れましたが、私も上部の命により現地同役長崎奉行、三宅周防守殿の了解の上で、来年春の競技終了までは江戸番として在府することが決まりましたのでよろしく」

細井奉行の挨拶が終わると、小者が一斉に数個の鍋を持ってきて、丑の刻参りに使うような三つ爪五徳の中の赤い炭の上に置いた。ぐつぐつ煮える味噌仕立ての鍋の中には長葱、蒟蒻、椎茸などに混じり動物の肉が沢山入っている。まさか猪肉ではないだろうが旨そうな香りだ。

怪しげなこの屋敷の御馳走のことだ、何の肉なのか知れたものではない。だが、一座のつわもの達は膝を乗り出して一斉に箸を入れ始めていた。

図 14　囲炉裏部屋図

（一〇）銀杏《ぎんなん》の出会い

登場人物

吉雄藤三郎　三十歳　稽古通詞
大岡忠相　五十歳　南町奉行
小川隆好《たかよし》　三十歳　笙船の長男
作務衣の老人　六十歳位　医師
細井安明　六十歳　長崎奉行
加藤枝直《えなほ》　六十歳　吟味役
青木文蔵　三十二歳　昆陽・本草学者

小石川蓮花寺《れんげじ》門前の長い蓮花寺坂を下ると、両側が武家屋敷の広小路に出る。その先の坂が御殿坂で、昔は白山御殿があったところである。白山御殿は、五代将軍綱吉が幼い徳松君《とくまつぎみ》であった時の居宅であった。

時代が下って享保六年（一七二一）、将軍吉宗によって、その全体を含め網干坂《あみほし》に至るほぼ東西に延びる矩形の土地四万七千坪の全てが小石川御薬園《おやくえん》の敷地となっていた。

園の北側は武家屋敷で埋まっていて、園と屋敷の間には二間幅の道路が東西に走る。

今の園内は、イチョウ、アケボノスギ、コナラ、トウカエデ、イロハモミジなどの紅葉期となっていて色合いがきれいだ。

北側道路の中央部あたりには北門と門番小屋があり、少し歩くと御薬園役所が見えてくる。

そこから更に西に一町ばかり進むと享保七年から設けられた施薬院（養生所）の施設がある。

この時代の江戸は農作を放棄した地方農村からの難民流入で人口が増加し、その中の没落した下層民には生活困窮者が増えた。幕府にとってこれらを含む庶民の医療対策は喫緊の問題となっていた。

麹町小石川伝通院の町医者、小川笙船《しょうせん》が目安箱に投書し、身寄りのない困窮した病人の公的医療所設置を将軍に訴えたことから、吉宗が笙船と面接してその構想を聞き、南町奉行大岡越前守忠相に相談して小石川薬草園内に新たに養生所を設置させたものだ。

この小石川療養所は、享保七年（一七二二）十二月二十一日に創立され、笙船が肝煎（世話人）に任じられた。最初は薬草の効き目を試す施設と思われて庶民からは敬遠されていたが、後には医師た

図15　小石川療養所 模型（文京ふるさと歴史館蔵）

ちの医療奉仕の実績が次第に認められて来所する病人も増えてきた。

　享保十一年（一七二六）には笙船が隠居し、息子の隆好が後任となっている。

　御薬園役所から西方の療養所に行く中間に広場があり、その真ん中に幹高《みきだか》百尺程にもなる大きな公孫樹《こうそんじゅ》（いちょう）が大きな枝を広げている。空っ風の吹くこの時期になると枝先にはもう名残の一葉さえ見当たらない。今日は晴れてはいるが冷たい北風が枝を揺るがしている。そろそろ午《うま》の正刻（正午）となる頃だ。

　先程からその大木の下一面に敷き詰められた黄色いイチョウの落葉を小枝で掻きまわしている三十前後の太った男がいた。

　そこにぶらりと近寄って来たのは、長身を木綿の地味な茶色の羽織で包み、面長の顔を埋めるように首には黒い布を巻き付けている、やや寒そうに猫背になっている五十過ぎの武士だった。

「銀杏《ぎんなん》を探しているのかな」

　その痩せた長身の武士が肥満の男に声を掛ける。

「はい、でもこの木は実をつけなかったようです」

男がそう答えたが武士は猫背を伸ばして上の梢を見ながら言った。

「いや、取りに来る時期が遅かったのだよ。ひと月前までは種が沢山落ちていたからな」

男も四角な顎を上げて上を見る。

「では、やはり雌の木なんですね、地面がそんな匂いでした」

武士はかがんでイチョウの葉を一枚拾って若い男の目の前にかざして言う。

「そう、雌の木だ、葉の真ん中が裂けていないだろう」

男はこの武士は植物に詳しいなと思いながら
「なるほど、葉で分かるのですか」

と感心する。

「あちらの方には実を付けない雄の木があるようだ」

西の方を武士が指さす。

「これらのイチョウの木はな、ここが薬草園になる前からあった。この園の記念樹のようなものだよ」

やはり武士はこの園の仕事の関係者なのだろう。

「すいません、勝手に銀杏を探したりして」

男が謝ると武士は言う。

「いや心配ない、銀杏は療養所の連中が集めていったのだ。ただ銀杏があっても素手で触ってはいけないよ。手がかぶれることがあるからな」

太った男は厳《きつ》い眉を寄せて武士に尋ねる。

「ついでに教えてもらってもよろしいでしょうか」

武士はそろそろ行く道へ戻りながら質問を促す。

「なんだろうか」

男が同じようにその歩みに従いながら
「銀杏は食べられるので人体に毒ではないでしょうが、療養所で集めているとすれば何かの病気の薬にもなるからでしょうか」

「さあ薬になるのかどうかそれは良くわからないが、食べ過ぎると体に悪いものだと思う。昔からウナギに銀杏は同食禁（食べ合わせ禁）となっているからな。これから私が行くところに一緒に来てそこにいる先生に聞いてごらん」

なるほどこの先に小石川療養所があるのだからそこの先生に聞いてみたい。男はそう思ったが、自分が薬草園の臨時雇いであることはこの武士にどうせわかる事なので、武士の後を追い付いて行きながら慌て言う。

「私は薬草園にいる野呂元丈《げんじょう》先生のところの臨時の手伝い人です」

武士が振り返って言った。

「そうだったのか、銀杏のことは野呂先生に聞いても良いが、まあここまで来たのだ、実際の医家に尋ねてみるのも勉強になるだろう」

二人が診療所の土間に入ると、あちこちに白い作務衣《さむえ》（仕事着）を付けた老若混ざって四、五人の男達がいて、皆がこちらを向いた。そのうちの一人が声を上げる。

「あっ、お奉行様、お出でなさいませ」

お奉行様と呼ばれた武士が上がり框《がまち》に腰を下ろすと、奥の中から三十そこそこの若い作務衣の大男が出て来た。この医師が肝煎の小川隆好である。髪は総髪で顎の張った顔だ。

「大岡様お待ちしておりました、どうぞこちらへ」

隆好の声で大岡南町奉行は上がり框から部屋に上がる。

「そうだ、この若い勉強家が銀杏のことで聞きたいことがあるそうだ。よろしく」

この大岡奉行の言葉に土間の縁に居た老人が承知しましたというように頭を下げた。

「元丈先生の助っ人通詞ではないか」

肝煎の隆好は太った男が前から薬草園の用事でここに時々顔を見知っているので、その男が誰だかわかったのだ。

「稽古通詞の吉雄藤三郎です。お世話になっております」

男は大きな声で言い皆に向かって頭を下げた。

作務衣を着た老人の一人が手招きして藤三郎を土間続きとなっている板張りの部屋に上げる。

「銀杏とはあの臭いイチョウの実のことですな」

皴だらけの顔を臭そうに歪める。

「先程の御侍《おさむらい》が薬草園の大イチョウを記念樹と言いました。その際、療養所で銀杏を集めているとのお話をされていましたので、何か銀杏に薬効があるのかと思いまして」

老人は笑いながら右手を挙げて言った。

「いやいやただのおつまみだや。銀杏はイチョウの種で、九月から十月の葉が黄ばむ時に実が落ちるが、それを水に入れてふやかし臭い果肉を取り二三日天日干する。後は塩を撒いて焙烙で煎ると酒のつまになる。それだけのことだや。誰も薬として使わないよ。もっとも若大将（跡取り）は何か考えとるのかも知らんが」

藤三郎は銀杏の話はこの男の言う通りだろうと思った。薬草園で元丈先生と取り組んでいる『草木誌』にイチョウの部分があればそれを解読し参照しなければ話にならない。ここで六十近くの町医者を相手に聞いても無駄であると思った。

「今、病人は此処に何人ぐらい入所して居るのですか」

急に話題が変わったので老人がびっくりした。

「四十人ぐらいだなあ」

これまで療養所で見聞したことは、本草を用いた本道（内科系医療）の治療が主であるが、ここでは入所者の嫌う新規薬物の施薬は全くできないとのことだ。

今の老人医者の話でも新しい本草の試みは不可能に近い。人の食べている銀杏でも既に薬効は無いものと決めつけている。あの巨大な大木の生命力を引き継いでいる銀杏に何か有効なものがある筈なのにだ。

長崎出島のオランダ商館医師の話では、あの小さな出島にさえも植物園を作り、日本で入手できる草木の薬効を懸命に探究しているそうだ。それに比べてこの広い薬草園に国中の薬草を集めているというのに、それを試す医師は誰もいないのか。全く情けない話だ。やはり、オランダの薬学書や医書を入手して自分で翻訳して勉強するしか方法が無いようだ。

そう気が付いたので藤三郎は

「有難うございました」

と老人に挨拶して帰ろうとしたが

「吉雄通詞殿、奥へお越しください」

作務衣の若い者が板の間に来て言う。その若い者に案内されて、診療室、治療室、入所者の病室などの療養区域と繋がる廊下を通り別棟に入る。

別棟最初の板の間には幅が広く長い作業台のような机があり、中央東向きの場所には大岡奉行が一人で腰かけていて、左右の側の椅子には数名の人物が相向かいに腰掛けて顔を並べていた。

「やあ、こちらへ腰かけて下さい」

肝煎の大男小川隆好が手を差し伸べて自分の隣の椅子を勧める。大岡奉行から見て左側の先頭に居る禿げ頭の老人の四角張った顔が動いてしわがれたような声が出た。

「暫らくだな吉雄通詞さんよ」

藤三郎は顔を赤らめながら皆に頭を下げて言う。

「稽古通詞の吉雄藤三郎です」

大きな顔の老人は顔見知りの長崎奉行の細井安明であった。しわがれた声が言う。

「もう稽古は取ってもいいのではないかな」

「いえ認定される職名ですから勝手に取れません」

藤三郎にはかたくななところがある。

「ああそうなのか、今日は大岡殿の紹介で小川先生に相談があってな。実は長崎で疫病の虎列刺（コレラ）が出てその対策が必要なのだ。あなたも長崎に家族がいるから無関係ではないのだよ。そうそう、それからケイゼルの打毬競技練習場所も大岡殿に頼んで決まったよ」

細井長崎奉行の話が終わるのを待っていた大岡奉行は
「銀杏の話は未だ聞いていないのだな」

上席の方から藤三郎にそう言った。

返事を待たずに大岡奉行は医師の隆好に公孫樹のところで銀杏を探す藤三郎と出会ったことを言い
「ところで銀杏には何か薬効があるのか」

と聞いてくれた。

「私は未だ機会がなくて良く効能を確かめてはいませんが、正徳二年に発行されている寺島良安先生の『倭漢三才図絵《わかんさんさいずえ》』山果類の銀杏の項では、肺臓の働きを援け、喘咳《ぜいがい》（ぜいぜいする咳）を去ると記してありますので、今どきの風邪で咳痰を伴う場合には少しは治す助けになるかもしれませんね。何しろ参考文献がありませんのでこの程度の知識です。あそこの銀杏は今のところここの連中の酒のつまみになっているようです」

藤三郎はやはり銀杏はただの酒のおつまみではないようだという話に興味を抱いた。この公孫樹は秋口に流行る病疫への薬物を落としてくれる薬樹かもしれないのだ。

「有難うございました」

藤三郎は立って頭を下げる。

この時代の為政者は大火、疫病の流行、天災による飢饉を三大非常事態と捉えて、常日頃の危機管理を怠らないように勤めていた。特に開明な将軍吉宗は職階に関わらず有能な人物を登用して非常事態に備える体制構築を推進している。小川笙船の建議採用もその一環である。

しかし、その組織整備は遅れていて、窮民のために設立されている日本初の公立療養所には、未だ医療・薬学などの図書が殆どないに等しい。今まで名医と言われていた人の著書も、僧都、法印、法橋、法眼、などの位を持つ総御医師、御近習医師、御奥医師などの限られた医師でなければ目にすることができないのが実情だ。

「さて稽古通詞殿、こちら側にお出での方は町奉行所の吟味役で加藤枝直《えなお》殿だ。そのお隣は儒学を京都の古義堂で学ばれた青木文蔵殿だ。大岡殿からの依頼により本日集まられた。そろそろ九つ（昼）

となっているがどうしますかな」

細井長崎奉行は腹の虫が鳴いているであろう藤三郎を遠くから見ながら大岡南町奉行の顔を覗う。

「養生所の飯を横取りするのも大人げないから、ボケ防止の煎じ薬でも入れてもらって飲み、話を続けよう」

正面席の大岡忠相の裁断で話が続く。

「いや、たまには病人の飯を食べてみてください。いま御粥を作っていましたから」

隆好の言葉で作務衣の若い者が銘々膳を運んできた。膳には白粥の大椀と韮の玉子閉じの小椀が並び、小皿に梅干し一個と沢庵漬けが二切れ乗っているだけだ。竹の箸と木の匙も付いている。

「頂きます」

と言って一同が匙で静かに粥を口に運ぶ。

藤三郎の様子はと見ると、ふうふうと息を吹きかけて粥を冷ましながらそれを早く飲み込むという作業を行っている。大きな口を有効に活かした食べ方だ。

食後の焙じ茶を飲み終えてから、大岡奉行が職業柄からの良く響く声で発言した。

「いま病人の食べる御粥をおいしくいただいたが、健康であることの証しであろう。有難いことだ。さて、現在江戸の米蔵には米が沢山あるようだがこれは殆ど商人への借金の担保となっている。一旦天災による飢饉が起これば、武士町民には明日の米が届かない事態が生ずる。今までの経験ではな、米にすべて依存していると飢えた暴徒が米蔵の打ちこわし騒動が起こることは明らかだ。その際に米に代わる養分を持つ何らかの食べ物が必要だ。その植物を皆さんの力で是非見つけてほしいのだ。既に薬物園の野呂元丈氏は数年にわたり地方の原野を回り、各種の植物を集めてきてこの植物園に納めている。また、外国の植物の書物もかなり書庫に入っている。先ほどここにいる吉雄稽古通詞からも野呂氏の行っている外国植物書の翻訳を手伝っているという話を聞いた。そこで、ここに来てもらった青木氏にもまたそれに参加してもらうつもりだ。初めは助手のような立場ではあるが。実は上様がお調べになったところ、西国のある地方ではすでに新しい非常用植物の栽培に成功しているらしいのだ。幸い親交のある細井殿が今般長崎奉行となって来年春には現地に赴任される。そこで、今からその調査班を組織しておきたいのだ。下準備の役所はここの薬草園内に設置を依頼している。診療で忙しい中で恐縮であるが小川氏にも協力をお願いしたい。以後の指示は吟味役の加藤又坐《またざ》が行う。なお、今日突然の話となった吉雄稽古通詞には役割が増えて気の毒であるが銀杏の出会いで私の勘が働き、本調査適任者の一人であると見た。細井奉行の話では、上様の復興する打毬試合のケイゼルの通訳もしているとのこと、オランダ書の翻訳ができること、これからの舞台ともなる長崎に本拠があることなども推薦理由だ。何か質問のある方は遠慮なく聞いてほしい」

大岡奉行はそう締めくくった。

はいと言って手を挙げたのが三十前半の細長く青白い顔をした青木文蔵だ。

「私は日本橋の佃屋《つくだ》という魚屋の倅《せがれ》で何の特技もありませんがよろしいのですか」

すると隣にいる吟味役で三十半ばの加藤又坐衛門（枝直）が発言する。

「いやそれは御謙遜ですな、伊藤東涯先生の高弟で古義堂の麒麟児と言われている方をご推薦した私はこれからのご活躍を大いに期待していますよ」

大岡奉行も続ける
「この調査には色々な知識持つ若い頭脳が必要ですな、各人の持つ特色が総合して大きな力となるのだから」

細井奉行は自分に念を押すように言う。

「お金の問題は全く心配いりません。なにしろお上の御指示でやる仕事ですからな」

小川隆好が自身の希望を述べる。

「では、今後は加藤様の御指示によって動きますが、先ほどの新しい植物の調査には植物園の所蔵する書物を自由に拝見できるようお手配をお願いしておきます」

又坐衛門が直ぐに回答した。

「早速手配しておきます。この班の何方でも見られるように。なお必要な経費についても同様に私に請求してください」

最後に藤三郎が発言した。

「これは野呂先生に内緒の話でしょうか」

大岡奉行が大きな目を藤三郎に向けてにこりと笑い
「いや、かの先生にも話は通じてあるから心配しなくて良いぞ。今後は青木文臓殿と一緒に調査にも努めてもらう予定だ」

藤三郎は頭の中でこの班のこれからの活動を整理してみたが明確な先行きが見えてこない。また自身の今までの役割が徐々にぼんやりと霞んできていることを感じた。

（二）ケイゼル教室

図16　西洋馬術　調馬図

登場人物

ハンス・ケイゼル　三十七歳　調馬師
今村英生　六十一歳　大通詞
楢林栄実《しげみつ》　三十五、六歳　小通詞
小笠原長羽《ながのぶ》　二十九歳　御書院番
小笠原持廣《もちひろ》　四十五歳　御書院番

十二月も押し迫りもう残り少ないある日。そろそろ昼八つ（午後二時ごろ）になった時分。

南築地の浜御殿内にあるケイゼル宿所の大広間では、方々から集めた長い机を寄せて大テーブルが作られて設置されていた。また、周囲の壁には大きな張り紙三枚が張ってある。未だ空白の壁もあり、これからも何か作成して追加してゆくつもりであろう。

張り紙の一枚には、横から見た大きな馬の絵があり、馬体の各部分からは直線を伸ばし、オランダ語とその下に片仮名の名称が付してある。

別の一枚には、先日小笠原持廣家の断簡箱《だんかんばこ》から発見された「打毬挿絵図《うちまりさしえず》」から転写したらしい絵図を更に大きく拡大し着色も同様にしたもので、数名の選手が馬上で長い柄のついた籠付きの棒を持って競技を行っている様子が描かれている。

中央の大机には障子紙を張り合わせて作られた畳くらいの大きさの用紙が広げられていて、絵師によって今書き上がったばかりの矩形の枠が黒墨で大きく描かれている。競技場区域全体を表しているものであろう。長方形の両短辺には厚紙を切り抜いて作った赤い馬と白い馬が左右に四頭ずつ置かれている。黒く横長の門形の枠（ゲート）もそれぞれ対面するところに置かれている。また、他の一枚には、競技に用いる用具が数個描かれている。

「よくできた」

ケイゼルが絵師に日本語でそう言ってから、今度は母国語を判りやすく区切りながら続ける。

「問題は競技場各辺の距離。正確なところは不明。私の記憶のインドの競技場では長辺が約三百メートル、短辺がその半分位の広大な草原。原則的はそのような場所が必要。これはそういう運動競技」

側の今村大通詞と楢林小通詞に彫りの深い顔の窪んだところから茶色の目を向ける。

ケイゼルは多くの馬が団体で飛んでまわる風景を描いているようだ。

「それはわかります、しかし今回は打毬競技の復活。見せる程度でいい、そう思います」

今村英生は大きな役者顔をケイゼルに向けながらお茶をにごすような言い方で意見を述べ、椅子に座った。

隣の楢林栄実は薄い顎髭を捻ってこの際は黙って立っている。

「競技訓練場。細井殿が大岡様から二、三の候補地を選定してもらった。ケイゼル殿実地に見分。どうだろう」

英生がなるべく単純なオランダ語を連ねてそう言うと
「直ぐにも行きたい。しかし、明日からここで前半組のレッセン（授業）がある。先にその準備をする」

訓練場の候補地を見たところでどうせ狭い場所であろう。ポロの真似事をして見せるだけの話だというが、実際にやってみるとなかなかそんなわけにはいかないのだ。少なくとも一組四頭の馬が二組で不規則に走り回る光景を想像できるのか、これは大変な競技となるに違いないと、ケイゼルは思っている。いまから先が思いやられることだ。この二人には説明しても無駄だ、とうてい理解できそうもないとケイゼルは既にあきらめている。

丁度そこへ召し使いの者が来てケイゼルに何か耳打ちする。ケイゼルがどうぞというような手振りをしながら言う。

「オガサ（小笠原）どのです」

小笠原といっても関係者は何人もいるので二人が一体誰だろうと思っていると、広間の入り口に鼻筋の通った白い瓜実顔の小笠原長羽が見えた。

「やあ皆さんお揃いですね、こんにちは」

長羽は入りながら気楽な言葉で挨拶した。長羽は周りの様子を一見して

「おお、これは面白い仕掛けのようですね、ケイゼル先生さすがです。明日の講義前にここで一度話してみてくれませんか」

長羽は遠慮のない注文をする。楢林が細い顎を上げて

「グッド　ゲダーン、ティョンゲ、ケイズル　エン　オェフェネン」

と訳してケイゼルに伝えると、

「よし、では簡単にやる、通訳者翻訳の練習も必要、適時話を切る、よろしく」

と言った。楢林が翻訳する前にケイゼルは馬の図の下に進む。馬がゲートを走り出してしまったようになっている。

「小笠原持廣殿も参加の予定ですが」

長羽が追いかけて発した言葉をケイゼルは良く理解できない。もう頭の余裕はないのだろう。

一同が机の回りの椅子に座ると、ケイゼルが言葉を講義調にして説明を始めてしまった。

「先ず馬の絵を見てくれ。馬の大小は背中の首のねもとのこの高い骨のところから地面までの高さ

で計る。アラビア馬は百五、六十センチあるが日本馬は概ね二十センチくらい馬高が低い。しかし、馬力が強いので馬体だけでその馬の良否を比較はできない」

ケイゼルは所々翻訳休みを入れるというが、小太りの楢林はここまでの翻訳で既に大汗をかいている。楢林がお手上げの様子を見せ始めたので英生が手を挙げて、

「私が翻訳を交代して楢林が記録を担当します」

と言い、英生が同じことをケイゼルにも伝えてからから、ケイゼルから貰っている筆記用具（鉛筆と帳面）を楢林に渡す。

なお、鉛筆はこの時期イギリスの黒鉛鉱山の黒鉛と粘土を合わせて焼いて四角または丸い芯を作り、溝を作った二枚の細長い板の間に挟んだ六寸（二十センチ）ほどのものだ。ドイツのステッドラー社によってヨーロッパに広がっていた。ケイゼルはこれを沢山持っていて、今村には記録用として渡していた。

ケイゼルが続いて次のように講演する。

「馬も人間と同じで十二か月を一年として年を数える。日本では牧場《まきば》で生まれ、三、四歳まで放牧し草を与えているようだが、オランダには良い牧場がないので厩で飼育している。無論、毎日野に出して草を与えている」

「牧場で注意するのは、牧場の内で若馬の牡馬、牝馬を掛け合わせると能き馬は採れないことが多い。六歳ごろから馬相応に乗れば十五、六歳までは良い乗馬になる。陰嚢を切る去馬については日本では行わないようなので省略する」

「馬の各部の名称については既に各自が覚えている通りで問題ない筈だ。ここにはオランダ語と日本語を記してあるので、これからの訓練で私の言葉を理解する場合にはこの程度のオランダ語名称についてはは覚えておいてほしい」

長羽が手を挙げて言う。

「すいません、ちょっといいですか」

英生がそれを告げるとケイゼルは深い眼窩を向けて長羽を指さした。質問して良いという合図とみて長羽は尋ねる

「馬についての基礎的なお話が重要なことはわかります。しかし、明日の受講者は長年の乗馬経験者なのでこの部分は省略してもよろしいと考えますが。また、先ほども言いましたが、小笠原持廣殿がもう間もなく到着するでしょうから、ここで少し休んで頂けませんか」

英生によって翻訳された長羽の意見を聞いて、ケイゼルは講義内容を一時小休止する意思を表明した。ここでコーヒータイムとなり、使用人が熱いコーヒーを各人に配った。

しばらくして入り口の方で問答が聞こえた後、案内されて背の高い痩せ型の小笠原持廣が部屋に入った。

「やあお待たせして申し訳ない」

持廣の低音が部屋に良く響く。ケイゼルが傍によってにこやかに握手し

「グゥイェ　ダァグ（こんにちわ）どーぞこちらへ」

そう言ってケイゼルは持廣を上座に導いた。

持廣がコーヒーを飲んだあとで講義を再開する。

「ではこれからは打毬競技に関連するところを重点的に話すことにしましょう」

ケイゼルの言葉の翻訳で英生の日本語はやや丁寧語に変わっていた。持廣が来たことと関連するのだろう。

英生は翻訳の最後に
「後で楢林小通詞が記録して配布します」

と付け加えた。

「次に乗り方についてオランダでは
通常の歩き方（地道《じみち》）は「シゲレット」

躍足《やくあし》（速歩）は「ダラフ」

鹿子跳《かのこはね》（跳ね翔け）は「ガロップ」

駆《かけ》は「ヤアガル」

と言います。

口笛を馬を止める度に聞かせると、馬が急に駆け出そうとするような場合にも口笛で止まるようにできます。馬が静かになるように聞き慣らされるわけです。

これからの訓練では輪乗りを第一に覚え込ませるとその後の仕込みが楽になります。馬場、輪乗り共に最初は同じ形を広く乗り、徐々に狭くして乗ることが重要です。輪乗りは最初左右に不乗して行い、次に乗馬で行い、反対側に回すことも、また輪の中を直に進むことも訓練します。競技ではそれらを複雑に組み合わせて行うことが必要です。またそれを馬が乗り手の指示のように動くよう繰り返して覚えさせることが訓練の要諦なのです。

これから話すポロ競技においては、この輪乗り技術の巧拙が勝敗を決することになると思って下さい」

ケイゼルが掲示してある張り紙の一枚《馬上競技図》を指さしながら近寄り

「これは、この度小笠原殿の家で発見された打毬図を絵師が拡大模写したものです。この絵では競技騎手が五人で、その着衣などから見て唐の人物による撃毬《げききゅう》図のようです」

「また、別の断片では毬とそれを打つ長い杖のような棒を描いた図が見つかり、絵師がそれを元に下の図を描きました。なお、私が過去にインドで見たポロ競技で使われていたのは木製のマレットという先が丁形《ていがた》の長い杖でした」

「絵師によると、絵の毬は相対的に見て日本の子供が使う手毬《てまり》とおなじくらいで、大人の両手の親指と人差し指で丸を作ったくらいの大きさだそうです。毬は紅白に塗り分け、中の一つにはそれぞれ十字の黒線を描いてあります。ここにそれらを一枚の絵図として掲示しました」

「さて、競技の方法ですが先ず私の記憶にあるポロ競技の方法を説明したいと思います。騎乗した四人を一組とし、紅白二組で勝負する競技です。勝負は各組が共同して地上に置かれた自組みの色の球を馬上から手に持つ棒で打ちながら相手側の球門に打ち込みます。一定の時刻（二分の一刻強・五〜

六分位）内に打ち込み、少々休みを取りながら四から八回これを繰り返します。全体の打ち込み球数が多い方が勝ちとなります」

「ここで問題となるのは、起源が騎馬民族の競技ですから、競技の場所が極めて広大なことです。前にも言いましたが、本来は長辺が三百メートル以上（百六十六間余）もある場所が使用されている競技です」

英生が日本語に翻訳した後にオランダ語で発言する。

「それをそのまま行うことは無理だというのが私の意見です。この規模で行えば競技馬が疲れてしまう。私は前からそう言っているわけです」

ケイゼルはそれを聞き流して更に言う。

「そこで、私の考えでは今回の復活競技では競技場規模を半分の大きさに縮小して行うということを提案します。

競技場が小さければ当然競技する馬の体力も少なくなり替え馬の頭数も減るわけです。通常は一人前の競技に四頭の馬を用意しますので。

ただ、本日両小笠原殿にお出でまし頂いたのは、競技の最も重要な部分でもありますが、競技に使う打毬用の打杖《だじょう》をポロ形と打毬形のどちらにするかということを決めなければなりません。片方は馬上から毬を打つ、片方は毬を掬う行動です。そのためのご意見をお聞きしたいのと、来年の訓練場の選定です」

「織殿助殿いかがですか、私には馬上からの杖の使い勝手は実際に試してみなければ分かりませんが」

長羽が持廣に向いて言う。

「私も同じ意見ですよ。馬上から杖で毬を打つのと、小網で掬うのとではどちらが楽なのかやってみないことには判りませんな。競技練習の場所は二か所ばかり候補地を聞いていますので後でお話ししますが」

持廣が低い声で言う。

「実はそう思いまして両方の杖を用意しておきました。差し支えなければこれからここの馬場で験していただけませんか」

それから一同は浜御殿の馬場までぞろぞろと移動した。馬場には手際よく二頭の馬が厩から出され手綱を持たれて待っていた。また、竹棒の先に紐で編んだ小さい駕籠が付いている打毬用の競技杖と、木製で先に丁の字型の小枕が付いたポロ競技用スティック、手毬のような紅白の毬、なども用意されている。

小笠原持廣と長羽がそれぞれ乗馬して馬に周りを歩かせてから、地面に置いた毬をそれぞれの杖で打ち、または掬う試みをして見せた。

小枕で毬を正確に打つとかなり遠くに飛んで行くことが二人の実験で分かった。そのため毬を取りに向かう競技者は行動半径が広くなることが欠点である。

一方、小網杖《こあみづえ》での掬い投げの技は慣れればあまり困難な技術ではなく、放擲する方向を定めやすいことなどが利点であることが分かった。しばらく練習した結果、二人の意見では復興試合を実施する試合場が狭い朝鮮馬場であること、馬の走る範囲が狭まることなどから今回は打毬用の競技で用いる小網杖を選ぶことをケイゼルに進言した。

将軍吉宗が日本の打毬を復活させる意思であることを考えると、ポロ競技基準に関係なく、通常の馬場を使っての打毬競技とし、馬場の片方に毬門を設えその片方に毬を並べての競技が現実的であるという二人の意見にケイゼルも同意した。

翌日から二日間に分けたケイゼル宿舎での講習会には合計二十八名の聴講者が参加し、熱心に打毬競技についての馬術知識を勉強した。そして講習聴講者には次のような事項が発表された。

一、来年一月から三か月間の実地訓練日程につっては小笠原持廣打毬競技奉行から後日聴講者全員に通知されることとし、最低月三回合計九回以上の実地訓練参加実績をもって試合出場資格が与えられる。

二、訓練指導の結果を踏まえ、試合当日までの訓練期間に模擬試合を数回実施し、選考会議を開いて紅白組各四名ずつの第一次試合から第二次試合までの出場者及び予備者をそれぞれ選定する。

三、訓練馬場については候補地を検討した結果、松平采女正定基《うねめのしょうさだもと》殿の屋敷跡で、享保九年（一七二四）焼失後を馬場として江戸町奉行が管理している采女が原馬場に決定した。これは浜御殿から短距離にあることが理由である。なお、訓練馬については御馬預り役によって選定され提供される。

ケイゼルは合理的な性格から右の様に実施訓練計画を作成し、実務指導を受け持つ予定者の了承を得て受講者に伝えたのである。

本年最後になったが、来る春の打毬競技準備態勢はようやく整ってきたようだ。

図 17　打毬図（「写真学筆」）

（一二）薬植物探索班

登場人物

徳川吉宗　四十五歳　八代将軍
有馬氏倫　六十一歳　御側御用取次
加納久道　五十六歳　御側御用取次
酒井忠音《ただおと》　四十歳　老中
水野忠之　六十歳　老中
細井安明　六十一歳　長崎奉行
大岡忠相　五十歳　南町奉行

吉宗は、御座之間で享保十五年（一七三〇）戌年となった新年を迎え静かに瞑想している様子である。しかしよく見ると右手親指関節を左手の指でくるくると回している。何か思案している時の癖が出ているようだ。本日は正月初めの政務なので三日月矢立ての報告はないし、イロハ事物帳の記載も特にない。昨年からの懸案事項について少し考えているのであろう。

昨年暮れには、吹上苑内に朝廷の「延喜式縫殿寮《えんぎしきぬいどのりょう》」に記載されている「雑染用度《ざつせんようど》」の染色が可能な染色所「染殿《そめどの》」を新たに設置した。日本の誇る正倉院や法隆寺の宝物に観る雅やかな古代染色の色彩が、時代の経過とともに王朝文化の衰えと染色技術の秘伝・口伝による継承の途絶によって次第に失われてゆくことを恐れたためだ。将軍としてはこの染色文化が消滅していくことを看過出来ない現状と捉えたわけである。今後の染色研究にも期待している。

倹約を奨励することは個人消費が抑制され物価上昇も抑えるが、一方労賃も上がらず経済活動が沈滞するため、伝統文化を継承する技術やそれで暮らす職人も居なくなっていく。

ほかにも重要課題がある。各方面からの情報の中で、このまま放置すると幕府の制度にひびが入る恐れがあるのが上米《あげまい》の制だ。参勤交代を緩和する条件で一万石に対し百石の献上を課すことは、金で祖法を崩していくことに他ならない。早急に止めなければずるずると幕府の体制が崩壊してゆくだろう。

幕府は掟を金で取り崩す方策を一時しのぎに行ったのだ。しかし、誰でも給与を減らされると益々消費を抑えようとする。結果的には経済状態は活性を失い、世の中は不景気となり、不満分子が増加する。すでに西方の藩にはその兆しが表れてきているという報告だ。

米の生産と消費の需給は、気候という不安定な要因に影響されている。我々が米を食い続けて生きている限りこの問題から逃れられないだろう。米を食わずに他の食糧、例えば麦で生活する国も多い筈だ。代替食品を取り入れて将来的には米からの脱出を図ることも必要ではないだろうか。

我が国においても農村僻地では米を食べられず代用の物を食べていることは承知している。都市生活者にしても米ばかりでなく積極的に食料として消費できる滋養のある植物を開発する努力が足りないのだ。

思えばこの数年、経済政策による米価引き上げの重要性に苦慮してその対応に明け暮れてきた。武士社会に活きる人間としては、その存在意義を保つべき本質的な問題にも直面している。それは武士の守るべき信念を失ってきてはいないだろうかということだ。

ここで武士の本分を取り戻さなければならない。

平時において武士の精神的基盤を築いている武芸の鍛練は怠ることはできない。しかし、団体行動の軍事訓練を放棄してはならない。従って、牧狩りの催行や、先年の日光社参なども団体行動の一環として行ったつもりだ。

武士個人の精神的鍛錬としては騎馬の訓練は重要である。何故ならばこれは武士が国家庶民を守るための判り易い姿であるからだ。そのために騎射の基本技術となる流鏑馬の復興も行った。

この春には古来より日本に伝り、今は途絶えている馬上団体訓練となる「打毬」を復活させるための競技を行うことを予定している。競技訓練はこれからだというが成功させたい。

一方、日本にとってはいま大きな問題を抱えている。流行病が後を絶たないことだ。一昨年となるが申年《さるどし》の二月、疱瘡《ほうそう》が大流行した。幕府は旗本に「陰陽二血丸《いんようにけつがん》」という薬物を配布した。しかし、その効果があったという報告はなかった。

我が国の疫病の防疫法と治療方法はあまり進展していない。これには頭を悩まし続けている。昨年末にも外国との窓口である長崎においてコレラが蔓延している現状をどう受け取るべきか。

これまでも疾病薬治の効能を期待して薬草園の整備をしてきているが、今年草々には巣鴨村の薬草植場を希望する者に貸し与えて新規薬草栽培を試行させる予定だ。無論医家の本草研究も督励しなければならないが、こちらはなかなか成果を期待できないのが実情だ。

こうした状況ではその対策としてオランダから献上されている薬草書の解読を更に進めていかなければなるまい。また、オランダ通詞の阿蘭陀書和解《おらんだしょわげ》を奨励するとともに、和解法の教授者人数を増やす必要もあるだろう。オランダや清渡りの薬物は高価であり、貿易においては日本の銅や金銀という貴重な資源を消失させている。そればかりでなく、密かに薬物が輸入されて国内に出回っているとのことである。これを諸国各藩の取り締まりにだけ任せていてよいのか。

吉宗はそこまで頭の中を整理していたが、いまその頭が漬物石のように重く感じてきている。一区切りつけたい気分だ。両手で瞼や眼袋を何度か擦って目の奥の血の流れを改め、傍の鈴を鳴らした。

奥坊主の案内で御側御用取次の二人が伺候してきた。

年長の長い顔をした有馬氏倫と歳下で丸顔の加納久通だ。横並びで顔を並べおのおのが新年の挨拶をくどくどと述べる。

吉宗はありきたりの挨拶はあまり好まないのであっさりと頷き
「早速だが、二人の意見を聞きたい」

と顔に比して大きな耳を向ける。

「諺に、過ちては改むるに憚《はばか》ること勿《なか》れ、という文言がある。また、府斂《ふれん》時ならず朝《あした》に令《れい》し暮れに改むという漢書の言葉もある。令を下す立場としてはいずれが重要な行動規範となるだろうか」

二人とも一瞬ぎょっとした顔付きをしている。久道が、恵比寿顔を鋳型から取り出した鋳物のように固くして氏倫の方に向け
「これは先輩の方からお先にどうぞ」

と右手まで揉う様に動かす。

「こんな時ばかり遠慮しなくてもいいのにな」

氏倫はそうぼやいてから長い顔を二、三度横に振る。

「上様、私は過ちの令であれば果断に改めることに異存はありません」

吉宗は頷いて、今度は竦《すく》んでいる久道を見る。久道は観念して
「私の考えでは、朝令暮改を避けるべきであると思います。綸言《りんげん》汗の如しとも言いますので」

氏倫がこれに反発する
「それは牽強付会《けんきょうふかい》のこじつけと言うものだ」

吉宗は分かったというように手を挙げ

「二人の意見はどちらも同等に正しいと思う。こちらの設問が良くなかった。相互に矛盾する二つの命題だからな。一度発令した決まり事を短期に廃止することには問題がある。但し、流動する社会に対応してゆくには制度の改正を必要とする場合が生じる。すべての立場に適合する改正はないが、上に立つ者にはその見極めと実行を求められている。実は前に決めた事であるが、石高返上と参勤交代緩和の件（上米の制）がある。この制度を元に戻したいのだ。これが当たり前のように実施され更に拡大解釈されてゆくと幕府の将来に弊害を残すと思う。既に七年が経っているので朝令暮改には当たらない。制度の取り消しについてはそれで利便を受ける側からの異論があると思うがな」

両者の反応はしばらく不明確であったが

「特に問題はないと思います」

久道が思い切って発言する。氏倫は改善論者であるから白髪頭の馬面をその言葉に合わせて縦に振るだけでよいと思っている。

「次の問題だが、薬草栽培研究についての現状はどうなっているかな」

吉宗が尋ねると久道が手を挙げて言う。

「薬用植物については小石川薬草園その他での栽培を進めておりますが、需要にはとても間に合わないようです。唐、オランダからの輸入品が高いので早急に結果を出していきたいと考えています。先日、薬草園と関連している南町奉行の大岡殿と懇談致しましたが、なんでも南方には米に代わる植物を栽培しているところがあるそうです。それを探し出して食料の代用になるかどうかを含め栽培法を検討する予定とのことです」

吉宗の大きな耳にはこの情報も既に入っている。

「薬草園の事だが、巣鴨村にある薬草植場を借りて薬用植物を栽培したいという者がいるそうだ。これを許可して薬草の増産を計りたいがどうかな」

今度は氏倫が発言した。

「それは名案です。未だ目黒あたりの土地でも薬草園に向いたところがあるようですから。これが先例になって薬物業者に開発する意欲が生まれるでしょう」

「オランダの薬物書和解の方はどうなっているかな」

吉宗のこの問いに久道は次のように答える。

「先程の大岡殿によれば、小石川薬草園では野呂元丈に加えて青木文蔵が加わり、小通詞の吉雄藤三郎が手伝いながらオランダ書の解読を行っているそうです。なお、この三名が新植物の探査も担当して行うようです」

この報告に吉宗は頷いている。

「いずれオランダ通詞を増員し、中でも書籍和解の素質のある者を育成しなければならないだろう。長崎奉行にその方針を伝えておいてほしい」

吉宗の要請に両者が頭を下げた。

吉宗の耳がまた動いている。何か重要な判断があるのだろう。

「以前から懸念していたのは、薬物販売と同時に行われているらしい密輸品取引や、僻地での薬物栽培の実態だ。特に長崎周辺、薩摩等を重点的に、西方諸藩には目を光らせる必要があると思う。今までの情報を総合してみると、植物の専門家、外国語の判る者などを入れることが欠かせない。取引記録は唐通事、オランダ通詞に解読させる必要も起こるだろうから。また、調査の道中ではかなり妨害も入るだろう。危険を伴う仕事となると思うので武術の熟練者を数名加えることが必要となるのではないか」

氏倫が顔の深い皺を更に一度寄せてから言う。

「問題が二つあります。一つは誰が命令の発令元になるのかという事と、二つ目は任命された者の実務権限と身分保障です。命令系統を上から大雑把に言えば上様、その下に老中、京都所司代、大阪城代、若年寄、奏者番、寺社奉行、大番頭並びで両番頭などがおります。実務権限は各役職ごとに決められていてそれを冒すことはできません。身分保障はやはり職制に応じて付与される事になります。臨時俸禄は足高にすれば良いと考えます。本来は、地方行政監察または諸国巡察による、いわば査察使のような役割に近いものとも考えますが、この職はいままであまり任命されていません。なお、支那ではある時期に特定の役割の巡察使や按察使《あぜち》などを置いたということを儒者から聞いたことがあります。これも日本では近年使われていないと思います。従って、現在の制度内では、被任命者の現部所にもよりますが、地方の藩主に協力依頼するために幕府の意向を伝達するためには、直参旗本千石ほどの者を当てる使番の役が相当するのではないでしょうか。前例では使番・書院番・小姓組などから二名が選ばれて一組となり巡見使として派遣され、必要な地域の領内事情を視察報告するわけです。これは現在若年寄の支配ですが、私共側役の介在で老中支配でも無論差し支えないでしょう」

吉宗は蟹の甲羅のように堅い幕府の体制なので、新しい役割を任命するのは容易なことではないことを痛感した。しかし世の中はたえず進化しているのでそれに合う制度も順次更新してゆくような柔軟性が必要だとも考えている。

「なるほど、いずれにしろ役割上いずれの藩にも権限の及ぶようにすることが必要だろう。では使番・書院番・小姓組の辺りで若年寄に図り、人選だけは急いで選ぶよう手配しておいてもらいたい。適任者がいれば直参（将軍直属の武士）の子弟であれば現在の地位はなくても良い。植えた植物が芽を出す六月ごろまでには現地に入っている必要があろうからな」

二人の御側御用取次は再び畏《かしこ》まって承った様子を見せたが、その手順をどうするのか頭の中が複雑に動いていて考えが直ぐに纏まってはこない。この場合にはただ頭を下げるしか方法はない。

そこへ吉宗からは更に別な話題が降ってくる。

「話は変わって今春行う打毬競技についてだが、ケイゼル調馬師が訓練の準備に活躍しているようだ」

残念ながら二人にはその情報が殆ど入ってこない。キョトンとした顔を並べているだけだ。

吉宗は余計な事を言ったと思い直ぐに話を前に戻して言う。

「さきの人選とも関連するのだが、適任者がいれば大きな勢力を持つ相手のある仕事だからな、出来る限り支援の層を厚くして安全を計らい交通なども便宜を図ってやってもらいたい」

氏倫が手を震えさせながら長い顔の皺をより深く寄せて言う。

「老中支配となれば直接関連する立場にあるところは我々側衆をはじめ大番頭、大目付、江戸町奉行、勘定奉行、及び各地方奉行等かなりの範囲になりますが、この者たちへの命令を一本化する系統とその立場を守る権限をどのように決めておくかについて至急月番老中と相談しておきます」

吉宗はこの言葉を聞いて奥に入った。

御側御用取次の二人は直ちに老中のいる御用部屋に向かう。小刻みに歩く長身の氏倫と背の小さい久道が揃って廊下を歩くことは珍しい風景に違いない。すれ違う奥坊主はさっと廊下の端に避けて正月からの災難を逃れる身構えだ。

老中部屋には月番老中酒井忠音と、本日は幸いに挨拶のため勝手係を務める水野忠之が居た。

「お二人揃ってご挨拶とは珍しいこともあるものだ」

水野が奥から少し皮肉った言葉を掛ける。

二人は正月の挨拶を行ってから、久倫が先程の吉宗からの懸案を両老中に取り次ぐ。月番の若狭小浜藩主酒井忠音は一礼して発言する。

「こうした問題はご経歴の長い水野殿に一切を一任したい。今までの経緯をよくご存じだし、船頭が多いと船が進まない。宜しくお願い申し上げます」

歳は四十くらいであろうが、なかなかの世渡り上手な老中らしい。

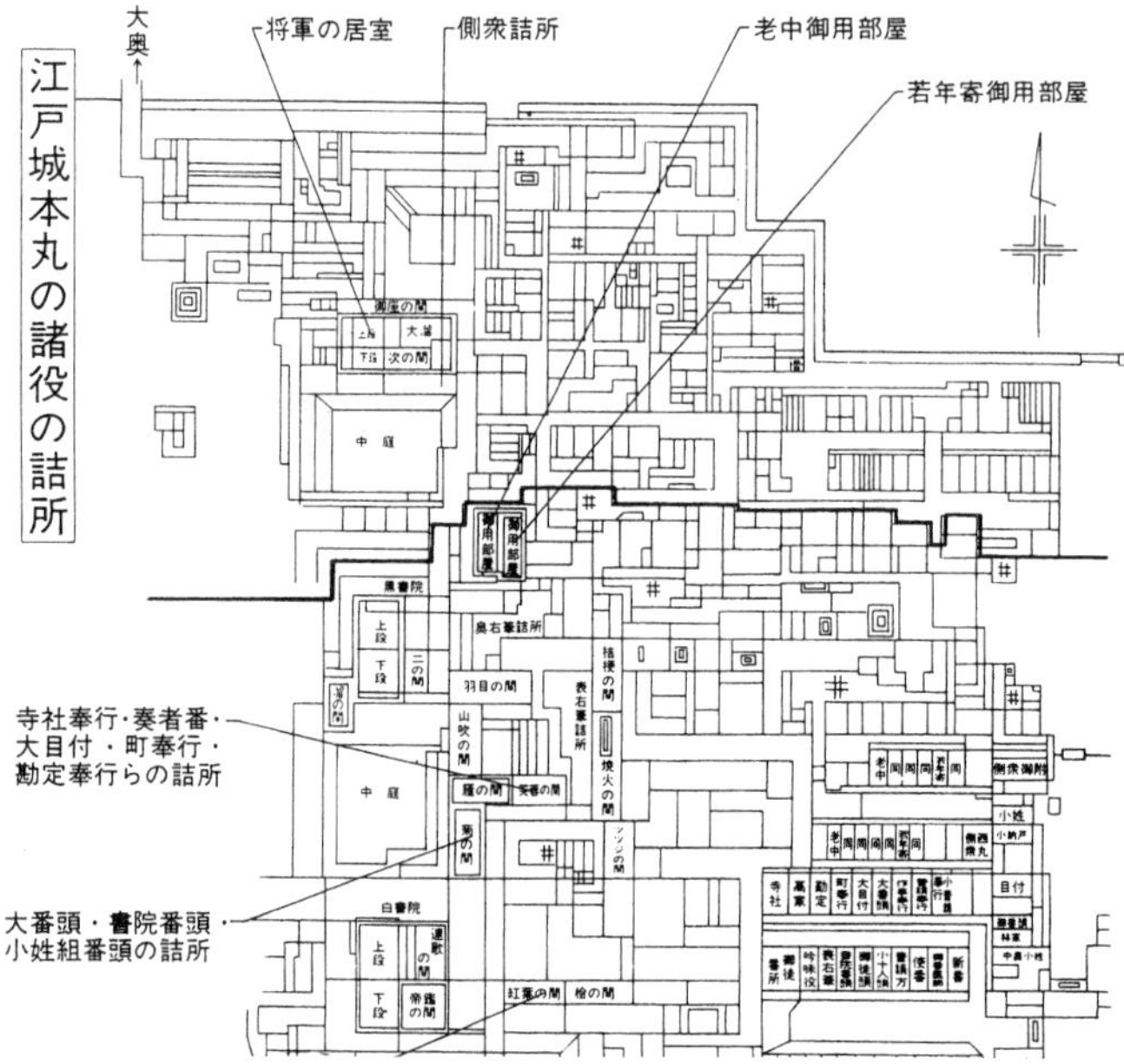

図18　江戸城本丸図

水野は太った体を左右にゆすりながら念を押す。

「酒井殿、もう私の出番は終わりましたよ。米価問題にも結末を付けなければならんし、歳も六十でいつお迎えが来るかわからない。しかし、この班に関わりの深い長崎奉行の細井殿とは昔から親しい間柄なので、最後の御奉公に組織づくりだけには尽力させていただきたい。但し、実際の運用については実力のある酒井殿が一切取り仕切って頂く事にして欲しいのだが」

御側御用取次の久道がそれを受け、酒井に丸い顔を向けて発言する。

「讃岐守殿御心配いりません。私どもも上様への連絡係として班の運用には参画しておりますから」

忠音もここまで言われると断れなくなって
「では微力ながら班の結成以後を担当しましょう」

忠音は老練の忠之にするりと逃げられ、正月から月番という立場で薬物取り締まりという厄介な問題が回ってきたが成り行きで仕方がない、これも運命なのだと諦めた。

これで特別調査班の命令系統がひとまず確立したわけであるが、組織の人選を終えるまでは水野老中の手に球が渡ったわけである。

この数日は好天が続いていて空気が乾燥している。北西の風が冷たい。恐らく山の方は雪であろう。夕の七つ（午後四時）となり、外桜田にある三河岡崎藩第四代藩主で老中の水野和泉守忠之の屋敷には二人の客人がいた。

奥の離れにある茶室「祥庵」には、年長の故をもって長崎奉行の細井因幡守安明が四角張った大きな顔で正客席に、次客には北隣屋敷の江戸南町奉行大岡越前守忠相が面長な顔をやや猫背の肩に乗せて座っている。

亭主忠之の点茶を喫してから、幕府の非公式な薬物特別調査班の人選命令を伝えられていた。

「何しろ急なお達しなのでな。上様も正月のお年玉にしては少々難問を下されたな。うん」

そう言いながらも忠之は福々しい顔をしている。

正客席に堅苦しそうに座っている安明が細い声で言う。

「打毬競技とは関係ないようですが、この点を御老中はどのようにお考えですか」

忠之は赤い鼻の頭を擦ってから言う。

「それはこっちが聞きたいくらいだよ。越中殿の方が謎解きは上手な筈だがな。うん」

「上様がこの人選を我らに絞っているのは、恐らく打毬競技、小石川植物園に関連する人物を念頭に置かれているのではないかと思います。先ずその範囲で候補者を捜してみてはどうでしょう。駒場御薬園の采薬使はまた別の用務を受けているようですからこの際外していいと思います」

忠相は大きな眉を挙げて発言する。まるでお白洲に向いて座っているような良く通る声だ。

安明が禿げた頭を二三度ゆすってから同意する。

「なるほど、私などには無関係な人物を選任できるわけがありませんからな。打毬競技関連者ならば数名の人物に絞ることができそうです」

「植物園関連ではこの問題とは別に代替食用植物探しの件で了解をとっている人物が三人おります。この班の人選に振り替えができるならばですが」

忠相は更に追加する。

「そうでしたな私も同席していました。ただしその中では、肝煎《きもいり》の小川隆好は診療上遠出が難しいのではないでしょうか」

安明が膝を叩い相槌を打つ。

「替わりに隠居している父親の笙船をまたしばらく表に引き出せれば可能でしょう」

忠相は少し考えてから答える。

「働いていた方が長生きするぞ、うん」

忠之が自分の身を考えての発言をした。

忠相は言うか言うまいか躊躇したのだが、この後のためにも話しておくことにしたので
「これはあくまで私個人の見解ですが」

と一応断りを言ってから
「人選の上でお上のご意向に一つの共通点があると思います。それはオランダ国の関与です。このたび「打毬」を復興するのはケイゼルのアラブ馬の知識がその発端です。それに関わる人物はオランダ通詞や騎射試合の武士達です。また、植物園においてはオランダからの書籍解読や流行病阻止、薬用・食用のための新植物探索などの課題を解決するために必要な人物である植物学者や通詞、医師が集っています。一方、貿易においてはオランダや清国からの薬物等の購入で金銀・銅などの限りある鉱物資源の喪失が起こっている事、辺境においての密貿易問題などがあります。いずれもオランダがらみの事案が多くあると思います」

長崎奉行の細井は禿げた頭を二、三度擦って合点しているうちに急に何か閃《ひらめ》くことがあったらしい。少し声高に発言する。

「さすがに大岡殿は鋭い感覚をお持ちです。感服の至りです。さてこうなるとこの人選はお上のご意向に沿うべくそうした状況を加味した方針で行うべきでしょう。ああ、ごほんごほん」

忠相の話の最後に細井の頭には突然一人の顔が浮かんだのだ。しかし、未だ口に出すまでの神経経

路が整理できないので咳払いでごまかした。

「すいません、噎《む》せたもので」

胸を拳で叩いてみせる。

忠之は既に両脚が痺れている。

「ここで方針が決まったのであればあとは座敷で飲みながらどうかね、お二人も疲れただろうし、うん」

自分が疲れたことは棚に上げているが、立ち上がりにはよろけて二人に支えてもらった。

本邸の広間には既に酒肴の用意ができていた。酒の肴は、長崎奉行の細井が手回し良く日本橋の魚河岸から寒鰤など生きのよい魚を選ぶよう供の者に指示して届けさせている。無論、酒好きな忠之の好む下りの薦被《こもかぶり》も一緒に届けてある。

それからは主に二人の奉行が有望な候補者を挙げていったが、細井は一人だけ懐にしまっておいた。

今月中にそれぞれ各人と面談し本人の了解を取り、最終候補者としての名簿を作成して月番の酒井老中に提出することとなった。

忠之は手に持つこの癖玉《くせだま》を早く次に送りたいのだ。

（一三）砂時計

登場人物

小笠原長羽	二十九歳	御書院番
三吉親分	三十歳前後	遊び人
ハンス・ケイゼル	三十七歳	調馬師
今村英生	六十一歳	大通詞
小笠原持廣	四十五歳	御書院番
武藤安武《やすたけ》	四十七歳	御書院番
小笠原常喜	四十六歳	師範家長男
小笠原正敦《まさあつ》	二十一歳	安武の妹婿
堀　利庸《としつね》	二十四歳	御小姓組頭
大須賀高胤《こういん》	十九歳	榊原家次男
小笠原長方《ながかた》	六十四歳	御書院番で長羽の義父
長方夫人		長羽の義母
お　菊	三十歳位	『咲良』女将

神楽坂北側の築土明神八幡宮の南側にはこんもりとした常緑樹の森があり、隣の無量寺《むりょうじ》の塀との間の空き地が小笠原長羽が朝一番に木剣を振る場所になっている。

この寒い朝でも肌着一枚になって一心に素振りを続けて丁度百回になったが、ふと人気を感じてぴたっと正眼に構えを取り、目を閉じて気を静める。

社の後ろ側から三十前後の苦み走った顔の男が現れた。紺の半纏、股引を着けた職人姿である。昔の仲間の三吉親分だ。

「おがさの旦那、相変わらず精が出ますね。もうそろそろ上がりかと思いましてね」

三吉親分は素振りの終了時刻を計ってきている。

「やあ、刺客に襲われるのかと用心したよ」

長羽は木刀を社殿の回廊に置いて首や胸の汗を手拭いで拭く。

「旦那ようやく見付けましたぜ、細かい川砂を。蔵前の与兵衛という左官で有名な頑固親父でさあ、何に使うんだとしつっこく聞きましてね、使い方で砂を選ぶんだそうで」

「そうだったか、ただ細かい砂と言われても使い方によって種類が違うのだろう。ご苦労さんだったな」

三吉親分は左官の与兵衛から山砂、川砂、洗砂《あらいずな》、篩砂《ふるいずな》などの講釈をたっぷり聞かされてきたらしい。

「今村通詞殿も何も言わなかったな。良く分からないが今日が打毬訓練の初日だからケイゼルさんが何かおまじないにでも使うのだろうよ。どうだね来て観ては」

長羽は三吉親分も訓練の見学に誘った。

「いいんですかい。素人の私が拝見しても」

三吉親分も乗り気だ。

「構わねえよ。俺の親分だからな」

「ありがてえ、わっしは子分ですよ、旦那」

「采女ヶ原《うねめがはら》馬場は新橋を渡って木挽町四丁目の先だよ、砂をそこへ持ってきてくれるか、今から朝飯を食って俺も行く」

長羽は知っているだろうと思ったが念を押した。

三吉親分は直ぐに何処かへ跳んで行った。


京橋南から三十間掘に架かる新橋を渡って築地に入るとすぐ道路の南側に采女ヶ原馬場が見えてくる。伊予今治藩主松平采女正定基《うねめのしょうさだもと》の屋敷跡だ。享保九年（一七二四）の大火で焼失し、麹町に移転した後は火除け地及び馬場となっている。馬喰町馬場、高田馬場とともに面積はかなり大きい。ここは浜御殿からは目と鼻の近い場所にある。

西側の小屋敷に沿って馬場の管理所、厩、馬の水のみ馬、利用者の休憩所、便所などが並んでいる。

今月から五月までは、奉行所からのお達しで「打毬訓練用馬場」に指定されていて、一般の使用は禁じられている。

馬場には既に二十頭ばかりの馬が、競技予定者として集まっている武士に輪乗りなどの訓練をされていた。武士たちは陣笠、陣羽織、たっつけ袴、草履などを装備し、毬杖《きゅうじょう》と呼ばれる毬掬《まりすく》いの棒を持つ。毬杖は、竹竿の先を割いて火であぶり蕨のように輪状に曲げ、その輪に絹糸で球を救い上げるための袋網を編んで取り付ける。

身の丈ほどの長さの毬杖を原則的には右手で持っている。馬体の右側から掬い上げる決まりになっているのだ。

長羽が休憩所に近づくと、三吉親分がすっと寄ってきて小声で言った。

「旦那、お待ちしていやした」

長羽は品のよい顔を向け切れ長の目を一度閉じて見せながら

「やあ、遅くなってごめんよ、出る前にちょっとわけがあってな」

長羽が三吉親分と一緒に休憩所に入ると奥から

「ヘルッキッヒ　ニウヤール（あけましておめでとう）」

という声と共にケイゼルが立ってきて握手をする。

奥に今村英生も居た。

「この者は私の親しい昔仲間です。今後お見知り置き下さい。本日は川砂を仕入れてきてくれました」

長羽の紹介に三吉親分はペコリと挨拶する。

英生の通訳でケイゼルは三吉にも握手して

「ダンク　ユ　ウエル（有難う）こちらへ　どうぞ」

と三吉に混ぜこぜの日本語を言ってみせる。

競技係が、同じ係の者の標《しる》しとして三吉の左腕に黄色の紐を巻き付けてくれた。

ケイゼルの居たところには妙な器物が置かれていた。重箱を立てたほどの大きさで、上下の板の隅を一尺（三三センチ）くらいの四本柱で繋ぎ、中央には細く括《くび》れを作ったガラス瓶が据えてあった。

「これを支那では砂漏《さろう》（砂を使った漏刻）と呼んでいるらしいが砂で時刻を計る道具だ。我が国では砂時計と言う。前に漏刻と呼ばれている水時計を作り武藤氏に図面を書いて渡したことがあるが、原理は同じだ」

ケイゼルは騎射競技に使った水量計装置のことを言っているのだ。

ケイゼルは砂時計の機械を持ち、一同を連れて外へ出ると三吉に腰掛を運んでもらい、その機械を上に置いた。長羽も装束を打毬競技用に替えてくる。

「長羽殿、この馬場の縁をギャロップ（鹿子跳）で五周ほど回ってみて下さい」

ケイゼルの頼みに応じて長羽が走り出すと、ケイゼルは一合位の川砂を瓶の上の部分に入れて立てた。砂はさらさらと細い括れから瓶の下部に落ちて行く。

「プリーマ（すばらしい）」

ケイゼルは両手を上に挙げて喜ぶ。

長羽が五周目を回り終える頃、上の砂が全部下部へ移っていった。競技での馬の激しい動きを考えるとこの程度が限度だ。

「試合の一区切りは目分量作成ではあるがこの砂時計で決めることにしよう」

ケイゼルは参加者一同を集めて、試合の時刻を計る方法の説明をした。競技方法、勝敗判定法、規則違反などについては既に座学で説明している。

競技訓練係が参加者の点呼を行い、全員を籤引きで紅白組に分ける。毎回籤で紅白に分けるので、いずれ全員が顔見知りになってゆくだろう。紅白の各組は組員を四人ずつに纏め、相対する四人と球入れを争う。

放擲した球が掘に落ちると困るので、西側の小屋側に間口一間の間隔を置いて高い二本の紅白布を巻いた柱が建ててある。これを球門という。この球門の間に自球を投げ込めば得点一となり、合計点の多いほうが勝ちとなる。万が一馬場の場外へ球を出した時には、係員が同じ色の替毬《たいきゅう》を場内に投げ込むので心配ない。但しその失毬《いっきゅう》の組は場外放擲のため減点一を取られる。

戦いでは、馬場の東側に近い場所に、両指を合わせたくらいの大きさの手毬を紅白の布で包んで縫い合わせた球を十数個置いて、紅白各組は前衛に二騎馬、その後ろの後衛に二騎馬の四騎が一団となり、各々紅白の襷を掛けて置き球の東西に並ぶ。

前衛は西側球門に球を入れることに専念し、後衛は敵に球を取らせないよう妨害する役だ。馬場が狭いので紅白各組は球門側を取る組とその反対側に陣取る組は一戦ごと交互に代わる。

試合始めは陣太鼓の合図で、砂時計の砂が全部落ちると終わりを告げる小型の鉦を撞木で鳴らす。

図19　打毬図（「赤坂御庭図画帖」）（和歌山市立博物館蔵）

どこかのお寺で借りてきたのかもしれない。いずれにしてもケイゼルの着想で馬を脅かさないようにとのことだ。また馬への配慮から終了から少々間を置いて休んでから再開する。これを四回から五回繰り返す。馬が疲れるので予備の馬を用意しているが、一騎が一試合二度まで馬を替えることが出来る。

試合が始まり、どちらかの組が規定数の球を球門に入れると、その組の揚毬《あげだま》という白球または赤球に十文字の黒線が入った決め球が一個出発線上に置かれる。この一毬を球門に入れるための争奪戦が繰り広げられ、それを毬門に入れた方が勝ちとなる。争奪戦では毬杖で故意に相手を叩いたり、馬体を叩いたりすると違反行為となる。但し地面の毬を毬杖で掬う際に相手の杖と絡み合うことは認められている。この際必ず自身の馬の右側で取り合うことが必要となる。

違反行為があれば、競技に付き添う水色の襷を掛けた審判員がそれを判定して（呼子）笛を吹き、その競技者に注意を促し、行為の軽重によって一ないし三点を減点する。極端な違反者には即座に退場命令が下される。

さすがに優秀な騎者ばかりで飲み込みが早い。模擬紅白戦を各組が順番に行っているが、本戦にしても良いような格好になってきた。既に顔見知りが同じ組になった時には互いに

「よう、よう」

と言いながら励まし合っている。

長羽は、武藤安武・安與兄弟、その妹婿の小笠原正敦、師範家の小笠原常喜、小姓組頭の堀利庸などとも戦った。騎射試合で六位となった大須賀高胤ともどこかで毬を取り合った。

ケイゼルは時刻判定員に砂時計の操作を任せ、火消し装束のような黒い股引と上着を纏い、水色の鉢巻きという格好である。総指導者という立場の装いである。競技者の中を馬で縦横に翔け回していて、何やらオランダ語で叫んでいる。

毬門の西側奥には横列に床几が並んでいて、その中央席には陣笠、陣羽織姿に采配を手にした面長の小笠原織殿助持廣が打毬競技奉行として背を伸ばして場内を睥睨《へいげい》している。大将になったような気分なのであろう。

持廣は朝からずっと腰かけていたが、体が冷え込んできた。こんなことなら馬に乗っているべきだった。そう思うと、そのうち急に小便が出たくなってきた。落ち着かなくなってそわそわしていると、右の方に竹筒を籠に数個入れて配っている男がいる。良く見ると長羽の用事で前に家に迎えに来たことのある職業不明の三吉だ。

「おーい、三吉よこちらへ来てくれ」

持廣から声を掛けられて三吉が畏まって寄ってきた。

「暖かい生姜湯《しょうがとう》をどうぞ」

三吉が気を利かして折敷し生姜湯の入った竹筒を渡そうとしたが持廣は長い顔を近づけて小声で言う。

「待ってくれ出す方が先だ、便所に案内してくれ」

三吉はへいと返事をして休憩所の横の便所に持廣を先導する。大将は戦争中に便所などに行って良いのかななどと思いながら預かった采配を右手で立てて大事に持つ。左手には生姜湯の籠を下げて便所の戸口で待っている。

三吉がこの姿はまるで便所を守る衛士だな、などと思っていると、遠くで引き上げの鉦が叩かれた。まいったなこれには、と采配を後ろに隠したとき、持廣奉行が便所から慌てて飛び出してきて三吉の采配を引ったくり、上にあげて横に振る。裁《た》っ着《つ》け袴の前が未だ全部合わさっていないままだ。

総引き揚げの意味なのか、退却の意味なのか分からないが、場内の馬上競技者は誰も見ていないし気にもしていないようだ。

昼前の競技訓練を予定通り終え、馬を馬係に預けて毬門前に全員が集合した。

競技奉行が乱れた衣装を整えて踏み台の上に乗り挨拶した。

「ご苦労でした。初回にしては見事な出来栄えでありました。これからも試合期日まで充分に練習して御披露しましょう」

続いてケイゼルが台上に立ち、本日の講評と競技の注意事項を手短に述べた。今村英生が寒い中で通訳している。楢林小通詞は所用で休みだそうだ。

ケイゼルの言った要点は以下のようであった。

一、打毬競技で馬を操る要点は、膝と腰を使って常に馬上の安定を図ること。
一、鐙《あぶみ》は長く踏み、馬を両脚に挟むこと。
一、腹帯は馬にもよるが強く締めるほうが良い。
一、手綱は引きもせず、緩ませもせず乗り、早めに上げ下げしてシゲレット（地道）、ガロップ（鹿子跳）の動きを調整すること。急な変更には馬が乗り手を嫌う。
一、シゲレットで輪に乗りながらダラフ（躍足）を覚えさせること。また、ガロップで乗ってからそのうえでヤアガル（駆足）を乗るという手順を踏んだ方が良い。
一、輪乗りでいずれの癖も直すことができる。
一、馬の進まぬ時の嗅がせ薬はオランダではセービンボームという木の葉があるが、この木もしくはそれに相当する植物を探すとよい。

今村大通詞がこれをかいつまんで翻訳した。

「サクセス（がんばってください）」

そう言ってケイゼルは台を降りた。

ケイゼルの講評と注意が終わってから、初日の訓練はあまり馬に無理を掛けないよう本日はこの程度とするという競技奉行の意見があって、この辺で終了することとなった。馬よりも自分が場内の寒さで降参しているようだ。

三吉親分には奉行から出務手当が下されて、訓練期間の競技雑役掛を命ぜられることとなり、本人も試合には興味があるので承諾した。

長羽が支度場で帰り支度をしていると、背の円いやや老けた感じのする阿蘭陀宿長崎屋手代がそっと寄って来て小さな紙切れを渡した。

「申《さる》の正刻《しょうこく》（午後四時）長崎屋にお越し下さい。細井」

と書いてある。

長羽は家の中に自分に関わる問題が起こってはいるのだが、細井奉行の招集をあえて断る程のことでもないので手代に承知したと言って紙切れを懐にしまった。

長羽は今朝出がけに義父の長方の意向として、来る二月五日に長羽の婚儀を行いたいとの話をされている。相手方は前から聞かされていたが、御小姓組の榊原庄五郎職長《さかきばらしょうごろうもとなが》の次女である。また、長方の隠し子平十郎長之《へいじゅうろうながゆき》を長羽の養子とすることも同時並行に行われるという。

一時に妻と子供が出来るわけだが、長羽は義父には自身の事情があるのであろうから成り行き任せで拘る事はないと思っている。そういえば今日も打毬競技訓練中に出合った大須賀高胤も何処かの榊原だそうだ。これは神楽坂『咲良』のお菊さんの話だ。

小日向の家に帰ると義父夫妻が婚儀の支度をあれこれと話している。時節柄できるだけ内輪にするほうが良いのだという結論らしい。多分金の掛からないやり方を工夫することだろう。長羽はそんな風に冷めた目で見ている。

打毬競技の後で腹が減っていたが、ここで冷や飯を食べるよりは肴町の『咲良』に寄ってみよう。そう思って衣装を変えてから
「ちょっと用事で出かけてきます」

義父夫妻に挨拶して神楽坂に足を向けた。

『咲良』には小正月なので昼でも客が何組か入っていた。長羽に正月の挨拶をして奥の座敷に通したお菊が
「正月早々にお忙しそうですね」

「ああ、せかせかして落ち着かない性分だからな。ところで昼飯を何かくれないか、腹が減って目が回りそうだ」

長羽の要望でお菊が直ぐに運んできたのは合歓《ごうかん》豆腐だ。角餅を焼いて、弱火で茹でた絹ごし豆腐の上に置き、塩・醤油で味付けしただし汁に水で溶いた葛を入れたあんをかけ、上に柚子片を置いただけの素朴なものである。

「正月の素材ですが早いほうがいいと思って」

それを食べているうちに、お菊は大きなだし巻玉子、ひね沢庵の薄切り、椎茸の煮しめなどを添えて丼飯を持ってきた。熱い煎茶も用意してある。

「有難いね、生き返るようだ」

長羽はそう言いながら瞬く間にそれらを腹中に収める。

「そういえば先日おいでになった榊原様の御次男坊豊三郎（今は大須賀姓を名乗る）さんから、御親戚のお嬢さんが長羽の旦那のお嫁さんに決まったとお聞きしました、ほんとなんですか」

嫁とりのことはお菊の耳にも入っているようだ。

「ああそんな話だね」

長羽はまるで他人事のようだ。と言って特に不満を持っている様子もない。

この時代ではこうした家の存続問題では養子や嫁とりは日常茶飯事に行われている事であって、個人の希望や反対を考慮することはない。祖先から受け継いだ家の名を途切れない様に次々に相続し、将軍に認められ続ける事が無形の生活基盤となっていたのだ。

長羽はここで榊原家からの嫁があの騎射試合六番の若者大須賀高胤の親戚筋であることを知った。縁は異なもの味なものと言われるが真だなと、また、世間は狭いものだとも思う。

彼はまだ十八か十九くらいの若年者でありながら乗馬、騎射などには優れている。しかし、お菊さんの話では歓楽街にも出入りしていて遊技や三味線に大変興味があるらしいとのことだ。一般に道楽事にのめり込む人間には、趣味の床が強く傾斜してくると遊興の泥濘道《ぬかりみち》に足を踏み込むことが多い。

実際に長羽の憂慮は将来当たるのだが、この男がこの後、榊原勝岑《かつみね》、正岑《まさみね》と兄や本家の家督を継ぎながら名を代えてゆき、一時期には播磨姫路藩主ともなり、挙げ句の果てには新吉原の名妓高尾太夫を身請《みうけ》する豪快な男になろうとは、この時点では誰にも想像できなかった。

長羽は長崎屋での細井奉行の呼び出しを頭には入れてはいたのだが、あまり気が進まなかった。西洋風の御馳走にはそれ程魅力を感じていない。この『咲良』の料理が一番好きだからだ。

図 20　白山の料理屋（「江戸高名会亭尽」）

（一四）オランダ正月

登場人物

ハンス・ケイゼル　三十八歳　調馬師
今村英生　六十一歳　大通詞
長崎屋源右衛門　三十六歳位　阿蘭陀宿主人
細井安明　六十一歳　長崎奉行
小笠原長羽　三十歳　御書院番
光子　二十六歳位　長崎屋主人妹
武藤安與《やすより》　三十六歳　旗本三男
武三　年齢不詳　長崎屋手代
大岡忠相　五十一歳　南町奉行
加藤枝直　六十一歳　吟味役
青木文蔵　三十三歳　本草学者
小川隆好　三十一歳　笙船の長男

ケイゼルと今村英生は、采女ヶ原馬場の東端にある船着場から連絡船に乗り、目と鼻の先の浜御殿の役宅に一度帰っていた。二人とも暮六つ（午後六時）には細井長崎奉行の長崎屋への招待を受けている。船と駕籠を差し向けたとの話である。

英生も本日は寒い中半日馬場での打毬練習に付き合った。もう年なので寒中稽古は少々骨身に応える。うたた寝をしているうちにそろそろ夕の七つ（午後五時）近くなってきたのでケイゼルの役宅へ向かう。役宅では、ケイゼルが相変わらず計画表などを作成しているようだ。

「ワット　ウィルト　ユ、コフィ　オフ　ティ（コーヒーと紅茶　どっちにします）」

ケイゼルの問いに英生は答える。

「イク　ヘプ　リーヴァ　エェン　コッピェ　コフィ（コーヒーがいいですね）」

オランダではコーヒーは挨拶代わりになっている。

熱いコーヒーを飲みながら、ケイゼルとは本日の競技訓練についてあれこれと話した後、寒いので防寒の用意で二人は出かけた。

ケイゼルには別室で控えていた同心の役人が相変わらず警護に付いている。奉行所の配慮だろう。浜御殿の船着場から小型の屋形船に乗る。船の中には箱火鉢が置いてあって温かくしてあった。尾張、松平などの屋敷を左に見て、鉄砲洲稲荷に向かう。隅田川上流に向かって左手の稲荷橋傍の高橋をくぐり、亀島橋、霊岸《れいがん》橋を頭の上にして江戸橋手前の掘り割を右に入る。奥の方の雲母橋下まで行って船を降りるともう本町四丁目だ。

目と鼻の先に時の鐘が見える。

予定より早く着いたが、いつもの通用口に訪れると長崎屋源右衛門が直ぐに出迎えた。

ケイゼルはいつもの別室に通されたが、源右衛門の妹にオランダ語を教えるのが楽しみとなっている。英生は源右衛門に案内されて二階の別間に入った。別間には既に細井奉行と小笠原長羽が待っていた。

「今日は寒いのにご苦労さんだったな」

小ターフェルの中央にちょこんと腰かけた細井奉行が英生に声を掛ける。英生は、細井の挨拶が今日の打毬競技の事か、今の船便での来着の事か分からなかったが、本日はここに招待されたものと思っているので
「御招き有難うございます」

と挨拶しておいた。

「ケイゼル氏を入れる前に相談があるのだがね」

何だか以前にも同じような台詞を聞いたような気がしたが、英生は黙っている。横にいる長羽は無関心な顔付をしている。

細井奉行は実はと話を切り出して、大岡忠相南町奉行と二人で老中から命を受けた事柄をはじめから述べるつもりでいたが、話は早速結論めいた口調となる。

「要するに、西国の藩が栽培している新しい飢餓対応植物を調達してきて、こちらで繁殖させるこ

との仕事を命ぜられ、その実行者の人材を選定しているのだよ」

英生はなんとか概略が理解できた。

「それで私とはどのような関連がありますか」

関係ないと思いますという言葉を直前で切り替えた。

細井は続ける。

「そこが説明の難しいところでな、小石川薬園関係者には植物薬物の専門家がいるが、仕事上相手には唐人やオランダ人が絡む場合も想定している。文書などもな。それで、今村大通詞の相棒の楢林小通詞は唐通事とオランダ通詞の二刀流だと聞いている。このたび是非この組に加わってもらいたいのだ。今村殿はその穴埋めと言っては実も蓋もないが、実はそうなんだ」

英生はこの数日楢林通詞が小石川薬園に呼ばれている理由が読めた。稽古通詞の吉雄は野呂先生が離さないようだ。この調子では通詞にとって受難な年になるわけだ。今年は厄年かもしれない。

「その組の用心棒に、武藤殿と私が選ばれているらしいですよ」

突然長羽がむっくりと顔を挙げて言う。

「いや無頼の浪人者を使うわけでもあるまいし用心棒ということはない。お使い番の証を懐にして大名相手の大芝居をうつわけだ。直参旗本として晴の大舞台だよ。ただ得体の知れない相手のある仕事なんで、用心のために腕の立つ侍もお供に数名付いて行くという話だよ。打毬試合との関連で西国回りの一番手には武藤安與殿、二番手に小笠原長羽殿を推薦している。試合奉行の小笠原持廣殿の了解のもとでね」

細井はそう言いながらも、なるほど用心棒にも適役かなと思った。

「今村殿、その代わりに野呂さんの翻訳を援けてくれないかなあ、吉雄殿は野呂殿が気に入っていて離さないが、実はケイゼル氏にもその手助けを頼むつもりでいる。そうなると今村殿は不可欠となるのだ。なにしろこちらもお急ぎの御用なのでな」

英生は「ううむ」と考え込む。細井は刀を反《か》えしてまた実はと繰り返す。

「実は、長羽殿は今般二月に婚礼を挙げて妻帯することとなった。この役に付くという事は遠方に出張することとなるので、最初は江戸番になってもらい遠出御用は後回しとなった訳だ」

などと大きい顔を窄《すぼ》めてみせる。長羽に配慮しているつもりだ。この婚姻話は以前より昵懇の長羽の義父の願いによって細井が仲人を依頼されている。むろん真の仲介者ではないのだが。

「正月早々えらい寶籤《たからくじ》が当たったものだ」

長羽は少し迷惑そうな言葉を吐く。

「ケイゼル氏にはこれから話すわけですか」

英生はそう言って、これは面倒な話し合いになりそうだなと思った。

「私の返答はどっちにしろケイゼル氏次第になるでしょう」

「ケイゼル氏を呼ぶ前に一つ相談があるのでね」

「長羽殿の嫁とりの話をしたが、ケイゼル殿に然るべき、そのなんだ、お相手を探してやるなどの便宜を計るというのはどうかな」

「協力の意味ですか、または報酬としてですかな」

長羽が自分の身を考えて単刀直入に言う。

「いやいや、そんな見え透いた意味ではないが、御本人はさぞ強い希望をもっているのではないかと推察してな、人間として当たり前の話だからな」

細井はこれはまずいと思いながら答える。

「長崎では出島のオランダ人に対して、唐人もですが、人を介して丸山町の芸妓との交渉を公認しています。しかし江戸では外国人と芸妓の交渉は出来ませんのでまあ正式には無理でしょう」

英生は言う。

「やっぱりこれは影の仕事でしょうな。ではケイゼル氏との話に移りましょう」

細井は頷いて手代を呼んだ。

そのケイゼルはしばらくして広間に入り、細井と長羽に彫りの深い顔を振りながら
「今日　オランダ正月　お招き　有難う」

と言った。年の暮れに行われる行事だが、この時期正月という名目を付けて自国のお祝い事をする習慣があるのだ。

ケイゼルはオランダ書解読作業の手伝いについては特に問題なくすんなりと引き受けた。但し、一つの条件はオランダ宿長崎屋で時々食事をさせてもらいたいとのことであった。早い話がオランダ

料理をご馳走になりたいというわけだ。

英生は心配になったので細井奉行に尋ねる。

「打毬訓練は四月までとして、小石川薬園の和解作業はどのくらいまでの予定となりますか。実はわたしも一度長崎に帰る予定があったのですが。無論代わりの江戸番通詞が配属されますから心配ありませんが」

長羽が閉じていた目を開けて
「多分お奉行にも解らないと思いますよ。お奉行自身も打毬を終えれば長崎ご赴任と相成る次第ですから」

細井がこれを受けて答える。

「物事が輻輳《ふくそう》してきているが、分けて考えよう。先ずは打毬試合の件、これはケイゼル殿の訓練と競技試合実施はもう目鼻が付いている。第二、小石川薬園での野呂氏和解の件、これの期限は分からないがケイゼル殿、今村殿の翻訳手伝いはできるだけ早く片づけることを目指すためだ。しかし、仮に出来上がらない場合でもそれに縛られることはないだろう。あくまで手伝いだからね。第三は、四国や九州に出向いて探す植物の苗、無論、各藩の協力の上での仕事なので野山を探し回るわけではない、隠している場合は別だがな」

英生の通訳で太い眉を顰て聞いていたケイゼルが、そこで手を挙げた。

「三月頃に江戸に来るオランダ商館長のアブラハム・ミンネドンクは友人であり、手紙では可能であれば日本の打毬試合見学を希望している。また、帰る際には道中一緒にとも言っている。大丈夫か」

細井は英生の通訳を受けて
「私が決めるわけではないので今のところ返事が出来ない。しばらく待ってくれ。上層部にその旨を上申しておくので」

また問題が増えていくことに細井の頭が痛む。いずれにしろ当面の人選は終えたとみていいだろう。

「今言えることは、この四月、五月で我々の運命がそれぞれ変わっていくということだろう。任務期限の問題は残るが、一先ず関係者各位がこの国の為に当面の重要な運命を切り開いて行く決意を見せてもらった。深く感謝したい。後から参加される方々もあるので、この辺でオランダ正月というお祝いの場に移りたい、ありがとう」

細井は〆の挨拶をしたつもりだが、拍手を聞くことができなかった。

長羽、英生、ケイゼルの三人は、それぞれ自分の今後に対する明確な判断材料を得ないまま二階の宴会場に席を移動した。

席を移動する途中で、廊下にはケイゼルにオランダ語を習っているという長崎屋源右衛門の妹光子が待っていた。皆に挨拶してケイゼルにそっと寄り添い何か言葉を交わしている。その美しい着物あるいはは光子その人に他の連中は見惚れているようだ。

細井は片手でさあちらに行きましょうと言うように皆をうながした。その手で長羽の腰辺りを意味ありげにポンと叩いた。皆にはケイゼルが長崎屋の飯が食べたいと求める謎が解けたような気がしてくるのだ。

時の鐘が暮れ六つ（午後六時）を告げた時に宴会場に案内されて入ってきたのは、丸顔で円い目を持つ武藤庄九郎安輿だ。別室で待機していた楢林小通詞は既に着座している。

長羽は椅子から立って手を挙げ
「やあ、先日はご苦労さんでした」

と声をかけた。安輿も顔なじみが揃っているので安心したようだ。

「皆さんこんばんは、武藤ですよろしくお願いします」

笑顔を作って挨拶し、招じられた椅子に腰を下ろした。

細長いターフェルには、南向き中央に細井長崎奉行の小さい体がちんまりと座り、その左側に長羽、右側に安輿が座る。反対側中央にケイゼル、その左が今村大通詞、右側に楢林小通詞が腰を下ろす。

細井の仲介でターフェル越しに互いの自己紹介を行った。体の小ぶりな長崎屋源右衛門が女形の役者のように少し品を作って挨拶する。

「皆さま明けましておめでとうございます。本年もよろしくお願い申し上げます。今宵の席は細井御奉行様の御指示により、長崎ではよく行われますオランダ正月という趣向でご用意致しました。本来は昨年暮れに実施される予定でしたが、都合によりひと月遅れの吉日の催しと相成った次第でございます」

細井が途中で、わかったわかったというように首を縦に振って言う。

「有難い前置きのご挨拶痛み入るが、未だ全員が揃っていないので簡略でいいだろう。それよりも、これから関係を持つ者を紹介しておきたい。それはこちらの手代で武三《たけぞう》どんという人物だ。もとは漁師であったそうだ」

細井の言葉で、円い背をした五十そこその男が部屋の端の暗がりから姿を現した。顔は日焼けしていて角張っている。目鼻も大きい。全体に造作が木彫りのように荒い感じだ。その顔がにっと笑った。お愛想のつもりだろう。

「武三です。これからよろしくおねがいしもす」

なるほど少し話し方に訛りが感じられる。

「実は沖縄生まれで、薩摩にも暮らしていもした」

そう自己紹介した。海の男である証拠に声が塩で嗄れているがただの漁師あがりではないだろう。

長崎屋の業務は関係者が複雑に絡んでいて単純ではない。なにしろ長崎屋が持つ重要な業務は寛永十一年（一六三四）からのオランダ宿であったが、糸割符人《いとわっぷにん》（生糸商人）達の溜まり場や、薬物取次業も兼ねていて、全国に跨る一種の情報機関でもあった。

オランダ商館長江戸参府に際しては、一行の宿舎、各役所挨拶手配、定式出入商人《ていしきでいり》を介して献上進物、土産物品の長崎からの調達、江戸の惣残《そうのこ》り端物《はもの》等の販売業務もある。

「彼はしばらく長崎の店に勤務する予定なので、武藤殿のお仕事に役立つかもしれないと店主の源右衛門殿が言っている」

その時源右衛門が細井にすっと寄ってきて何事か告げている。

「お待ちしていた方々がお見えだそうだ。源右衛門さんに席をなおしてもらおうか」

そう言って細井が椅子から立ち上がると、他の者も一緒にぞろぞろと五葉松が枝を張る大鉢が据えてある待合席に移る。そのうちに源右衛門に案内されて数名が一階から階段を上ってくる気配がした。

最初に姿を見せたのは長身だが少し猫背の武士南町奉行大岡越前守忠相だ。続いて上がってきたのは小柄ではあるが筋肉質で浅黒い顔をしている奉行所の吟味役加藤又兵衛枝直。父に学問、和歌を学んだ文化人だ。次には痩せて青白い顔の青木文蔵。京都古義《こぎ》堂の儒学者伊藤東涯の門下で蘭学者でもある。

最後に姿を現したのはこれも三十歳前後の男で長髪を後ろで束ね、茶色の作務衣を着ている。下膨れの優しそうな医者の顔だ。小石川療養所肝煎小川笙船の息子で、二代目肝煎の隆好である。

これで今宵の役者が全員揃ったわけだ。

一同が主人源右衛門の案内で宴会の間に入ると、大きなターフェルを囲むように席が設えてある。東向きの縁に大岡、相対する西向きの縁に細井の両奉行が座し、南向きには大岡側から加藤、青木、武藤、小笠原、北向きには大岡側から小川、ケイゼル、今村、楢林の席となっている。

一同が改めて着席したことを見計らい、細井がすっくと立ち、細い声に力を込めて言う。

「皆さんこんばんは。今宵は記念すべき一時《ひととき》となるでしょう。何故ならば、お集りの皆さんがこれから活躍されるお仕事は、我が国の発展のための礎《いしずえ》となるばかりでなく、お互いの将来の運命を幸多きものとする輝かしい結束の夕べとなるからです」

皺の寄った口先からとは思えない、何か芝居がかった台詞が出てきた。

英生はケイゼルへの通訳にはできるだけ忠実な翻訳を心掛けたが、その口調を伝えるのは不可能だった。しかしケイゼルが一人でパチパチと拍手を送った。

「さて、先ずは御奉行大岡殿からご挨拶を戴きましょう」

細井から突然話の襷を渡されて大岡がゆっくりと腰を上げる。そのわずかな時間に挨拶の筋書きを纏めているのだ。

「皆さんこんばんは。今日はオランダ正月を御馳走になれるという有難いお話を戴いてまいりました。難しいお話はどうかと思うが、この度、御役目に御付になられる方々も居られるので、私の役割上一言思うところを申します」

ここで英生がちょっと手を挙げてケイゼルにこれを訳す。

「事の始まりはこの四月初めに行われる予定の打毬競技にあります。これは、アラブ地域に発祥した競技が印度、唐大陸を経て我が国に伝わりましたが、鎌倉以降全く衰退していたものを上様の馬技向上による尚武のお気持ちにより復活させることになっています。これはケイゼル殿の広い知識によるお陰でありますが、実はこの打毬の復活が蹶起《けっき》となり、他の問題の解決に向けた動きが連動していくことになりました」

英生の翻訳を待ってから

「それは、我が国に以前から有る二つの国難とも言える問題であります。一つは国内に流行する疫病です。特に多くの若い人の命が失われてゆく現状に直面して、何の手当も叶わぬという悲惨な思いをしているところです。それがこれからも延々と続いていくのではないかと危惧しています。また、貴重な薬は高価で庶民の手には入るべくもありません」

英生がこれを訳す。

「いま薬用の植物や鉱物収集等についてあらゆる手段を模索しています。しかし、これには薬物の専門知識が必要であり、これがため西洋の参考書物も解読すべく通詞殿をはじめ専門家が努力しているのです。が、やはり言語の仕組みの壁があって自国語の方の手助けなしには不可能に近い状態となっているわけです。従って今回ケイゼル殿に特段の御助力をお願いしているところであります」

通訳の間をかなり置いてから

「二つ目は災害や凶荒《きょうこう》時における食料問題です。主食を米に依存しているわが国では、気候変動や天災の折には飢饉が発生して代替食品を必要とします。従ってこの気候に頼る米作から脱皮するべくかねて有用植物の探索を続けているところです。近年、西国においてかなり有望な植物の移植・栽培が行われているようです。これにもオランダ語の書籍による知識があればその植性を知ることが出来て、それ以北の地域での栽培が可能となるかもしれないのです」

通訳の間を置いて

「このようにこれから始める新植物・有効薬物探索或いは移植活動には、我が国の将来がかかっています。これは先程の細井奉行の話の通りです。どうか皆さんのご協力をお願いする次第です」

大岡はこのように語り頭を下げた。

ここでケイゼルが手を挙げて言った。

「大変なご期待を戴いて恐縮ですが、私は一介の馬の調教師です。馬の病気には多少の知識があり、人の病気にも通用する薬理作用も少しは解りますが、疾病治療にはあまりお役に立つことはありません。但し今回、参考図書の解読に挑戦している方々には多少助言できるかもしれません」

英生の翻訳を受けて細井が

「どうも有難うございます。ではこの件はよろしくお願い致します。さて、本日はオランダ正月という趣向の宴会なので、本場のケイゼル氏に乾杯の音頭をとっていただけないでしょうか」

長崎屋の宴会係らしい男達が銘々の前にグラスを配りヒイルを注ぐ。

「ハーテルック（おめでとう）　プローシト（乾杯）」

ケイゼルが立って発声すると、皆はそのままでグラスを挙げている。乾杯で一斉に起立する習慣は未だない時代なのだ。源右衛門が、

「今宵はソップ（スープ）後の料理は全てターフェル上に運びますのでご了承下さい」

と言う。

最初にケレーフトソップ（伊勢海老入りのとろみ付きスープ）が銘々に供されてからは、それぞれ各料

理を三つの大皿に盛り分けて三か所に置いていく。
ストーフヒス（鯛赤ワイン煮）
パーリンギストーフ（鰻の蒸し焼き）
ケバックヒス（かれいの油揚げ）
ぶたのらかん（ハム）
ラグウ（鶏の煮込み）
スモール（きゅうりのピクルス入りシチュー）
スネップラディス（細切り大根の茹でたもの）に茹で卵入りソースかけ
これらがターフェル上に次々に並べられる。次の菓子類は別の机を用意して置かれている。
ソイクルブロート（砂糖入りパン）
ボウフルチイ（揚げた果物）
カーネルクウク（シナモンケーキ）
このほか正月用の堅いケーキでオベリイという菓子もある。
料理から立ち昇る各種の料理の香りと香辛料が相乗的に絡み合い、部屋全体に今まで経験のない良い香りが立ち昇る。この中で細井が立って発言する。
「御覧のようにオランダ正月の賑やかなご馳走が並びましたので皆さん召し上がりながらお聞きください。ではそちらから順に御発言頂きたいと思います」

大岡奉行の懐刀で吟味役の加藤又兵衛が細井に指名された。

「吟味役を仰せつかっている加藤です。この度は皆さんには御役目御苦労様に存じます。私は主に小石川薬草園の雑用に関連しておりますので、このお仕事のお世話も担当させていただいております。お使番となられる武藤殿には、突然のご依頼をお受けいただきましたこと誠に有難う存じます。よろしくお願い申し上げます。また、同江戸控え番となられる小笠原殿には、打毬競技の副将役をもされていると伺っています。御用繁多となりますが是非よろしくお願い申しあげます。療養所の肝煎り役を務められている小川殿には、多数の病人を御父上にお任せすることとなり、父子共に誠に御苦労様に存じます。青木殿には、植物学者、蘭学者のお立場からこの事業の中心的なお働きをご期待申し上げているところです。当初は、野呂先生の和解のお手伝いをされている吉雄稽古通詞がご奉行様との銀杏の出会いなどで選ばれていましたが、野呂先生の強いご要望で今の翻訳を続けることになりました。その代わりとして楢林小通詞が参加となり、唐語、オランダ語の通詞を行うことが可能となりました。最後になりましたが、ケイゼル殿と今村殿にはオランダ書和解の手助けを賜りますよう心よりお願いする次第です」

加藤吟味役が丁寧な挨拶を述べている間、お預けを言い渡された犬のように皆の目がご馳走を鋭く眺めている。ごくりと唾を飲みこむ者もいた。

細井が食べながら聞いてと言ったのだが、大岡奉行が太い眉の下の大きな目でお白洲を睨むように座っているので誰も手が出ない。

細井が次に青木に挨拶の順番を告げたが青木は直ぐには立たない。ようやくよろけるようにして立つと瓜のような顔を細井に向けて

「私はですね、挨拶が苦手でしてね、まあ、よろしく頼みます」

素っ気ない挨拶もさることながら、酒や料理を前にした長い挨拶に憮然とした態度にもなっている。

「いただきましょう」

この時野太い声が正座の大岡から出た。もう我慢の限度だ、そう思ったので挨拶は暫時お休みという合図だろう。時を得た裁定を下したわけだ。

一斉に皆の箸が動く。中には中腰になって先の方へ箸を伸ばす者もいる。もう格好つけては居られない。

その後一同は、美酒美食に堪能しながら歓談し、オランダ正月の夜はたちまち更けて、長崎屋泊りの者あり、また、我がねぐらへと帰路を駕籠に揺られて行った者もいた。

（一五）

築地水窟《すいくつ》

登場人物

小笠原持廣　四十六歳　御書院番
小笠原長羽　三十歳　御書院番
武藤安武　四十七歳　御書院番
ハンス・ケイゼル　三十八歳　調馬師
三吉親分　三十歳前後　遊び人
今村英生　六十一歳　大通詞
細井安明　六十一歳　長崎奉行
吉雄藤三郎　三十一歳　稽古通詞

二月の節分も終え、気候もようやく温かくなり、三月桜の咲く季節がやってきた。

ここ釆女ヶ原馬場においての打毬競技訓練も既に九回目となっていて、本日は打毬訓練最終日となっている。参加者の打毬技術は向上していて場外に投擲する毬の数も減っている。

将軍家台覧試合は三月末から四月はじめに行われる予定だ。これはオランダ商館長江戸参府の上謁見を受ける日取りとの関連で未だ確定日は発表されていないが、その辺りに実施されることは間違いないだろう。

出場者の一番の目覚ましい進歩は、競技において乗馬の扱い方がはるかに上達したことである。最初は輪乗りさえ思う様にいかず、馬があらぬ方向に動いてしまうことが多く、地面の毬を掬うことが容易ではなかったが、今では誰でも目的の毬をさっと掬い、毬門めがけて放擲することができ、毬の投入回数が増えている。紅白競技の勝負も回数を重ねているので、競技者自体が勝負を面白く感じてきている。そのため、数を重ねるごと未だに練習参加者が増えている状態である。

また、将軍家台覧試合には是非出場したいという希望者が多いので、審判委員の連中は今から頭を悩ませている。最終的には選考会を開いて籤引きとなるであろう。この新しい打毬競技を見物出来る機会はここだけなので、一般の見物人も日ごとに多くなり、道端には暖かい飲み物の屋台なども出ているほどだ。

競技奉行の小笠原持廣は、訓練最初の日に毬門奥の桟敷に大将然として座ったまま半日居て体を冷やし、風邪を引きそうになって懲りたため、次からは毎回騎乗して競技に参加して動いている。それで体は温まるし競技の打毬技術も上がったので、もう競技にすっかり嵌り込んでいた。時々お偉方がお忍びで見物しているとの情報も入っているが、競技中いちいち挨拶もしていられない。

本日は、先程副奉行格の小笠原長羽及び競技審判員長武藤安武、並びにケイゼル競技指導者等と相談して、競技訓練規定回数実施者の紅白組み分け、また、競技前の騎馬入場、騎馬揃えと拝礼、場内行進、騎馬退場などの儀式的訓練などについての協議を行った。

副奉行格の長羽は二月早々に結婚して新婚生活を送っているのだが、競技訓練を休むことなく相変わらず飛び回っている。長羽の生活には、何か孤独な余韻を残す所作が滲んでいたが、このたび花嫁の人情に触れてどのように変わっていくのか、または変わらないのか。

ケイゼルは陰の様に付き添う今村英生と共に、競技訓練の合間を見ながら植物園のオランダ書解読の手伝いに通う日々となっている。

大岡南町奉行と細井長崎奉行とが相談し、植物園の解読者達を移動させて、ケイゼルが両にらみに便利な采女ヶ原馬場からも浜御殿からも近い掘沿いに船で行ける場所として築地鉄砲洲の仕事場が設定された。ここは既に今村大通詞、吉雄稽古通詞の宿舎にもなっている某大名の抱え屋敷跡である。

顔ききの三吉親分は仕出し屋から昼の握り飯弁当を取り寄せる手配をしている。この度は雑用手伝い方に採用されているので、裏方で作業員たちを指図して大変活躍している。

しばらくして、競技委員会から「台覧試合出場者申し込み要領」が次のように発表され、毬門の近くに張り出された。

一、当所規定訓練参加者名簿を閲覧し、名簿登録者で試合出場希望者は所定の申込書に記入して提出する事。
一、申込者は三月中に本部備え付けの籤を引き、紅白いずれかの組に登録される事。
一、謁見儀式のための団体乗馬訓練は、これから試合期日まで午前中のみ毎日実施される事。（雨天中止）
一、試合当日の出場順序は、紅白組隊長によってそれぞれ当日朝決定される事。但し欠場者、辞退者があれば順次繰り上げるものとする。

本日の発表を待っていたように申込者が早速手続きを行っている。

持廣は、長い顔をケイゼル、長羽、安武の三人に向けて言う。

「競技本部が想定している出場予定者は、一試合が紅白八名で三部制の二十四名らしいが、登録者が大勢になりそうなので四部又は五部制位にしなければならないであろうとの見方があるがどうだろう」

同じように面長の役者顔を返して英生がケイゼルにこれを訳す。

「関心が高いのは嬉しい。しかし競技時間を考える必要ある。せいぜい四部が限度と思う」

ケイゼルが深い眼窩を開いて実務的に答える。ケイゼルはむしろ儀式用団体訓練が頭に有るらしい。

「訓練中は訓練用語を小板に両国語で書いた札を挙げる。長羽さん、私の近くにいて簡単な用語だからそれを見て皆に号令してくれないか」

ケイゼルは、今村大通詞が一緒に馬で飛び歩くのは無理と判断したのであろう。ちょうど午の九つ

（昼）となり、中食の筍の皮で包んだ握り飯が配られた。沢庵漬、奈良漬、鰯の丸干しなども傍に入っている。

番茶入りの竹筒を三吉が配っている。皆でそこここに腰かけてこれを食べている光景は、仲間と春の行楽に出たような風情だ。

昼休み後は、試合奉行及びケイゼル訓練指導者らの相談の上、試合当日の進行上の追記が発表された。

【追記】紅白試合は四部制とし、重複出場はできない。また、一試合一馬の騎乗とし、現在の乗馬に故障が発生した場合には、それを審判に申し出で、審判がそれを認定した場合には替え馬が可能である。

打毬試合開始前には、馬術振興のためケイゼル自身の乗馬する模範馬術が披露されるとの噂も流れている。

午後も大勢の試合参加者が模擬試合に参加して毬の奪い合いを行い汗をかいた。また、団体訓練も始まった。

昼の八つ（午後三時）打ち止めの小鉦《かね》が打ち鳴らされて、長期間に亘って行われてきた打毬試合訓練は終了し、これ以降は入場式用の団体訓練となる。整備員達によって采女ヶ原馬場の毬門の取り片付けと、台覧試合会場の朝鮮馬場（北の丸馬場）への移動設置、その他の会場整備などが始まるのであろう。

試合奉行小笠原持廣、奉行補佐の小笠原長羽、競技指導者ケイゼル、大通詞今村英生の四名が馬場東側の船着場から乗船した。審判長武藤安武は所用のため他に回った。

船は、二の橋、三の橋をくぐり一度隅田川に出て川上に少し上ってから左側にある明石橋の下に入る。此の間はほんの僅かな距離であった。その角には、奥平大善太夫《おくだいらだいぜんたゆう》の中屋敷石垣があり、続く同じ石垣の先に舟入口が開いている。

暗い水門をそのまま進むと、目の前に大きな木の柵が水中から水門の中程までの高さにまで釣り下っている。舳先に居た船頭が横に下がる銅鑼を、備え付けの木槌で強弱に叩くと、柵がするすると上がった。

奥の水路には松明《たいまつ》の明かりが幾つか見える。船が中に入ってからしばらくして後ろでザッという音がした。頑丈な木の柵が水中に落ちて再び水路を塞いだのだ。

船が進むと水路はそのまま真っ直ぐの堀と、左右横に入る掘割とで構成される。それぞれの角が円く削られ、上から見れば角丸十字形の船着場に設計されていて、船はそのどちらへでも進むことが出来る。天井は自然の岩洞窟で高い。三方向の掘割沿いに船着場が設置されていているので、荷下ろししたあと、かなり長い船でも舳先を容易に外方向に切り替えることが可能だ。

奥の方の船着場には、既に大型の屋形船が停泊している。右方向の船着場に船を泊めて一同が下船すると、屋敷の係が数名待っていて一同を緩い坂道に誘導する。途中で広い坂道は折り返しとなるが、坂の勾配が荷車を押し上げる都合を考慮して緩く設計されているためにそれだけ坂が長くなるのだ。

周囲の壁はすべて岩盤を刳り貫いて出来ているので火事の心配は全くない。もともとこの場所は海の岩礁であったのだ。

松明は要所々々に灯っているので明るい。

緩い坂を登ると急に眼前が開けて広い三和土《たたき》の土間に出た。上がり框の向こうには板の間があり、其の右側の間のほうに人影が見える。

小者の案内で皆がその部屋に入ると、中央に大きな横長の囲炉裏が切ってあり、炉端に数名が円座の上に胡坐をかいていた。炉では相変わらず三個の鉄輪（五徳）の中の炭が静かに熾きている。

東向き炉縁の上に長崎奉行細井安明の四角い顔が浮いて見える。その右には競技奉行の小笠原持廣の長い顔が並んだ。この二人の顔は昨年の十一月の夜と同じ位置となっている。

他の炉端にも個性的な面相が並ぶ。正面を向いて右の上座には、切れ長の目でお雛様顔の副競技奉行格小笠原長羽、次席には頭が大きくらっきょう顔の小石川植物園嘱託野呂元丈、長羽の対面には目のくぼんだ深彫顔の調馬師ケイゼル、野呂の次には四角な顎で目鼻の小さい稽古通詞吉雄藤三郎、ケイゼルの隣には目鼻の大きな役者顔の大通詞今村英生が座った。

いつものように初めに口火を切ったのは白髪の髷を戴く細井安明だ。

「話に入る前にここの習慣で口回りを滑らかにする薬湯、いや般若湯かな、それを少し飲みながらでどうだろう」

無論、反対する者はいない。隣の持廣などは瓜のような顔をニッと和げている。直ぐに脇から長羽が発言する。

「ついでにポロ鍋もお願いします」

長羽は、この打ち合わせ会の定番となっている味噌味の猪鍋をポロ鍋と勝手に命名している。

「さて、本日はご苦労さんでした。話すべきことは山ほどあるが、ポロ鍋とやらが来ると誰でも口が優先して働いてまいりますので、初めに大事なところを要領よく纏めておきたい」

細井はいつもの癖で話の尻を端折ることを自覚しているようだ。少し間を取って
「本日おいでになっていない方々は命を受けて西国に出張していることは御存じかな」

口にしてから待てよ、これは内緒のことだったかなと思ったが、言わないことには前に進まない。

「円いお顔の武藤安與殿、顎髭の楢林栄実《しげみつ》殿、それから、はてどんな顔付きだったかな小川隆好殿は」

「頭は禿げていませんよ」

長羽が横から細井を皮肉る。

「そうそう髪を束ねていましたな。それはどうでもいいことだが、二月に入り担当御老中が酒井忠音殿に代わり、その御指示で三人は西国に出立している。使番は本来若年寄の御支配だがこのたびは特別らしいのだ。水野御老中のときにはもっとゆるりとしていたがな。ま、いずれにしても今回、初めて参加されている野呂殿から一言ご挨拶を」

それに対し長羽が言う。

「未だ競技奉行が挨拶していませんが」

細井が禿げた頭をつるりと撫でて
「ああそうだった、紹介するだけのつもりがつい滑った」

面長の持廣がその顔をやや上にして低音を絞る。

「皆さんご苦労様。未だ口がよく回らないので水分が欲しいところだが、まあこれからが本番なのでよろしくお願いします」

あっさりと挨拶を終えた。水分には違いないが、飲むと気分が良くなる水が欲しいのだろう。

「では先程の続きでありますが、えうぅん」

細井は喉の痰を唸って除いてから
「今回われわれの打毬打ち合わせ会もこれが最後となった。数名の方が参加できなかったのは残念だがそれぞれ仕事があり止むを得ないことだと思う。さて、打毬試合はいよいよ本番が近づいている。また、ここの屋敷でも、小石川から一時移動してきてオランダ書の解読が進められている」

英生が手を挙げて細井に待ったを掛け、ケイゼルに翻訳している。藤三郎がその訳を心に留めているのだろう、しきりに厳つい眉を上げたり下げたりする。

細井はしきりに喉を唸らせる。

「なんだか調子が狂ってきたので、喉を潤したい。おおい誰かいるか」

細井がパンパンと手を叩く。給仕係と思われる作務衣の男が飛んできた。細井が右指で輪を作り何かを飲む真似をした。

細井は給仕に貰った茶碗の水を飲んでから
「ええと、野呂先生何か一言お願いします」

ラッキョウ頭の本草学者は自分が直ぐに話を振られるとは思っていなかったので右手で頭を掻きながら、ひょろひょろと立ち上がろうとした。

長羽が右側から両手を下へ振って言う。

「ここは座ったままでどうぞ」

野呂は今度は円座に正座して深々とお辞儀をした。一同に敬意と感謝の念を表したのだろう。

「この度は皆様方のご援助をいただきまして、ドドニウス和蘭本草、ヨンストン動物図説などの解読を進めております。通詞方は無論ですが、特にケイゼル殿には和解の鍵となる文章解読方式を教授され、目を洗われたような気持ちで大変有難く思っています。一刻も早く有用植物の本土移植に役立つよう努力致しますので今後ともよろしくお願いいたします」

給仕方が水で冷やしたヒィルなどの飲み物を炉縁に配った。ヒィルは先日ケイゼルが長崎屋に行ったときに買い付けてきたものだ。

「競技奉行殿、乾杯の御発声を」

細井の誘いを受けて持廣は杯を挙げ、低音で川鵜のようなかすれ声を太い喉から出して
「乾杯」

と発声し、誰よりも早くヒィルを一気飲みをした。

最初の突き出しに、鰯のカピタン漬けというのが供された。オランダ人のケイゼルにはふさわしいと思ったのであろう。カピタン漬けは、先ず鰯の頭を切り、ワタを取り、白焼きにして胡麻油で揚げる。割葱をさっと湯がいて、椎茸を細く切り、木耳《きくらげ》、唐辛子などを一つにして胡麻油で炒め、三杯酢に漬けるだけのものだ。

炉縁には、雲丹《うに》田楽が竹串に刺されて運ばれている。雲丹田楽の作り方は、木綿豆腐を軽く押しにかけて水を切り、横に二枚にし、扇形に切りそろえて串を打ち、両面に塩を当てて炭火で焼く。雲丹はよく塩水で洗ってから塩で良く練り、味噌を混ぜる。豆腐の片面に練り雲丹をこんもり塗り、炭火にて焼き目を付け、香ばしい香りがしたら出来上がる。木の芽は未だ出ていないので彩りが寂しい。

三個の鉄輪の二個にはここではポロ鍋と呼んでいる鍋物の用意がしてある。出汁の鍋がぐつぐつ煮立っていて、傍らの大皿に牡丹の花のように模《かたど》った肉片が載っている。猪肉だ。牛蒡、干し椎茸、長葱、蒟蒻、芹などが笊に、味噌が別皿に、箆や真魚箸《まなばし》も付けてある。

「さて皆さんそのまま食べながら聴いてくださいな。堅い話ではありません。ケイゼル殿から話したいことがあるそうです。その前に、この場所について一言説明しておきます。二、三の方から質問がありましたので」

細井は間を置いて懐から手拭いを出して口の周りを拭き

「この屋敷は某大名抱え屋敷でしたが、数十年前から町奉行所の管理下にあります」

英生がケイゼルへの翻訳をする。

「皆さんが既に通っている地下水路、船着場は、それ以前に何者かが造作したものでしょう。実は、地下の水窟内の行き止まりとなっている三方水路のどこかに抜けられる水路があるらしい。但し他人の土地の地下になるがね」

英生の翻訳を待ってから

「何が言いたいかというと、つまり、この地下水窟は抜け荷品の集積場、荷替場とされていたところだ。上の屋敷にもそれなりの仕掛けがあって、未だ全貌はわかっていない」

皆はなるほどと了解している顔付だ。何か因縁のある屋敷だと思っていたからだ。

「結論を言う。公儀では、この屋敷の何処かには未だ贓品《ぞうひん》（盗んだ物品）または金、銀など銭が隠してあると考えているらしい。また、いずれそうした隠し物を奪いに来る者がいるかもしれないということだ。未だ何も見つかってはいないからだ。従って、ここに居る者は只の屋敷利用者または留守番ではなく、押し込みや夜盗の見張り役も兼ねているわけだ」

ケイゼルがこの訳を聞いて喜んで両の拳を挙げる。

「ウェルケライク？　プリーマ（ほんとうに？　すばらしい）」

細井が言葉は判らないが顔を顰めた。山分けにしようとでも言ったのだろう、そう思った。

「いやそれは出来ない相談だ。たとえ何を見つけても公儀に差し出すべきものだ。いくらかのご褒美は貰えるかもしれないがな。言っておきたいことは、万が一夜盗が押し込んできた場合のことだ。抵抗せずに逃げてほしい。逃げ道は後で当屋敷の主任者が教えることになっている。だが、すべては極秘なので承知しておいてくれ」

長羽が言う。

「藤三郎さんよ、熱心にポロ鍋の世話を焼いているが財宝泥棒の方は大丈夫かな、野呂先生と二人で住み込んでいるのだろう」

藤三郎はびっくりしたように四角な顎を上げて
「すいません、肉が固くなってしまうのでうっかりしていました。何でしょう」

長羽も気が抜けて
「いや、何でもいないよ。肉が柔らかいうちに沢山食ってくれ」

これで少し落ち着いたので細井がケイゼルに言う。

「ケイゼル殿、お話をどうぞ」

英生の手が開く合図で
「皆さんにご報告があります。この度私は、長崎屋の光子さんと婚約しました。打毬試合の後で結婚することになったのです」

ケイゼルによる突然の婚約発表だ。英生も驚いてこれを翻訳する。

新婚間もない長羽が
「おめでとう」

と言ってパチパチと拍手すると、続いて皆が拍手を送った。ケイゼルは皆に頭を下げている。

「ご本人がまあ良く決断したものだなあ、源右衛門もびっくりしただろう」

英生はこれをケイゼルには告げず
「ヘヘリシティールト　サクセス（おめでとう　幸運を祈る）」

と言っている。

あとは飲んだり食べたりの祝宴となって、夜盗の襲来などは気にもならない雰囲気となった。

図 21　日本橋と日本橋川両岸（「江戸図屏風」）（国立歴史民俗博物館蔵）

（一六）江戸参府

登場人物

アブラハム・ミンネドンク　四十歳位　商館長
ヨハネス・ホヘン　三十代前半　商館医師
ヘンドリック・ファン・ソーラン　三十代後半　書記
ハンス・ケイゼル　三十八歳　調馬師
今村英生　六十一歳　大通詞
徳川吉宗　四十六歳　八代将軍

オランダのカピタン（商館長）の江戸参府はヤックス・スペック（平戸）が初代で、参府が定例化したのは寛永十年（一六三三）のピーテル・ファン・サンテン（平戸）以来とされている。また、長崎からはマクシミリアン・ル・メールが初代（一六四一）で、今回のアブラハム・ミンネドンクは八十九代目（一七三〇）となっている。

ミンネドンクはこのところピーテル・ボーケスティン（八十六代商館長）と交互に商館長に就任していて、参府は今回が二度目となる。商館長就任は彼らにとってかなり旨味のある役職であり、貿易業務に付随する役得が多い。道中の苦労はあるが参府により臨時報酬は多くなり、さらに裏の役得が大変魅力的な事になるからだ。これは日本での長崎奉行就任の場合も同じで、一度その役を努めれば一生苦労しないだけの役得が得られる。

例年、江戸参府一行は本石町の長崎屋に逗留する。阿蘭陀宿長崎屋は古文書にも寛永十年以前の創業であることが記されているから歴史はかなり古いようだ。代々の長崎屋源右衛門は、阿蘭陀宿ばかりでなく、京、堺、大阪、長崎の糸割符商人や全国の薬物販売人たちの定宿を務めていたこともあり、物流情報基点となっていたことは疑いない。

後世には、唐人《とうにんじん》参座、和製龍脳《りゅうのう》売払取次所、蕃書《ばんしょ》（外国書籍）売払所なども兼ねることになる。

長崎屋は江戸本石町《ほんこくちょう》三丁目の時の鐘の近くに在って

「紅毛《こうもう》のつつきし文字の長崎屋　駕籠まで横につける式台《しきだい》」

と詠まれたように冠木門《かぶきもん》を入ると式台（玄関先の低い板の間）玄関があった。

三月十四日昼の九つ（十二時）、オランダ商館長アブラハム・ミンネドンク他二名のオランダ人及び検使《けんし》、通詞をはじめとする役人・従者・使用人など六十名近くの江戸参府一行の到着により、長崎屋は手代をはじめ使用人達が右往左往している。

一行は、長崎出島から陸路を小倉へ、さらに下関へ渡って瀬戸内の海路を兵庫へ、また陸路を大坂、京都を経て東海道を下り江戸までの行程三十六宿三百二十五里の長旅を経てやってきたのだ。受け入れる側としては一同を温かく迎えてやりたい。

だが、こちらにも責任をもってやらなければならないことが沢山ある。気を引き締めて落ち度なくやろう。そのように気合を入れて主人の長崎屋源右衛門は取り掛かっている。

早速、献上物宰領者《けんじょうものさいりょうしゃ》と共に、運び入れた数々の荷物のうち、将軍、世子、幕府高官への進物を真っ先に検使と通詞に確認してもらっているところだ。

江戸番大通詞今村英生はオランダ人を連れて挨拶する折に、幕府高官に進物品を披露する役だからだ。道中で品物が傷んでいないかについても点検しておかなければならない。

一階奥の廣座敷に運び込まれたのは、御本丸・西丸・老中・若年寄・寺社奉行・宗門奉行・勘定奉行・江戸町奉行・京都所司代・京町奉行・大坂町奉行・百人番所衆・本丸西丸徒目付・坊主組頭・坊主衆・徒目付などへの献上品で、それぞれ数量には特に気を配っている。

いつも十分な余裕をもって品々を取り寄せ、残品が出るように取り計らう。無事に事が済んだならば江戸で販売に回せるからだ。また、阿蘭陀宿、訪問客、警護人などへの進物という名目の物品も余計に運び込むのはそれが長崎屋の売り捌きによる余禄となってくるためだ。

長崎からの品物は概ね珍奇な反物類が多い。猩々緋《しょうじょうひ》、黒・白・黄大羅紗《だいらしゃ》、小羅紗《しょう》、更紗《さらさ》などである。新織《しんおり》の奥縞《おくしま》（桟留縞《さんどめじま》・印度サントメ由来の綿織物）など江戸近郷で入手できる物品も相当あり、定式出入商人の台屋利兵衛《だいやりへい》などを通じて準備する物も多い。いずれにしろ献上、進物残品として高値で売れる物品でなければならないのだ。

長崎屋の例年の勝負はこうして始まっていた。

「長崎屋　今に出るよと　取り囲み」

「我内《わがうち》へ　押し分けて入る　長崎屋」

物見高い江戸っ子が、阿蘭陀宿を取り囲んでオランダ人を一目見ようと押し寄せている光景は、この時期の石町例年の風物となっている。

商館長のミンネドンクは、大通詞を通じて宗門改め、長崎奉行に到着の挨拶を行った。しかし、それからはオランダ人達には何の指示もなく部屋に閉じ込められている。

その間、進物係は将軍に献上するための贈り物について最終的な準備を行っている。仕来りにより裁縫係が来て反物の留縫《とめぬい》いをしたり、その献上台を設えたり、沈香《じんこう》や龍脳を小箱に入れたりした。また、安全のため役人立ち合いの上で、樽詰めの赤葡萄酒を容器に小分けするなどの作業が行われている。無論、毒見係の点検も受けている。

十四日に江戸に到着してから数日の後、来る三月二十五日には将軍の謁見が叶うことが宗門改めからミンネドンクに公式に知らされた。

ミンネドンクは、到着から四・五日間は進物の点検整理、役所への到着挨拶などで引き回された。長旅で疲れているのに日本人の律儀な習慣には閉口させられていた。前回の経験があるので予想は付いていたのだが。

本日になって外来者の面会が宗門改めにより許可された。キリスト教関連の物品を持ち込んでいないことを承認されたからだろう。午後、今村大通詞が公儀から受けている指示もあり、最初の面会者が、小石川療養所の野呂元丈と稽古通詞の吉雄藤三郎に決まった。

オランダ書ドドネウス『植物誌』の解読指南の願いと聞いて、この忙しいのに困ったなと思ったが止むを得ず別室へ案内し、同行医師ヨハネス・ホーヘンを紹介して引き継ぐつもりにしている。

ホーヘンと書記役のヘンドリック・ファン・ソーランは二度目の参府付き添いである。ソーランは庶務を担当していて、ミンネドンクは殆ど彼に進物品や販売品の管理を任せている。商館長は対外的な顔で細かいことをあれこれ言うと部下から嫌われることをよくわきまえているからだ。

ソーランがやれやれとタバコを一服していると、隙を窺っていたように現れたのが仲間のケイゼルである。

ソーランがびっくりして立ち上がり互いに
「やあ、しばらくだな」

と言って左右の頬を合わせた。

ケイゼルは無言で二階を指差してから、まるで自分の家のごとく階段を上がって先導した。大広間のテーブル中央部に二人が座り、椅子を寄せた。

「ここなら大声でなければ話せる。何しろ監視があることを注意してくれ」

「ところで若返って元気そうだな、何かあったのか」

ソーランはケイゼルの腹を指で突く
「鼻の効く奴だな、まあその話は後でするが、今はこの家はほぼ自由に使える状態だ。さて、時間が無い、邪魔が入らぬうちに大事なところを話したい」

「島津の沖縄では安全に取引が済んでいるが」

ケイゼルが慌てて両手をソーランに向けた
「ちょっと待て、その問題はここで触れるな。この国の諺で《壁に耳あり、障子に目あり》というのがあるそうだ。それは後で外で聴こう、ミンネドンクに気付かれてもまずい」

ケイゼルはその手で口を塞いで見せる。

「いや大丈夫、彼も見ざる聞かざるでとぼけているが、分け前はそれとなく渡している」

「そうか、彼もまるっきり馬鹿ではないな。ところでいまこの国で一番の識者は誰だか知っているか。最も賢い人だよ」

ソーランに分かる筈はない。

「それは将軍吉宗だ。その吉宗の諜報網組織は全権力を集中して彼の下で動いている。この俺にも必ず一人の隠密という忍者を付けている。安全のためと言ってな。そこで、こうして比較的安全な長崎屋の舞台を利用するわけだ。相当の苦労と金を使ってな。しかし、ここでも油断は禁物だ」

「なるほど、それで、俺に何か関係があるのか」

「無論ある、いつもの分け前を受け取る以外の仕事ができた」

「なんだろう、危険そうな匂いがぷんぷんするが、それだけ分け前がいいのだろうな」

ソーランは両腕を広げて見せる。

「当たり前だ、ただ動く人間じゃないことは承知の上だ」

「このところ我らの仕事をし易くする為に先ずは将軍の目をポロ競技に向けて行く工夫をした。しかし、将軍も賢明なところがあって、ポロ競技再興にのみ夢中になっているわけではない。一方で先ごろ西国向けの薬用植物調査班を組織している」

ソーランは大きな青い目をぐるりと回す。

ケイゼルはソーランに耳を寄せろと手招きしてから
「また、同時に吉宗は抜け荷の情報を探している様子があって現状は油断できない。むしろ危ない縁に立たされているとみなければならない。先手を打ってきている。俺の考えでは、この際甘藷の栽培くらいは吉宗側に渡す必要があるだろう。いずれは時間の問題で自然に伝播する事だからだ。場合によっては砂糖黍《さとうきび》栽培をおまけに与えることもな。幸い吉宗は、米の代替植物を必死で探している。調査班の手にそれが入ればしばらくはそちらに目が引かれて薬物や香木を我々が動かし易いはずだ」

「了解した、薩摩に入っている抜け荷仲間に出入り商人を買収させてそのように伝えよう」

「ところで、俺自身が今困っていることがある。俺の身分は今は馬の調馬師という事になっている。それで、上部の方からポロ競技の日に馬の曲芸を披露するようにとの要望があるらしい。朝鮮使節の曲馬師と混同しているのだ」

「それはまずいな。馬医者の方はおまえだけでできるが曲馬を色々見せるにはかなり訓練した馬でなければ難しいだろう。オランダではホルフレッツ師匠に習ったとは聞いているがね。でも本当は山師の方が専門のようなものだからな」

ソーランは片眼を瞑《つむ》って見せる。ケイゼルは短髪の頭を二、三度横に振って
「そう言われると身も蓋もない。確かに曲馬は凡そ六年ばかり習ってはいるがね。アラブ地方から東南方へ流れて来たのは高値で売れる香木や貴金属の鉱脈探しのためだ。だがそれは一切内密にしてある事だ。商館長にもだ」

「わかっているさ、だが、曲馬のほうは何か手はないのか」

「前にハルトグ（商館長ヨアン・デ・ハルトグ）と江戸参府に来た時（享保十一年・一七二六）同じ場所（吹上馬場）で曲馬を吉宗が一度見ている。その時褒美もカピタン共々銀三十枚ずつ貰っている。同じことを供覧できないよ。彼は目の鋭い人間だ、同じ曲馬を見せたらいっぺんに熱が冷める。唐人の陳《ちん》（陳宋若）や沈《ちん》（沈大成）と比較されてな」

ケイゼルは右の人差し指を立てて

「いま一つだけ方法を考えた。吉宗はポロ競技を輸入国技の再興と言っている。この国のもう一つの馬術国技として流鏑馬がある。ただし、これは神社、仏閣での儀式として願掛けやその御礼のために催行されているだけだ。その儀式を実際に競技化しているのが騎射競技だ。昨年俺もその競争にある装置を考えて寄与している。要するに疾走馬からの弓術を競う競技だよ。俺は小さな弓を馬上で射るアラブ民族の中で暮らしたことがあり訓練も受けた。騎射は得意技でもある。結論を言えば、このたび商館員にポロ競技を拝観させるという噂がある。そこでついでに日本の騎射試合にオランダ国民として俺を参加させてもらえないかという案だ。これを長崎奉行にお願いをするようミンネドンクを焚きつけてほしいのだ。曲馬より良い出し物になる筈だ。曲馬から逃れる手段はそれしかない」

ケイゼルは今度は二、三回頷いて見せてから

「館長もこの競争を国威発揚の機会と捉えてくれれば賛同するだろうよ」

と言葉を結んだ。

ソーランは右手で敬礼して

「うーむ、あの人はなまけものだが愛国者だからな、国旗を立てた勝負なら乗ってくる筈だ。だが負けるのが嫌いな人だから用心しろよ」

ケイゼルは両腕を上に挙げて見せて

「勝負は時の運、負けるが勝ちということもある。ここは日本人を喜ばせて利を稼ぐほうが大人のやり方だよ」

「わかった。そうしてみよう」

ケイゼルは今度は左の手の掌を向けて
「もう一つある。実は海辺にある某江戸屋敷の地下に自然に出来た岩窟がある。俺は鉱物が専門だからわかるのだが、かなり加工した奥があり、何かを隠匿している様子がある。当局は昔の盗賊の財宝かもしれないと思っている節がある。四六時中盗難を防いだ監視体制を執っているからな。そこで、商館事務局長殿にお願いだが、出島の金庫または重要書類の保管庫などに、後世の搬出のために江戸の秘密屋敷地図を記した書類などがないか調べてほしいのだ。搬出機会に恵まれず忘れられていることがあり得る。要は、密輸品・余剰品販売の売上金を当局に正直に報告している馬鹿は居ないだろうということだ。幕府の厳重な検査の中で財宝や金の持ち帰りが出来る状況ではないから代々保管中ではなかろうか。何でその場所が特定されるのかと思うだろうが正直その根拠はない。しかし、隠し場所としては船が出入り可能な洞窟は最適なところだ。世界を回っている俺の勘でもある。先人は必ず後世に在処《ありか》の手がかりを残しておくものだ」

「なるほど、それはあり得ることかもしれない。おれも仲間に入れてくれ。後に分け前を保障しておいてくれれば何でも協力する」

ソーランはそう言って右手の親指を立てた。

「わかっている、だがいま証文を書けと言われても雲を掴むような話の中で未だ無理なことだからな。神に誓う。情報を絶えず入れてくれ、俺はしばらくこの地で様子を見ているからな。この宿の新婦さんと共にな」

ケイゼルは窪んだ眼をぐっと広げて見せた。

三月二十五日　掘端の桜はもう咲き始めているというのに、朝方から吹く山越えの風が冷たく感じる。朝五つ（九時）曇った空の下を、宗門改めの幕府役人と長崎奉行細井因幡守安明の家来三人が先導して、将軍家への進物を数個の荷台に乗せて数人の従僕が担ぎ列を作って、お城に向かって歩いていく。

商館長は公使として乗り物を許されているので駕籠で進み、その後ろから二人のオランダ商館員が、裏生地が赤で表が黒い絹の正装用外套を纏って乗馬で附く。その後には町奉行所他の役人、大通詞、稽古通詞、従僕などが続く。

一行は、常盤橋御門を渡り二つの頑丈な城門に守られた間の通りを抜けて、幔幕《まんまく》を張った立派な番所の前に出た。外側に毛槍を立て内側には金屛風をめぐらせてある。槍、楯、弓矢が漆塗りの箱などと共に飾られ、実戦用の銃も何丁か掛けてある。

この門の番士が並んでいる前を通り、大名屋敷の間を通過して第二の城門に至る。そこの内番所では駕籠、馬、従者などが残された。

次には高い石垣の間を通り、本丸御殿の手前にある百人番所という場所で待つことになった。少し先の坂道を多くの侍が登城してゆく姿がある。ここの組頭はオランダ人達に茶や煙草を勧めてくれた。

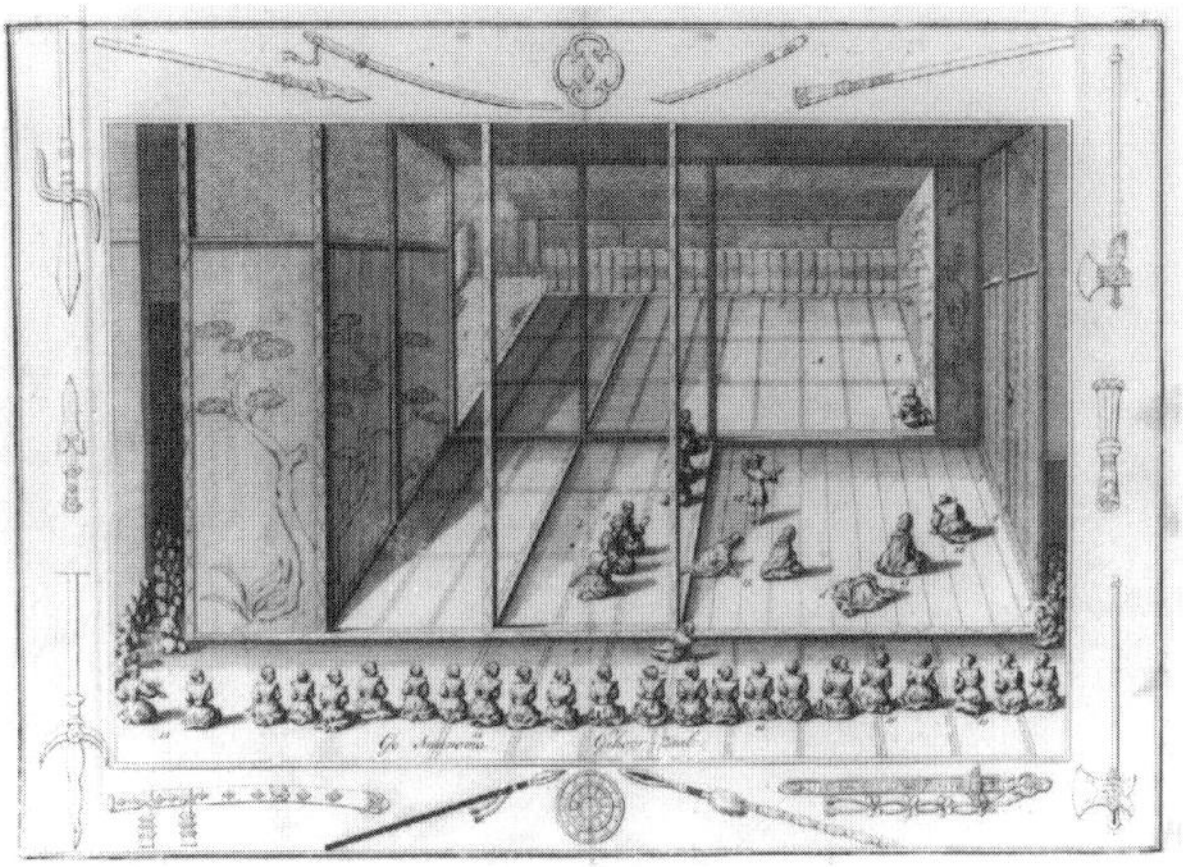

図 22　御三の間謁見室
（オランダ使節拝謁の間（内部））（国際日本文化研究センター蔵）

待つこと二刻（二十分）あまりで呼ばれ、枡形の玄関前の門を通り抜け、石段を登ってようやく本丸御殿に着いた。

正面には武装兵が警護していて、役人が案内し玄関内右手にある金張りの柱や壁が威圧する、控えの間に入った。

そこでオランダ人及び関係者がまたしばらくの間待ったあと、ようやく宗門改めと細井因幡守が姿を見せ、カピタンのミンネドンクだけを呼び、奥の謁見の大広間に誘導していった。ミンネドンクは二年前に一度経験してはいたが、緊張してそろそろと廊下を進む。

百畳敷の間の手前で一度体を屈《かが》まされ、中に入る際は、畳の前方に手を伸ばしてつき、其処へ両膝を引き寄せるという芋虫の這うような進み方をさせられた。左手の庭側には献上物が三列に並べられているのが目に入った。次の間には老中が居並んでいる。

その奥の一段高い将軍座所には吉宗があぐらで座って入ってくるカピタンを眺めている。前方に這いつくばる鼻の高い青い目が窪んだ面長の顔は二度目だ。

「オランダ・カピタンー」

という甲高い声が脇の方から発せられた。

カピタンは前もって言われている通りに、更に這いつくばり、そのまま後退りをして廊下に出る。それで謁見は終わりだ。

ミンネドンクを一目見た瞬間に、吉宗は騎射参加願い出の真の人間はこの男ではないと感じた。

カピタンは一旦控えの間に下がり、今度はオランダ人三人と大通詞が御殿の奥の部屋に案内され、前回の顔見世の時と同じように各間を引き回された。

御簾を隔てて将軍家族・奥女中・高官などが見物するのだ。付き添う奥坊主が胡麻をすり、オランダ人に御質問をと仲介する。すると御簾の中から物珍しいことを聞きたいなどと言い、通詞がそれを訳してオランダ人に問うのだ。時によっては歌を歌えとか、踊りを披露しろなどとも要望される。馬鹿馬鹿しいことをするものだが、御国の為とオランダ人は我慢してこの幕を演じている。

オランダ人一行が、この芝居じみた演技を終えて、要所に挨拶をしながら来た時の道筋を引き返して城外に出たのは昼の八つ（午後二時）となっていた。

一方の吉宗は、御座之間に引き返して「イロハ事物帳」箱を前にしている。

吉宗は、表にカとケの字が入った箱を取り寄せて開ける。カの字の箱にはカピタンの記事が書かれた帳面がある。中の冊子を取り出してしばらく見てから、次にケの字が書かれている箱を引き寄せた。

今度の商館長ミンネドンクは一昨年にも参府してきているが、あまり特徴のない男であった。随行員にも特に問題はなく経過している。

吉宗はこの度、参府と同じ時期に母国の調馬師ケイゼルの指導でポロ競技の紅白戦があるのでオランダ人にも参観を許すことにしていた。数日前、ミンネドンクが長崎奉行の細井因幡守を通じてポロ競技参観の折、日本で行われている騎射競技を拝観したいこと、また、できればケイゼルを曲馬芸供覧ではなく、騎射競技にオランダ人として参加させてほしいことなどを願い出ているという。先程の謁見では、直観的にどうもカピタン・ミンネドンクからの発意ではないように思えた。オランダ人でも騎射が出来ることを誇示したいのか。それしかないだろう。誰が、無論ケイゼルに違いない。

吉宗はケの字帳を開き、ケイゼルの略歴、日本における最近の行動経過などを記した部分を見る。

「前歴不祥のオランダ人。過去数回にわたりアラブ馬輸入と調馬訓練のため長崎で入国している。学力を有し馬医の経歴を持つ。今般はポロ競技の主任訓練者となっている。小石川薬園において野呂元丈のドドネウス『草木誌』和解をこの数か月ばかり指導中である。私人としては、細工物の設計工作に巧みで、騎射時刻水量計や砂時計を考案して実用化している。また、外国書物をしばしば長崎屋において借読《しゃくどく》しているらしい」

概ねそのようなケイゼルの記事である。現在までの働きは良好であると評価できるが、吉宗は今般の意図について考える。

ケイゼルの騎射競技出場で彼にはどのような利益があるのか。

仮に勝てば、馬術競技で高名になる機会となる。諸藩でも高い扶持で抱えてくれるかもしれない。負けた場合でも日本のように責められる危険性はないだろう。賞金を懸けているならその損失だけで済むに違いない。

要するに、彼にとって競技出場は何の危険性も失うものもない勝負なのだ。これが彼がカピタンを唆《そそのか》した動機とみて良いだろう。

さて、こちら側の影響を考えなければならない。

先ずはカピタンの思惑の一つである国の威勢を示すオランダ国旗掲揚は、徳川の旗とオランダの旗を同じ競技場に立てて戦うことになる。それを旗本や諸藩の者に見せて何か当方に利益があるのか。ない。先方は単なる商館長であり正式な国の代表者ではない。なお、現在は貿易のお礼に謁見を許しているところだ。国旗を使える処遇をする必要はない。まして仮に競技に負けたとしたらどうなるか。こちらの権威を失墜するだけだ。これは許可できない。

ケイゼルの騎射参加についてはどうか。彼の馬上弓術を見ることは参考になるのでよろしい。しかし、単なる自己顕示欲なのか、または他に何か目的があるのか、彼の本心が未だ不祥なので競技参加者にはできない。勝敗を掛けた場合には我が方の出場者は命がけにならざるを得ない。当方は要らぬ重荷を背負うだけだ。また、その勝負は後世に歪て語られることが懸念される。つまり、ケイゼル出場は勝敗の埒外《らちがい》とし、何の競技記録も残さず単なる当日の余興とすることだ。

以上の条件でなら許可することを決めよう。
吉宗はそのように腹を決めて手元の鈴を鳴らした。

（一七）打毬試合

登場人物

小笠原長羽	三十歳	御書院番
奈美	二十前半	長羽の妻
徳川吉宗	四十六歳	八代将軍
久免《くめ》の方	三十三歳	吉宗側室
八重	二十四、五歳	奥女中表使
小笠原持廣	四十六歳	御書院番
武藤安武	四十七歳	御書院番
ハンス・ケイゼル	三十八歳	調馬師
小笠原常喜	四十七歳	師範家長男
大岡忠相	五十一歳	南町奉行
細井安明	六十一歳	長崎奉行
小笠原常春	六十五歳	師範家
小笠原長方	六十五歳	御書院番
アブラハム・ミンネドンク	四十歳位	商館長
ヨハネス・ホーヘン	三十前半	商館医師
ヘンドリック・ファン・ソーラン	三十後半	書記

牛込御門を出て神楽坂を登り、右に曲がると筑土明神八幡宮がある。この八幡周りから北側の満昌《まんしょう》院にかけての桜が満開となっている。明神境内には、未だ朝方なのに中年の武士とその奥方がそぞろ歩きをしている。揃ってお参りついでのお花見というところか。

武士の奥方は近くの屋敷に二月に嫁いできたばかりで、この桜には初見えである。

「見事な桜ですね」

「俺も満開を見たのは初めてでね、しばらく前に来た養子だからな」

小笠原八右衛門長羽は榊原庄五郎職長の末女奈美を貰っても伝法な口調は直っていないようだ。

「ところでいくらか慣れてきたかな」

「ええ、まあ武家の屋敷はどこでも同じようですから」

「それにしても平十郎長之という跡継まで揃っているとは念入りなことだ。念念相続《ねんねんそうぞく》（常に念仏の行を修すること）の賜物かもしれねえよ」

長羽は語呂合せをし、両手を合わせて合掌の真似をした。

「お父上様の有難いご配慮でしょう」

奈美が軽く頭を下げる。

「だがな、気付いているかも知れねえが、義父の長方殿は前からの持病があり、自分の体が心配なのさ。直ぐにどうこうはないと思うが、血統を重んじる人だからな」

「平十郎さんにお嫁が来てお世継ぎが生まれるとどうなりますか、あなた様もせいぜい頑張らないと」

「おいおい、あまり先を急ぐなよ。急いては事を仕損じると言うではないか」

「はいはい、長い目で見ることにしましょう、さて、お話があるとのことですが」

「実はな、俺が控えとなっている使番だが、四月のポロ競技の後で同役と手分けのため、こちらには九州行きが回ってくるかもしれねえという事だ」

「それは大仕事ですね、そうするとあまりのんびりとしてはいられないわけですね、危ない仕事でしょうか」

「いや、この仕事は心配いらない、先行の武藤殿からも手紙で状況を知らせてもらっているがこれは公儀の使いだ、安全は先方が請け負っているのさ」

「安心しました。いよいよ明日はポロ競技ですね、こちらも白組の隊長をお勤めになるとか、頑張ってください」

「おまけにポロの後で騎射競技出場を命ぜられている。ケイゼル殿の曲馬演技はどうなったのかなあ。まあ精一杯暴れてくるさ」

奈美は小さな顔を夫に向けて頷いた。


四月三日、空は晴れて南風が頬を撫でる爽やかなポロ競技試合の当日となった。

試合会場の朝鮮馬場とは、御城北側の火砲御蔵《かほうおくら》の西側にある馬場で、朝鮮使節が曲馬を披露したことから名付けられている。

この馬場のお堀側にある田安明神旧地では、いま屋敷工事が行われていて、将軍吉宗の次男宗武の田安門内屋敷を建設している。このたび宗武は元服して右衛門督《うえもんのかみ》となり、御三家とともに後嗣を出せる家格を与えられたので、邸地を賜わったのだ。

馬場は東西に長く伸びている。騎馬で馬場に入るには、半蔵門から入り、代官町濠脇を北に進む通路を通過しなければならない。その突き当りが角の番所となっていて、その内側には頑丈な木戸がある。本来馬場に入るには、北の御濠に架かる田安御門、清水御門、竹橋御門などから入るのが近道ではあるが、将軍家の行事以外は開門しないので通過できない。

試合会場の整備は昨日までに終えているが、遺漏のないように会場全体を係が点検している。番士も六尺棒を手に持って馬場の周囲を巡回していた。

馬場北側の桜並木を包み込むように葵の紋を染め抜いた幔幕が、仮設された南向き桟敷の回りに張られている。朝から大勢の役人や番士が、東側表口から詰めかけている城中の要人をそこに案内している。

本日は非公開に側室・久免の方の御観覧もあるので、中央左側に特別桟敷も何席か用意されていた。

朝の五つ半（午前九時）、大太鼓が鳴り響くと、馬場西側の代官町木戸から陣笠陣羽織、裁つ着け袴装束に身を飾った騎馬武者が馬首を連ねて入ってくる。各武者の背には紅、白いずれかの小旗が挿してある。殿《しんがり》の一団には、黒の陣笠、猩々緋の陣羽織を着て銀の采配を持った競技奉行の小笠原縫殿助持廣、同じく黒の陣笠、濃紺の陣羽織に黄色の旗を背にした審判委員長の武藤庄兵衛安武、黒羅紗のマントをなびかせ頭に茶色のターバンを巻いた訓練指導者ハンス・ケイゼルなどが駒を進めてくる。

競技出場者は、補助乗馬者を含め四十騎が勢揃いした。

背中の小旗が、北側の桟敷席に向かって東側が紅、西側が白、花畑のように南風に順《したが》って揺れている。赤組集団の先頭には紅組隊長の小笠原孫七郎常喜、白組の先頭には白組隊長で競技奉行補佐の小笠原蔵人長羽が、それぞれ黒の陣笠に同じ小笠原の三階菱金家紋《さんがいびしきんかもん》を付けて騎乗している。

桟敷中央部の左側には、江戸南町奉行大岡越前守忠相の面長な顔、長崎奉行細井因幡守安明の四角張った顔、小笠原平兵衛常春の小さい翁顔、小笠原八右衛門長方の恵比寿顔などが見える。貴人桟敷の前には番士が二列に並び各々小さな木の楯を持つ。仮に競技中の毬が誤って飛んできた時にはその楯で受けて落とすことになっている。二段構えに防御しているわけだ。

馬場では、貴人桟敷に向かって騎馬武者一同が下馬し、馬の轡《くつわ》を並べて勢揃いする。一同の前に進んだ競技奉行の小笠原持廣が長い顔を振って口上を述べる。

「御一同には今までの訓練成果を遺憾なく発揮して、本日上様にご台覧いただきますよう頑張りましょう」

「おう！」

と皆が答える。大太鼓がドーン　ドーンと打たれて将軍吉宗一行が警護の番士に囲まれて入場した。

「おなーりー」

の声で一斉に馬の手綱を引いて立礼の姿勢を執る。

「只今より打毬競技を開催致します」

持廣は吉宗に拝礼して競技開始を言上する。桟敷左方のオランダ人席には緋の毛氈を敷いた長椅子が用意されていて、商館長アブラハム・ミンネドンク、付き添い医師ヨハネス・ホーヘン、書記ヘンドリック・ソーランの三名のオランダ人が、大通詞今村市兵衛英生、稽古通詞吉雄藤三郎と共に腰掛けていたが、吉宗入場には起立して迎えた。

商館長のミンネドンクは、先ほど長崎奉行に挨拶して丁重に本日の打毬試合拝観謝礼を述べた上で、ケイゼルの騎射試合出場の件を辞退した。ケイゼルの体調不良のためという理由になっているが、真相はこの会場にオランダ国旗が掲揚されないことを通告されたことにあった。国旗がなければただの見世物になるからだ。書記のソーランは帳面に鉛筆で何事かを記録している。

ドーンと大太鼓が鳴ったので

「よーい、始め！」

持廣は持ち前の大声を響かせて号令し、威勢よく銀の采配を振った。一同が一斉に乗馬して左右の控え場所に移動した。審判員は馬場の要所に立ち、黄色の小旗と呼子笛を手にしている。

桟敷正面の位置から見ると、東側に自組の色の毬を投げ入れる毬門《きゅうもん》という紅白の布を巻いた二本の柱が立ててある。この毬門の中へ、西側に置いてある紅白の毬を、馬上から毬杖《きゅうじょう》で掬って馬を飛ばして毬門前に運び、それを投げ入れる競技である。

毬門前の三間ばかり先に白砂で線が引いてあり、この線から中には競技者は進入できない。毬を投げ込む競技だからだ。

毬には平毬《ひらだま》と揚毬《あげだま》がある。揚毬には黒い十字の線が付してあり、自組の色の平毬を一定数入れると決勝の揚毬を入れることが出来る。本来のポロは木または竹製の毬を打つ競技である。木製の杖先に木枕を付けて毬を門に打ち込む競技で、この方法では毬が遠くまで良く飛んでしまい、会場は今の四倍くらいが必要になる。そのため、日本の古儀にある打毬《うちまり》を踏襲し、糸巻きの毬を小網で掬い毬門に投入する競技に変更したのだ。起源はポロでも競技の方法や形態は渡来国の事情で多少変わってくる。これは日本化ポロ競技といっても問題はないだろう。

馬場の西端に紅白組の隊長・審判長が集り、本日投入の平毬定数を五個とすることを決めた。全組四部の試合回数からみてそれが限界の数であるとの意見が多数を占めたのだ。これは直ちに全競技関係者や観客に通告するため、大きな紙に「平毬五個」と書かれ、その紙を示しながら審判員が騎馬で会場を一巡した。紅白各四騎が毬杖に各色の毬を入れて西の端付近に横列に並ぶ。競技奉行が馬場中央に騎馬で立ち、紅白両隊長もその両脇に騎馬を寄せる。各馬には烏帽子をつけた馬丁が手綱を引き締めている。この時、審判委員長がピーと高く呼子笛を吹くと、奉行の銀の采配がさっと振られ、紅白に染めた長い旗が傍からさっと上に揚がった。試合が始ったのだ。

奉行ら三騎は桟敷側貴人席前を避けた位置に移動する。この際にケイゼルはあまり目立たないようにするため毬門奥でひっそりとしている。関係者に体調不良の様子を示すためだが、その本心は吉宗になるべく注目されたくないのだ。

先ず、基点の西端に並ぶ紅白の八騎は、試合開始の旗が揚がったので毬門に向かって走り出し、最初に与えられた徳毬《とくだま》（掬わずに与えられる毬）を毬杖から落さないよう毬門に近寄り毬を投げ込む争いをする。全員が毬門に投入できれば四個入ることになる最初の争いだ。その間に配毬係は他の紅白毬を西端地面に撒く。

トンと小太鼓が鳴り、赤毬の一つが毬門に入ったことを告げる。自毬が一つでも入ると敵の投入妨害ができることになるので、四人のうちの二人は毬門近くで馬を敵前に寄せて進路を塞いで妨げる。近くから投入すると門内に入る可能性が高くなるのでなるべく門前に近寄せたくない。他の二人は西の端へ戻り自毬を毬杖に拾い上げ、また毬門に向かう。その繰り返しが行われるのだ。また、赤毬《あかだま》の毬門入りは小太鼓、白毬入りは鉦を打ち、揚毬入りは鉦と小太鼓両方連打の決まりはそのままである。

紅組の小太鼓は二回鳴り、白組の鉦は一回である。白組隊長の長羽は所定の位置を動けないが、毬門に張り付いている二騎のうちの一騎を毬入にかかれと大声を上げ、更に身振り手振りで指示するが、選手は目前の争いに夢中だ。白組はそのうちに投入騎者が増加して投入効果が上がるとようやく鉦が一つ鳴った。しかし、赤毬隊長常喜は騎馬を鶴翼の陣に編成して進め、両翼で敵軍を防ぎながら順調に自毬を入れ合計五個の毬を毬門に投入した。

これで中央判定部には五本の赤旗が立った。

審判の笛が甲高く響き、馬場の中央部に配毬係が黒線十字の入った赤の揚毬を置いた。審判の再度の笛で今度はその毬の争奪戦が桟敷中央部付近で始まった。一部の白組騎馬は西端の自毬を取りに向かい、毬門へ投げ入れる。白組は合計四つまで入れたが、中央部の揚毬を赤組の騎者が毬杖に拾い上げて毬門に向かって馬を飛ばしている。

それを許すまいと白組騎者がその進行を妨害すると、ピーと審判の笛が鳴り、毬の左方からの回り込みが進行妨害と判定され反則を取られた。得点一を削られることになる。進行阻止は必ず毬が自身の右にある位置からの回り込みでなければならない。

なお、互いに相手の毬杖を掛け合うことは反則ではないが、それを使って相手や馬を叩いたりすると高い点数を減点される。審判によっては退場させられることがある。判定不服申し立ても可能であるが、よほど正当な理由でなければ認められず、一般に審判の判定を覆すことは無理だ。この時、赤組の騎馬が揚毬を毬門に投入する直前であったが、砂時計が最後の砂を落として試合時刻が切れた。

審判の終了の笛、太鼓、鉦のすべてが一斉に鳴り響いた。判定委員長が競技奉行に結果を報告すると、競技奉行の銀の采配が赤組に振られた。こうして第一回戦は赤組の勝ちとなって終了した。

休憩時に隊長の長羽は白組の溜りに馬を飛ばし、第二戦出場者に次の対策を伝える。しばらくの後、人馬が交替して第二戦が開始された。西端の基点に横列で並んだ八騎の競技者は、紅白の徳毬を各自の毬杖に載せ、馬上に手綱を引いて待機している。

中央部に紅白の旗が揚がった。試合開始の合図だ。

徳毬を毬杖に載せて馬を毬門に向けて走らせる。練習は十分にしているが、乗馬の姿勢が不安定な場合には毬を落とす。途中で毬を落とすとそれを掬うのに時間がかかる。白組は一段階馬速を落とし、馬場の左側に菱形の塊をなして進む。今度は安定感があって毬を落とさない。紅組は初回の勝利に弾んでいるので全員が速度をかけている。結果は、紅組が三個、白組が四個の毬を無事に門内に投げ込んだ。騎者はそれぞれ紅白の旗を翻して基点に戻り、自毬を掬う。

白組は今度は中央縦に二騎が連なり、後ろに少し離れて二騎が左右に従い三角形の鏃陣《やじりじん》を作り、敵の妨害を防ぎながら中央突破の体制を作って進む。紅組は二手に分かれ、一手は先行して毬門近くで馬を横にして構え、一手は白組の左側から攻めて押してくる。進行右方向からは妨害できないからだ。この戦いでは白組が五個目を投入して白の揚毬を得た。その揚毬も激闘の末、白組が毬門に投入して勝利した。この白熱の戦いに桟敷の観覧者は、立ったり座ったりして応援する。オランダ人達も口笛や指笛を鳴らして興奮している。

結果は、紅組が三個、白組が四個の毬を無事に門内に投げ込んだ。騎者はそれぞれ紅白の旗を翻えして基点に戻り、自毬を掬う。

休憩後の第三戦では、策を練った紅組隊長の常喜は、先行する徳毬投入争いに二列縦隊を組ませて馬の手綱を絞って進み、互いに声を掛け合いながら慎重に毬を運んだ結果、全毬を毬門内に投げ入れて赤の揚毬を得ることに成功した。

これに対し、白組隊長の長羽は両腕をぐるぐる回して騎馬隊に輪乗りの合図を送る。騎馬隊は毬門際に二頭ずつ輪を作り右回りに回り始めて敵の投擲を妨害したため、紅組の一騎が左側から馬体を寄せて毬門に接近したところ、回転する白組の騎馬と激しく衝突した。

それを見て審判が馬体左側攻撃の反則を犯したとして黄色の旗を挙げた。第一回戦とは逆の成り行きとなったが、一時競技を休止して審判団の協議となり話し合いの結果、反則行為不明瞭と判断された。

時刻係は、この競技中断中は横にしておいた砂時計を、試合が再開とともに直ぐに立て再計測を続行したが、砂の残りは少なく、瞬く間に全部落下して競技時刻が終了してしまった。観衆の中にはこの判定に不服を示した者が少なからず居たが、結果的には青旗が揚がり、勝負は同点引き分けとなった。ケイゼルは毬門の後ろから飛び出してきて何かわめいているが、通詞がいないため誰にも分らない。

最後の第四戦は、はじめは前の反則を互いに自覚し、慎重な作戦で前衛が陽動、回転運動、を繰り返し、後攻が左右から回り込むなどの巧みな動きを見せたが、そのうちに互いに闘志が燃えてきてあちこちで激しい全体騎馬戦が繰り広げられる。この反則すれすれの戦闘には観衆が手に汗する場面が続出した。

最初の揚毬は赤となったが、続けて白組も規定数の平毬を入れて白の揚毬を獲得した。騎者は白色の揚毬を追いつつ熾烈な争奪戦を繰り広げる。これには観衆も総立ちとなって応援していた。その勝負がつかないうちに終了の鳴り物が会場に響き、とうとう試合は時刻切れとなってしまった。

結局、全四戦のうちの二試合は勝負なしとなって、紅白騎馬隊の勝負は合計総合点で同点の引き分けとなって終わった。

こうして会場中央には桜並木を背景に青旗が翻ったのである。観客一同は総立ちとなって白組や紅組に対して盛んに拍手を送る。

　将軍吉宗も隣桟敷にいた側室久免の方も、横の席の地味な打掛を掛けた大奥の婦人たちもみな手を叩いている。その中には表使《おもてつかい》八重の姿も見える。

　オランダ人達は全員が立ち上がって拍手を送っている。毬門辺りではケイゼルが出場者に囲まれて握手している。競技奉行の持廣、赤組隊長の常喜、白組隊長の長羽の三小笠原、審判長武藤安武なども大勢の選手の祝福を受けている。

　吉宗はこの光景を前にして、ふと感慨に耽《ふけ》ったった。我々は日頃武道で個人戦は行っているが、このような団体戦の勝負を経験したことはない。この全体が一体となって体感する感激をいま正に体験した。周りの大勢の観衆も同じ感覚を覚えているのであろう。なんとすばらしい全体の高揚感であろうか。調馬師ケイゼルの一言から思い付いた日本のポロ競技・打毬の復活、オランダ人の持つ知識がいまここに古儀を蘇らせた。運動競技は、こうして世界中の人々を幸福に導く手段となるのだ。この感激を後世に伝えていこう。それが我らに課せられた使命だ。

　吉宗はこの思いを強く心に受け止めた。

　大太鼓がドン　ドン　ドンと鳴る。

　吉宗は桟敷席から馬場に降りて用意された自身の馬に乗った。奉行も隊長も審判長も選手も一斉に乗馬して吉宗の回りに集まった。

　馬場に集まった騎手の背旗が春風にたなびいて、周りに爛漫と咲き誇る桜にも負けないような紅白

図 23　日本の打毬（ウィリアム・グリフィス『ミカドの帝国』より）

の花畑を作る。周りの観衆も皆馬場に降りてきている。

吉宗は持っていた日の丸の描かれた扇子を馬上に挙げ、ひらひらと振り、皆にご苦労と謝意を示した。誰の発声か分からなかったが、エイ　エイ　オー、エイ　エイ　オーという勝鬨《かちどき》が沸き起こった。誰もがこれに大声で唱和した。

日本の打毬競技は、このようにして見事に復活したのである。

（一八）大奥の毬《まり》遊び

登場人物

小笠原持廣	四十六歳	御書院番
八　重	二十五、六歳	奥女中表使
滝　川	年齢不詳	奥女中・中年寄
天英院	六十四歳	六代将軍家宣正室
月光院	四十五歳	七代将軍家継側室
お久免の方	三十三歳	八代将軍吉宗側室
藤　波	年齢不詳	奥女中・年寄
西の丸女中	年齢不詳	中年寄
龍　助	十二、三歳	家重付小姓
徳川家重《いえしげ》	十九歳	将軍吉宗長男
大岡主膳《しゅぜん》	二十一歳	家重側近

駿河台水道橋近くの神田川縁《べり》に「サイカチ坂」というのがある。この坂の名は密生していた「サイカチ」の木に因んで名付けたものであろう。サイカチという植物はマメ科の落葉高木で、河原などに自生する棘のある木だ。夏には四弁の小さな黄緑色の花をつけ、秋には実の入った長い莢《さや》を下げる。解毒剤としても用いられている。

このサイカチ坂の台上は道を挟んで旗本の武家屋敷がびっしりと軒を並べていて、商家は全く見られず殺風景な場所である。

昼過ぎ、そのような屋敷の一つ、小笠原縫殿助持廣邸の玄関に乗り物が着いた。そして中から艶やかな一人の奥女中が降り立った。本丸表使の八重である。

奥に通されて主人の持廣に挨拶し、持参した銘酒入りの角樽（祝儀用の酒樽）を挨拶代わりに差し出すと、持廣は思わずニコリと面長の相好《そうごう》を崩した。

「武藤安武殿の妹御だそうで、いや、お兄さんには世話になっているよ」

「いえ、こちらこそ、先日は打毬競技を宰領され大成功のこと誠におめでとうございます」

「奥ではこの競技の毬を所望と、小笠原師範家の常喜殿からの便りにありましたな」

「はい、余分がありましたら、できれば少し余計に頂ければと存じます。久免の方は方々にも分けたいとの仰せでありました」

「なるほど、幸い未だ使っていない毬が一箱あると思うよ。ついでに毬杖も二、三本もっていきなさい。多分好奇心の強い大奥の皆さんだから欲しがるに違いない」

「有難うございます。大変助かります」

「なになに、遠慮はいらないよ、どうせ公《おおやけ》の預かり物だからな」

家の小間使いが茶菓を運んできた。持廣はそれを勧めながら
「ところで、常喜殿の手紙では貴女が我が家の『萬葉集』を見たいとも記してあったが」

「はい、誠に僭越ではありますが、もしお許しを戴ければのことです。実は、小笠原縫殿助様の蔵書は有名で、将軍様も台覧なされているとのこと、また、日本の打毬《うちまり》に関する記録が『萬葉集』巻六に記載されていることなどを常喜様からうかがっていましたので、折角の機会でもありますので、その記載されたところを拝見させていただけないかと思いました。何卒よろしくお願い申し上げます。」

「なるほど、なるほど、神亀《じんき》四年（七二七）の話か、ふうむ、だが『萬葉集』が手の届くところに置いてある書庫は日本中どこにもないと思うよ。宮中書陵処《しょりょうどころ》や紅葉山文庫でもな。なにしろ天平宝字の時代に成立した和歌集だからな。大伴家持さんが編纂した二十巻にはそののち漢字本文に訓点が打たれ、校定の時代によって何の本、誰々の本と称されているが、どれも簡単に手に入れられる代物ではない。我が書庫にも探せば誰かの校本が有るのかもしれないがね。さきほどの神亀四年打毬のことを見たのはそんな古典『萬葉集』の校定本ではなく、契沖《けいちゅう》の『元暦《げんりやく》校本萬葉集』の写本だよ。よろしい、観ても減るわけではなし、宝の持ち腐れということもある。先ず書庫からお見せいたそう、こちらへどうぞ」

持廣はドッコイショと言わんばかりに膝の上に手を添えて立ち、

「誰か居るかな、書庫に行くぞ」

良く響く低音で部屋の奥へ声をかける。家士の一人が飛んできて薄暗い廊下をしばらく先導すると、ぱっとまぶしい中庭に出た。一同は置き草履を穿いて敷石が詰めてある庭に出る。

縫殿助家の拝領屋敷の間取りは弓馬術棟梁《とうりょう》の家柄のため、書院番知行高としてはやや広く、ほぼ千坪くらいはある。屋敷は北側道路に面した長屋門を入ると右側の道路際には高い土手が築かれている。南側の小高く土盛りした矢場から矢を射るため、外れ矢の矢止めとなっている。その手前には馬小屋もある。広い庭の土地全体が南側に傾斜していて、右手には矢場の岡、左手は母屋がある。土地の中には広場があり、真ん中に蔵造りでやや腰高の書庫が独立して二棟並んで建てられ蔵の周りはすべて広い石畳になっている。

「この屋敷地は高台だが、この下側は多分南の河原へ下る坂であったろう。お蔭で見晴らしが良く富士山も見える」

持廣は風景の説明をしながら石畳を書庫に向かう。南側の崖縁には香《かぐわ》しい白い小花を付けた小木が散在している。

「何しろ江戸は火事が心配でな、もらい火を避けるため大きな木も植えられない」

持広はこちらの疑問に先回りして答えた。

「先祖が代々保存してきた書物が灰になることを恐れた防火広場の中の書庫さ」

二人の家士が蔵の厚い戸を開けて入る。続いて中に入ると薄暗く、目に付く至る所に書物が入った桐箱が重ねてあり、書名や数字が細かく書いてある。

「無論ここでの読書は無理な話だが、ただ湿気を防ぐことだけが重要だよ。その点は番士が蔵を怠りなく管理しているがね」

明り取りの小窓からの光を受けて上向いた持廣の長い顔の陰が一瞬肩や胸を隈どる。

「用人が『万葉集』写本をいま探している。もう少し待ってくれないか」

書庫に眠る古書の山での捜し物だ、少し待ったが二人の番士でもなかなか見つけられない。

「さあ、書庫がどんなものか判ったろうからこの陰気臭いところを出よう」

持廣は、そう言って大柄な体と名前通りの八重桜のような華やかな目鼻立ちの八重の丸顔を誇らしそうな笑顔で見つめた。八重は持廣の様子を見てこの立派な書庫を残した先祖に対する畏敬の念を感じている印象を受けた。

元の部屋に戻ると、しばらくして横皺の目立つ用人が桐箱に入れた書物を持って入ってきた。

持廣は巻六の冊子を取り出して丁寧に机に広げ、一か所を指さして読む。

〝神亀四年丁卯春正月、勅諸王諸臣子等、散禁於綬刀寮時、作謌一首幷短謌〟

（じんきよねんひのとうのはるしょうがつ　もろもろのおおきみもろもろのおみのこたちにみことのりして
じゅとうりょうにさんきんせしめしときにつくれるうたいっしゅあわせてたんか）

「この歌の初めから何となく物騒な雰囲気があるな、綬刀寮《じゅとうりょう》と言えば宮中を取り締まる騎兵部隊で、旗本の番士組のようなものだ。別名で帯剣寮《たいけんりょう》ともいう。そこに勅命で閉じ込められた時に歌われたものだ。集謌《しゅうか》九四八とその後を読んでみよう、自己流に間をとってね」

〝真藤延《まふじは》ふ　春日の山はうち靡く　春さりゆくと山の上に　霞たなびく高円に　鶯鳴きぬ物部の八十伴の牡は雁が音の　来継ぐこの頃かく継ぎて　常にありせば友並て　遊ばむものを馬並めて往かまし里を待ちかてに　吾がする春をかけまくも　あやに恐し云はまくも　ゆゆしくあらむとあらかじめ　かねて知りせば千鳥鳴く　その佐保川に　石に生ふる管の根採りて　偲ふ草祓へてましを往く水に　潔身てましを天皇の　御命恐みももしきの　大宮人の玉鉾の　道にも出でず恋ふるこの頃　反謌一首　梅柳　過ぐらく惜しみ佐保の内に　遊びしことを宮もとどろに〃

「このところの末尾に次のような文章がある」

〝右　神亀四年正月　数王子及諸臣子等集於春日野　而作打毬之楽　其日、忽天陰雨雷電。此時、宮中無侍従及侍衛。勅行刑罰、皆散禁於綬刀寮、而妄不得出道路。干時邑憤即作斯謌。作者未詳〃

（みぎは　じんきよねんのしょうがつに　あまたのおうじ　およびもろもろの　おみのこたちのかすがのにつどい　うちまりの　たのしみをなす　その日、たちまちに天は陰り雨降りて雷電す。此の時に、宮中に侍従及び侍衛はなく、勅して刑罰を行ひ、皆を綬刀寮に散ずるを禁じ、妄りに道路に出るを得ず。時に邑憤〔腹立たしさ〕を覚えて、即ちこの歌を作れり。作者は未だ詳らかならず）

「これが本邦初見の打毬の記載された件《くだり》なのさ。もうお気づきのことと思うがこの時に何か妙な事件が起きているらしいのだ。その模様をもっと知りたいだろうな」

「もちろんです。よろしくお願いします」

八重はもったいぶるような風情の長い顔を当たり前でしょうというように見つめる。
「では、先ず歌の素人ではあるが解説を加えてみよう。
《雁が音の来継ぐこの頃かく継ぎて常にありせば友並て遊ばむものを》
雁の鳴き声が友と鳴き続くように冬から春に継いで来るこの頃と同じ状態であれば友との仲も連れだって楽しめたのであろうに
《馬並めて往かまし里を待ちかてに吾がする春をかけまくもあやに恐し云わまくもゆゆしくあらむとあらかじめかねて知りせば云々》
云々以下の文は省くが大意はこうなる。
馬を並べて往こうと思って待ちかねていた私が楽しみにしていた里の春を口にするのも恐れ多く言葉にすることも憚れることになるとあらかじめ知っていたならば、佐保川でお祓や禊をしておけばよかった、天皇の御命令を承って謹慎して春山を恋しく想うこの頃である反謌一首
《梅柳《うめやなぎ》過ぐらく惜しみ佐保《さほ》の内《うち》に遊びしことを宮もとどろに》
梅や柳の美しい季節が過ぎて行ってしまうのが惜しいことだ、佐保の野で楽しく遊ぶところだったのに、宮中が雷鳴の轟くような事件になったのだ
そこで、この歌から想定してみると第一は、歌の作者自身がしきりに後悔している態度や腹立たしい思いを歌に滲ませている様子が見られるので、事件に関して何らかの関連性を有する人物であろうと思う。第二には、この歌がこの時代に発生した高位の地位を争う権力闘争の一端を詠んだ歌である

こと。第三に、歴史の経過から見て覇権争いの一方が当時の強力な勢力を持つ藤原氏であること。以上が神亀四年の歌に関する私の見解だが、更にもう一点付け加えると、当時の打毬は広大な春日野を使った競技で、木製の毬と木槌を使用していた可能性がある。かなり馬を走らせる本格的な競技であったことが窺われるのだ。先日の箱庭式の打毬競技などは恥ずかしい限りだよ。ここまでは何か感想はありませんかな」

「大変よく歌の意味するところが理解できました。有り難うございます。しかし、この歌がもつ何か恨み言のような余韻が消えませんが、一体どのような事件があったのでしょうか」

「確かにこの歌の文言にもある邑憤《ゆうふん》の漂う歌で気持ちが晴れないが、私は専門家ではないのでこの辺りの事件については良くわからない。まあ、調べた範囲では或る人物の事件が浮かぶけれど、文献的な確証がないので先入観を与えることは止めておこう」

「持廣様、私は文献や書物から歴史の事実を傍証する好学の者ではありませんし、またそのような知識もありません。そしてその事件をお聞きしたとしても、それによってこれからの私の人生に影響を受けるようなひ弱な人間ではないつもりです。むしろこのままですと何か胸に澱が漂っているようですっきりしません。この際是非事件の概要をお聞かせ下さいますようお願い申し上げます」

八重の重ねての要望に持廣が渋々ながら話し出す。

「では八重殿の強いお望みに負けてこの事件の筋書きだけ述べてみよう。但し解説の間違いも多分あると思うよ。今から千年くらい前の事だが、その時代の持統天皇には多くの皇子がいた。大津、草壁、高市の三人が次期天皇の候補となったが、いろいろあって草壁皇子が皇太子となった。

この後、皇統は持統、文徳、元明、元正、聖武と継承されてゆくのだが、この流れの中で新興勢力の藤原氏系統の血筋が御后を通じて次第に濃くなっていく。当時皇位継承には無関係であったが、高市皇子の息子に長屋王という方がいて、大変に優れた人格者であった。裕福な暮らしもしていた。母は藤原長娥子でその妻は元明天皇の娘であり二人には男子も授かったが、この男子は両親が天皇の血筋であることがかえって将来の災いを生んだ。藤原不比等の娘藤原宮子から生まれて皇位についた聖武天皇は片親皇統であった。しかし血筋が二親とも皇統でなければ天皇にはなれないとする勢力が大勢いたため朝廷が不安定な状態となった。即位した聖武天皇は長屋王を大変信頼していて右大臣から左大臣へ昇進させた。ところが同じころ聖武天皇の母の権威を高めるため藤原宮子にも「大夫人《だいぶにん》」という尊称の勅を下したということになっている。それをめぐり、神亀元年（七二四）長屋王が異論を唱え勅の撤回を求めるという辛巳の事件というのが起きたというわけだ。私はこの事件には少々疑問があるのだがね。温和で何の不満もない長屋王が尊称の勅に敢えて藤原氏に真っ向から撤回を求めたのかどうか。説によれば、勅を与えた藤原氏とそれを撤回させた長屋王との関係が悪化してゆき、とうとう神亀六年（七二九）二月に長屋王の変というのが起こってしまったということになっている。私はこれは長屋王が誰かに利用されて心ならずも反乱軍の頭目にされてしまったのではないかと思っているが。聖武天皇に長屋王が謀反を企んでいるとの密告があり、勅命により藤原不比等の息子達、武智麻呂、房前、宇合、麻呂の四兄弟によって屋敷を囲まれた。長屋王は責任を取って妻の吉備内親王、膳夫王および他の王子とともに自害したのだ。この事件は謀略であるという説もあるが、無論真実はわからない。聖武天皇は罪人であるからと言って卑しい葬儀をするなと命じたらしい。夫妻は生駒山に葬られた。帝も心に重荷を背負ったのだろうね」

持廣はこの辺で切り上げたいと思いながら締めくくりの言葉を吐く。

「その後の朝廷は藤原氏の政権となり安定していくことはお判りと思うが、事件の概略は以上のようなことですよ」

八重は自刃した夫妻への同情とこの結末の悲劇に胸を塞がれたような気分となってきて声を詰まらせる。

「丁度千年前の万葉の時代に、貴族達の楽しい打毬の遊びが行われ、それに引き続きこのような天皇家の争いごとに巻き込まれるとは何とも痛ましい限りです。その日の激動の光景がありありと目に浮かびます。当事者の長屋王ご夫妻が誠に哀れに思えてやるせないことですね」

八重は青白くなった顔を上げて更に言う。

「すいません、もう一つ気味の悪いことがあります。末尾の文章で、打毬遊びを楽しむ中、正月にも関わらず俄かに雷雨に襲れたというところです。加えてその後の宮中の事件発生などを考えるときに、打毬という外来の競技がこの国に不運を呼んだということではありませんか。この度の打毬競技で千年前の因縁が引き継がれることはないでしょうか」

「あっはっは、それは少し考え過ぎというものだろう。季節外れの雷雨などはそれほど気にするような悪い兆候ではないと思うよ。もっとも世間では火雷天神の怨霊伝説を気にする人もいるから、無視はできませんがね。藤原定國、菅根、時平などが亡くなったこともその祟りだと信じている者もいますから。まあ、この際はあまり気にしないでおきましょう」

「本日は本当に有り難うございました。大変勉強になりました。では、これにて失礼致します。これから本丸大奥の久免の方に、頂きました毬と毬杖をお届け致したいと思います」

「御苦労でした。、またいつでも訪ねてください。ああそうそう、常春殿は大奥から鎌倉の流鏑馬祈願にと浄財の御喜捨《ごきしゃ》をたっぷりと戴いたらしいね。それも貴方のお蔭と感謝しているようですよ」

「いえいえ、私はただのお使いをしているだけです。これからも宜しくお願い致します。では失礼いたします」

八重は供の者に大奥に運ぶ打毬用品を持たせて駕籠で帰っていった。

江戸城本丸北側に西を天神濠、南を白鳥濠に囲まれた巨大な建物群があり、二の丸と称されている。この二の丸にも大奥があり、将軍の生母や前に将軍の側室であった夫人達が住んでいる。二の丸西側の天神濠を隔てた建物は三の丸と云われる曲輪で、二の丸を補完する機能を持っている。

復興打毬競技を終えてから数日の昼八つ（午後二時）頃、二の丸大奥玄関脇の石之間に、先程から丸顔を傾けて誰か人を待つ奥女中が座っていた。本丸大奥表使の八重である。打毬競技試合観覧席では吉宗側室の久免の方の近くに侍り、中年寄の代役をこなしていた。

本日は昼前に小笠原持廣邸を訪ねて、ポロ競技の毬や毬杖を貰い受けてきている。玄関先に数人の人の気配がしたので石之間を出てみた。

「あの、遅くなって申し訳ありません」

そう言って大きな包み物を式台に置いたのは八重の部下で御広座敷女中の二人である。本丸大奥から二の丸大奥玄関まで荷物を運んできたのだ。　身の丈程の竹竿も先の方を布で覆い数本あった。

「ご苦労様、このまま奥へ運びましょう」

八重は竹竿の方を手にして大荷物を持った二人を先導し泉水の見える大奥御座敷に向かった。その途中で、左側に長局の棟が見える廊下で中年寄の滝川と出会った。

「ご心配かけて申し訳ありません」

八重が頭を下げると、滝川は頷いて
「大丈夫、天英院様もご機嫌だから、さあ」

と言いながら一同を促して先頭に立つ。


近衛基熙の娘熙子は、六代将軍家宣の正室であったが、正徳二年（一七一二）家宣の没後は落飾して院号を天英院としていた。家宣の側室お喜世の方（月光院）が産んだ家継が将軍宣下を受けると、従一位を賜り、一位様とも呼ばれた。その家継が早世した際、次代将軍職に紀州藩主徳川吉宗を迎えることに尽力したこともあり、八代将軍となった吉宗からは厚遇された。

吉宗の正室お須磨（深徳院）が長子長福丸（家重）出産後早期に亡くなり、大奥が正室不在となっていたため、一位様（天英院）の権勢は絶大となっていた。

二の丸大奥御座敷には、正面に一位様の天英院が薄空色の袷の着物の上に紫色の打掛を羽織り尼頭巾（白い頭を覆う布）を被っている。

大名や将軍家の主人が亡くなると、その夫人は比丘尼姿をして夫の霊を弔うため、薙髪して頭を尼頭巾で覆う風習がある。これは平安時代から行われていて、院号を持つ高貴な夫人はこのような衣装で余生を過ごすことが一般的となっている。

天英院は今年六十四歳となっているが、顔には皺もなく未だ暗がりの中で光沢さえ放っている。母が後水尾天皇の娘常子内親王という血筋は争えないもので、幾つになっても瓜実顔をした内裏雛のような容貌をしている。

次席には六代将軍家継生母月光院が控えていた。この方は六代将軍家宣の側室で、浅草唯念寺の住職勝田玄哲の娘の輝子である。輝子は当時大変な美人でありまた強運の持ち主でもあった。初めは数家の武家屋敷へ出仕の後、徳川綱豊の桜田御殿に雇われる。やがて綱豊のお気に入りとなり、綱豊が五代将軍徳川綱吉の養子に迎えられ、宝永六年（一七〇九）には綱豊が家宣と改名し六代将軍に就任するという異例の運命に遭遇することとなった。

この幸運はまだ続き、その年にはお喜世の方は男児を出産して鍋松（後の家継）と名付けられた。これでお喜世の方も左京の局となった。

家宣にとって鍋松は四男であり、この時には側室須免の産んだ三男の大五郎三歳がいたのだが、間もなく宝永七年(一七一〇)に急逝してしまった。

また、正徳二年(一七一二)には夫の家宣も死去し、息子の鍋松が家継となり、第七代将軍に宣下され、輝子は落飾して従三位の月光院となったのである。いまは四十五歳となっている。

その次には吉宗側室で三十三歳の久免の方、御年寄の老婆で年齢不詳の藤波などが居並んでいた。

中年寄滝川、表使八重、御次、御広座敷などの奥女中が得体の怪しい荷物を運び込むと、大奥上臈達は好奇の目を注いだ。

お久免の方は八重に指示した。

「早速開けて御覧に入れる様に」

八重が御広座敷に手伝わせて荷を解くと、三本の打毬杖、紅白の平毬十五毬、黒の十字を付した揚毬四個などが出てきた。

「これが打毬の毬か」

天英院が早速毬を一つ手にし、二三度左右の掌《たなごころ》に移してみて呟いた。この間の打球試合の模様については、一同が既に久免の方から説明を受けている。

「この毬ならば御殿内で転がして毬門に入れ合うこともできますね」

月光院が言うと

「なるほど、こうしてね」

天英院は毬を畳に転がしてみせる。それを見て上臈の皆がそれぞれ毬を座敷に転がし始めた。

「そうそう、誰か西の丸の長福丸様にもお持ちしてくれないだろうか」

天英院の西の丸という言葉で皆が一瞬身構えた。厄介な役割を極力避けながら生きている本能が、心身に反応を与えるのだ。

この拒絶反応は、ここから西丸大奥までの距離が遠いという物理的なことではなく、家重という人物に対する心理的な警戒心から生まれてくる。

将軍吉宗の長男長福丸の生母は、側室の大久保忠直の娘於須磨の方であるが、長福丸の後に懐妊し正徳三年（一七一三）に難産のため母子ともに亡くなっていて、既に深徳院と号した仏様となっている。

吉宗が将軍となると長福丸は江戸城に入り、享保十年（一七二五）十三歳で元服し家重と名乗った。

問題はこの家重が生来虚弱で障害を持ち、言語が不明瞭であり、剰《あまつさ》え西の丸に移っても大奥に入り浸り酒色に耽って周囲の近習達を悩ませていた。近習の中では家重の幼少より側近となっていた大岡忠光が唯一、家重の言葉を理解できていた。

天英院の言葉にお年寄り藤波が、おかめが萎んだような三角顔を八重の方に向けて言う。

「表使いの其方《そなた》、ご苦労ですが天英院様のお使いで西の丸に行ってくださいな」

八重はまた災難が来たかと思ったが、嫌な顔もできないのでにこっとしてみせながら
「はい、不束《ふつつか》ながら参上仕ります」

と答える。これも運命かと思いながら、頭の中で一瞬春日野の雷鳴を感じていた。

江戸城の本丸は上から眺めると、本丸本体は裾の萎んだ東西に寝た甕のような島である。その島の周りには深いお堀と高い石垣が築かれていて、外部とは遮断されている。濠の数か所には橋を渡してあるが、殆どは跳ね橋で直ぐにも本丸側に巻き上げられる構造になっている。

本丸南側の蓮池濠南東の台地には、西側に紅葉山、その東側に初代から六代までの将軍霊廟があり、その東には本丸の三分の一ほどの大きさを持つ西丸御隠居御城及び西丸大奥がある。

図24　大奥（「千代田城大奥の風俗 江戸錦」より）

この西の丸大奥では、八重は供の者を定まった控え所に待たせておき、中奥の一室に案内された。中年寄の奥女中が、八重が持参した竹籠の中の紅白の毬二個、揚毬一個、長い布に包んだ毬杖一本を検《あらた》める。

その時、未だ十二、三歳位の小姓が座椅子を運んできた。奥女中は

「龍助どの大丈夫ですかそんな重い物を」

と言いながら手を添えて椅子を部屋の上席に据える。この小姓は後に田沼意次となり、幕政に手腕を振るうことになる。

間もなく若侍の肩に右腕を掛けた家重が部屋に入ってきた。

八重が平伏していると座椅子に腰掛けて左足を投げ出したように伸ばし、先が撞木のような形の杖を右の膝の上に乗せると直ぐに不明瞭な発語があった。

「＊＊＊…＊＊＊…＊」

そばの若侍が直ぐに
「面を上げなさい」

とそれを訳す。側に侍る若侍は大岡主膳（忠光）二十一歳である。

八重が恐る恐る見上げると、細面で端正な顔をした家重がじっとこちらを見ている。瞼が少し弛んでいるので、齢は十九歳になったばかりの青年の筈であるが、もっと老けて見える。

忠光が先ず月光院からの手紙を家重に奉じた後、小姓が打毬用具を家重の傍まで運んでいった。

家重は手紙を読んでから懐にしまい、毬を手にしてみる。両腕の活動にはあまり問題がない。発語と左下肢の障害が残っているようだ。

この度の打毬競技の模様については既に大岡主膳が実際に観覧してきていて報告している。

「＊＊＊…＊…＊＊…＊＊…＊…」

毬を持ったまま家重は鈍い光の眼を八重に向けて言った。特にらりるれろの発音が苦手のようだ。

「打毬を何故女子《なぜおなご》が持って来るのかと仰せになっている。つまり、これは女子の競技ではないだろうということだ」

忠光がすぐにこれを通訳した。

八重はなるほど打毬競技は武士の馬術競技だから女子は参加していない。その競技道具を奥女中が持って参上してきた正当な理由を述べなければ、家重は納得されないということだ。

「御側の方へ申し上げます。打毬競技は確かに武士の競技でありますが、その武士が立派に戦えるよう協力するのが女子の本分です。競技をされる武士がどのような用具で競技をされるのかを理解することも内を守る女子の心得のうちかと存じます。この度は、天心院様が将軍様の打毬競技復興をお祝いされるに当り、大奥の女子達にもその偉業の用品を教示される御所存であられます。お世継ぎ様には事前にお届け申し上げるようにとのご指示を頂いて参ったところでございます」

「＊＊…＊＊……＊＊……＊＊…＊＊…」

「屁理屈だが、まあよかろうと申されている」

と主膳が代わりに苦笑しながら言う。八重の苦心の返答に、家重は一応納得したようだ。それも束の間で、今度は家重の目が急に光りを帯びて八重を見た。

「＊＊…＊…＊＊…＊…＊＊…＊＊……＊＊……＊」

少し顔を強張《こわば》らせている。

「家重さまがこの馬術競技をなさることが出来ないことが分かっているのに、わざわざ用具をもってきた真意は何かと仰せられている」

八重はこの難問にも何とか答えなければならない。

主膳の訳語が鉛の衣装のように重く被ってくる。心を落ち着けるため深呼吸すると、頭の何処かに万葉時代の広い春日野がくっきりと浮かび上がり、それで腹が据ってきた。

「この打毬という競技は、遠い昔、外つ国からはるばると海を越えて渡ってきた民人を楽しませるために工夫された毬打《たまう》ち遊《あそび》であります。見渡す限りの広い野原で友人と語らいながら、夫人達の手作りの愛すべき毬を武人達は馬で追いかけていき、御宮の門とも言える毬門に杖で打ち込むこと、その喜びは競技者本人のみならず家人、同胞、主人、下士すべての人々に同じように与えられるものであると存じます。このような全体の喜びを人々に分かち与えられることができるのは、それを采配して勝利に導く大将の力量でありましょう。上に立つ方、特に大将となるべき方は、単にご自身が騎馬が上手かどうか、または実戦の隊士として武勇を誇るということではなく、人々に喜びを与えられる仕組みを常に考え、それを実現すべく努力してゆくべきもっと大きな役割をお持ちなのではありませんか。これは失礼を顧ずに偉そうなことを申し上げたことお許しください」

家重が座椅子を立とうとしているので小姓の龍助が傍に寄る。主膳も近寄ると
「＊＊…＊　＊＊…＊」

と言って毬をここに置けという所作をする。龍助が毬を二個並べると、家重は持っていた杖の撞木部分を毬に当ててポンと打つと毬が勢いよく先の方へ飛んで行った。

「＊＊……＊……＊＊……」

家重の細い顔が初めてにこっと笑った。

（一九）長崎の麻疹

登場人物

細井安明	六十二歳	長崎奉行
神代吉蔵	四十歳前後	唐通事
神代彦之進	十七、八歳	神代家養子
武藤安與	三十七歳	旗本三男
小川隆好	三十二歳	療養所医師
青木文蔵	三十四歳	植物学者・医師
楢林栄実	三十七、八歳	小通詞
今村英生	六十二歳	大通詞
ハンス・ケイゼル	三十九歳	調馬師

長崎奉行の江戸から長崎までの往復は、十万石大名並みの行列を組むことができる格付けであり、小倉から長崎までの長崎街道では近国大名の重臣が挙《こぞ》って行列を出迎えに出るほどの権威があった。三百三十二里と言われる長崎への行程も港への入り口となっている矢立宿まで来るとほぼ終点となり、着任の長崎奉行一行はこの宿場で一泊して到着の容儀を整える。長崎在勤の奉行は出迎えのための町史、地役人、年行司などを案内役としてこの宿場に派遣するのが恒例となっている。

翌朝一行は、行列前後と駕籠脇に徒歩侍を伴い、槍一筋、長柄傘、六尺棒などを押し立てて二股川上流の一ノ瀬橋を渡る。

その際、橋際で先ず在勤奉行代理役の出迎え挨拶を受ける。これに続き、西国各藩の長崎聞役、町年寄、地役人下役などは櫻馬場、新大工町などの街道沿いに整列して一行を迎える。西役所までの途中で長崎代官所代官高木作左衛門は勝山町代官所前の街道に出て迎える。ここでは奉行は駕籠を出て挨拶する。

このような奉行着任の交代を行いながらようやく西役所に到着したのは、先任の三宅周防守との交代で長崎奉行に着任した細井因幡守安明である。

享保十五年（一七三〇）五月半ば、新緑の山々に囲まれた長崎の街は清々《すがすが》しい空気に包まれていた。

奉行は二人制でありひとりずつ交替勤務となっている。細井の発令は昨年末であったが、調馬師ケイゼルとの関連で打毬競技復活の行事宰領があり、約半年間の在府（江戸に勤務）延長ののち在勤（長崎に勤務）となったのである。三宅奉行に借りを負っている細井は、先ずオランダ屋敷前の西役所に入った。

先役の三宅奉行は立山役所に行っているが、お祝いの鯛を手配していた。

細井は到着早々であるが衣服を改め、主だった家臣を伴い先程通過した立山役所を訪れて三宅奉行に着任の挨拶を行った。無論、各方面に十分な江戸土産を持参している。武士の世界では儀礼を欠かすと命取りになる。元禄の浅野内匠頭がいい教訓となっている。

港町の北側は小高い山となっていて立山《たてやま》という。そこから西の海に流れる川を濠とし、東側は正一位諏訪方社の広大な台地を背負い、周囲に高い石垣を回らした堅固な城塞がある。これが幕府の本陣で長崎立山役所である。

役所はどの部屋からも長崎の港が一望できるような位置に建てられていて、ここから対岸の神崎の石火矢台や西泊の御番所なども良く見える。

ぐるりと湾になった対岸の手前には南京船や福州船などの三十隻を超える唐船や、二隻のオランダ船が入港している。

長崎奉行は遠国奉行の筆頭で、唐、蘭貿易の管理、抜荷（密貿易）の取締り、外国からの長崎防衛、切支丹の取締りなどを掌《つかさど》る。そのため、有事の際には諸大名に対しての防衛警備司令官となり戦闘を指揮する。

このような権限だけでなく、長崎奉行は役料二千俵、在勤料二千俵の収入を始め、町人、唐人、オランダ人などからの献上や舶来品の購入など多くの役得がある。従って、この役職は上位旗本の垂涎の的となっていた。

細井因幡守安明がどのようにしてこの役職に就くことが出来たのか。無論真実は本人以外に知る由もないが、その経緯には起伏した道程《みちのり》があったようだ。

安明自身、考えてみれば晩年の長崎奉行職とはいえ良くここまで山を登ってこられたものだと思う。それは祖父の細井次兵衛安勝《やすかつ》がある事件に巻き込まれて、結果的に自分一人で罪を負い改易させられたことが関係している。

その事件の解決は、父の市兵衛安応《やすまさ》の代となる宝永元年（一七〇四）まで尾を引き、ようやく祖父の身の潔白が認められ、家の再興を許されたという経緯がある。

祖父は家族にも他の誰にも抗弁せず黙って一切の責任を取っていった。長期間に亘り汚名を着せられていたその事件は、有る別の事件から真相が解明されたのであった。

今更その当時の一家の苦労を思い返しても仕方ないことではあるが、弟、妹との三人兄弟で途方に暮れた長い時期があった。人生にはそのような深い谷があることを生涯忘れてはならないという教訓として残されている。

事件の解明後、父が許されて小姓番に召し返されたのは五十八歳の初老期となっていたわけだし、関連して自分自身が父と同じ桜田の館で家宣様の小姓組にお仕えできたときには既に三十九歳の壮年となっていた。

父の安応は、それから六年後の宝永七年（一七一〇）に亡くなったが、最後の職は西の丸切手御門番の頭となっている。屋敷も内藤新宿の代々木天満宮近くに拝領した。濡れ衣事件との関係もあってか、その後西の丸小納戸に進み、武蔵国比企《ひき》郡で五百石の采地を賜り、布衣《ほい》（六位相当のかりぎぬ）を着すことを許された。

このような経過の中で結婚もできなかったため子もなく、後継者については話し合いで弟の安定《やすさだ》を養子とした。安定が将軍家宣に拝謁できたのは正徳元年（一七一一）のことである。この安定が将来一橋家の家老に就任することは今の安明には想定できないことだ。

正徳三年（一七一三）には文昭院殿（徳川家宣）の御廟造営の役を無事に果たし、従五位下和泉守に叙任された。その後有章院（徳川家継）薨去により寄合となる。

享保九年（一七二四）御使番、因幡守となり享保十一年（一七二六）奈良奉行に進んだ。そして享保十四年（一七二九）に六十歳で長崎奉行にまで昇進したというわけで、父と同じ初老期のお勤めだ。

西奉行所では、この数日色々な役職の人々が奉行就任挨拶にやって来た。長崎は鎖国時代唯一の対外貿易港で唐・蘭貿易が行われていたため、独特の職務を行う役人が多数いる。例えば絵画の輸入などにもキリスト教関連の絵が紛れ込むことを避けるための「唐絵目利出島御用絵師」などもあった。

このような役割を持つ地役人は、地元の町年寄、会所役人、通事などから選任されていて、享保十六年（一七三一）頃は長崎奉行配下の地役人の数ほぼ二千人にも達している。

町政についてはこの地役人によって管理、運営されているので、奉行以下幕府直属の江戸から派遣されている役人達は、彼らとの人間関係を良好に保つことが極めて重要なのである。任地乗り入れの安明もそろそろ草臥てきたので儀礼面談の地役人と応対するのは御免被《ごめんこうむ》りたいところだ。しかし、これからまた唐人屋敷から誰かが訪ねて来るということだ。

「先程から唐人屋敷の唐通事《とうつうじ》を待たせておりますが如何しましょう」

庶務係の役人が隣座敷から急かすような伺いをたてる。安明は最初が我慢のしどころであろうと角ばった顎に伸びた髭を手でなぞりながら言う。

「ああ、お通ししてくれないか」

声もこころなし弱々しくなっているようだ。

痩せ型で坊主刈りの頭をした四十前後の男が十七・八歳の若い男を連れて部屋に入り、揃って頭を下げ、良く通る澄んだ声で言う。

「唐小通事助の神代《くましろ》吉蔵と申します。本日はお疲れのところご面談賜り有難うございます。これに控えるのは養子の彦之進と申します」

「やあ、良くお出でなされた。何にしても近頃はあれこれの職掌を合わせて務めて頂いているようだが御苦労をかける。ところで貴殿は未だお若いのに、ご養子殿が既にお決まりとは誠に周到なことですな」

安明は自分に子供が無く弟を養子にしていることもあって、同類の父子に何か親近感をおぼえている。

「長崎唐通事職は代々世襲となっておりまして、本通事系は訳詞九家、家筋約四十家と言われております。見習、内通事系の家を数えますと、他にも三十家ほどございます。私には子が恵まれませんので、役株の家を継続させるため親戚筋からこの養子を迎えております」

「先日挨拶に来られた唐通事の林、頴川、彭城《さかき》殿達の話では、唐通事は遠く慶長年間に始まったという歴史があるというから、各家を継承していくのも骨が折れたことでありましょうな」

「ええ、いまの三家は名門ですから余計大変な事と思います。私の家も初めは熊代と神の字でなく動物の熊でしたので、祖先は先の三氏と同様に大陸からの渡り人であったと思います。神代は名前の同化を計ったものでしょう。さて、実は本日は唐屋敷から一つお願いを依頼されて参りました。それからこれは清浄歓喜団という唐菓子の一つですがお召し上がり下さい、お口に合いますかどうかわかりませんが」

「おう、これは聖天様の好物と言われるお香茶巾《こうちゃきん》菓子か、京都でしか手に入らないと思っていたが」

「いえ、唐菓子はこちらにも職人がおりますので作っています。先程のお願いについてでありますが、唐屋敷ではお奉行様が交替されますと役職の有る者はご挨拶に参上致しますが、それは極く限られた人間となります。十善寺郷の唐人屋敷ではこのため、新たにご赴任された歴代のお奉行様の御尊顔を拝する意味で、御顔をお写し申し上げて広間に掲げさせていただいております。この度も是非写生の件をお許し戴きたくお願いする次第でございます」

「ご尊顔というほどの顔をしていないが、それが仕来りというならば構わない。しかし、他の方々の写し絵中ではさぞ目立って皺くちゃ顔を曝すことになるだろうよ」

「いえいえそんなことはございません。では、早速ですが写生の用意をさせていただきます。彦之進、お許しが出たので取り掛かってくれないか」

神代は養子を急《せ》き立てる。

此の時の彦之進の写生画には、安明も驚くべき天才的な才能を認めた。

それはその筈で、当時十八歳の神代彦之進はその後、大通事の宮梅三十郎の口利きで長崎滞留中の沈南蘋《ちんなんぴん》に認められ、日本人として唯一の直弟子となり、南蘋派彩色花鳥画第一人者となった熊代熊斐《くましろゆうひ》その人である。


数日後、先触れがあって、かねて気にかけていた一団が役所を訪れてきた。西国諸国を訪問し、薬用植物・飢餓対策植物などの採取をおこなっている、今年の二月ごろ江戸を出立していた幕府薬物特別調査班の一行だ。

この班は、武藤庄兵衛安武の弟庄九郎安與《やすより》が幕府使番として班長となっている。技術班員として小石川療養所医師小川隆好、同所薬草園本草家青木文蔵、蘭・唐小通詞楢林栄実の三人が同伴している。他に渉外・庶務・記録・警護などを掌る数人の役人、運搬・連絡の従者などもいて、瀬戸内の海路を除いて一行の陸路の移動手段は主に騎馬であるが、乗馬の不得手な文蔵や栄実は可能な範囲で駕籠を使うことが多い。

吉宗の時代には五街道や脇街道には休憩場所として立場《たてば》という施設が設られていて、替え馬や代わりの駕籠などが用意してあった。公儀御用となれば道中奉行が予め次の宿場との距離を見計らい、各藩に指示して手配がされている。また各藩には近隣の奉行所を通じても通知がなされているので、道中の通行や宿泊には、関連する藩は遺漏のないように万全の措置を講じていた。

奉行所では、一行を立山役所の東北奥にある岩原御目付屋敷の建物に案内して休息をとってもらっている。

夕方、一行の西国における活動に対して、役所の大広間で慰労会を行った後、安明は別室で武藤、小川、青木、楢林の四名と機密な懇談をしていた。

安明は四角い顔をてらてら光らせて言う。

「やあ、この度は御苦労さんでした。でも当時は面食らったよ、打毬競技練習中に皆さんが突然抜けたのは二月中旬頃だったからな」

武藤安與は円い顔の大きな目をぐるりと回しながら答える。

「はい、挨拶をしないままで申し訳ありませんでした。こちらも急な召集を受けまして、殆ど着たままの状態で連れ去られたようなわけでして、なんでも道中奉行の通行手当ての都合らしいということです」

安與は唾をごくりと飲んでから

「品川宿で一同が勢揃して出立しましてから、西国各藩を巡る強行軍が続きまして、道中の連絡が滞りご心配をお掛けしました」

安明は大きな顔に寄った皺を両手で伸ばしながら

「多分そんなところだろうとは思っていたよ。お陰で打球競技は無事に終わった。大成功でね。ただ、もう一つ心配だったのはこのたび幕閣の水野様が老中を御辞めになった。それでこの班の計画にも影響が出てきたということだ。これからの政治情勢は恐らく松平乗邑《のりさと》殿の権力復活となる。そうなると、小笠原長羽氏の第二班は当面は潰されるに違いない、費用が掛かると言ってね。担当されている酒井忠音老中も中にあって困っているだろう」

安明はここで気をとり直したように話を続ける。

「まあそれはよいとして、大事な御用はどうだったのだろうか。まあ簡単な状況ではなかったろうとは想像がつくが、老い先の短い人間にはゆとりがないので。急いて悪いが」

「詳細な経過はゆっくり御話するとして、概略を申し上げますと、全体的にはどうにか任務を無事果たしました。しかし、正直なところ、一部が成功で一部は未解決のままというところでしょうか。まあ成功の部分は青木先生からご報告をよろしくお願いします」

宇與から話を振られた本草学者の青木文蔵は、青白い顔の薄眼を開いていたが、それを二、三度強く瞑るような仕草をしてからおもむろに言う。

「未だ成功という段階になってはいないのですが、結論を先に言いますと、いろいろ経過があった末に、ようやくある人脈のお陰によって貴重な種芋を手に入れることができ、先日江戸の小石川薬園に急送しました。ああ、それは土中に埋めて甘藷を発芽させる親芋のことです。今年は何故か蒸し暑い日が続きますので種芋の道中が心配ですが、考えられる低温措置を施してはあります。また、幸いにも長崎屋の手配で一部の区間の船便が使えましたので、かなり早めに届くものと考えています。多分大丈夫でしょう。なお、現地調査ではありませんが、聞き取りの結果では、この甘藷芋が現在食用として私的に普及しているのは、琉球諸島、五島列島及び薩摩の国までです。種芋は通常の方法では手に入りません。なぜなら各藩の栽培地はどこも厳重に隔離されていて、公的には栽培されていない事になっているからです。強制査察でもしない限りはですね。ですから、それを正式な手段で全国に種付できるようにしなければ、我々の仕事が成功したとは言えないでしょう」

「まあ、そうだろうな、ただし今は天領に限らず各藩はそんな自分よがりを言っている場合じゃあない。どの藩がいつどのような自然災害に襲われるか知れたものではない状態だから。米に代わる食物を必死に探し求めておられる将軍様のお気持ちも少しは分かってもらいたいものだが、いまのところ多分だめだろうな。ところで青木殿、種芋をもたらしてくれたそのある人物というのは何方《どなた》かな、口外しても差し支えなければだが」

「いえ別に口止めされているわけではないのです。ただ顔は直ぐに分かったのですが名前が出てこないのです。耄碌するには未だ早いと思っていたのですが」

「どんな顔付きだったかね」

「日焼けした仁王様のような背の円い大男です」

「ああそれは長崎屋手代の武三《たけぞう》どんだよ」

「なるほどそう言えばオランダ正月で挨拶されていましたね。彼の働きで唐人との交渉ができたわけです。長崎の近くに来てからですが」

「細かい経緯は後で聞くとして、唐人だろうが琉球人だろうがかまわない。種芋が手に入ればしめたものだ」

それまで黙っていた小石川療養所二代目肝煎の小川隆好が顎の張った顔を起こした。

「実は新たな薬草も二、三その唐人から入手できました。無論ただではありませんが。こちらの薬草園にも植えてよろしければ分けて植えておきたいと思います。ただしこの唐人はどうも出島のオランダ植物園に関連している者ではないかと推察しております。単なる私の印象ですが」

「ふーむ、小通詞の楢林殿はその唐人と会話をされてどんな感じを受けられたかな」

「この唐人劉氏との会話では、彼の語調から大陸の中央海辺部（浙江省）あたりの出身ではないかと推察します。唐通事の彭城《さかき》氏はその劉氏の出ですから関連があると思います。未だ人柄は良く分かりませんが。序《ついで》の話で恐縮ですが、本年末に清国の有名画家沈南蘋がお弟子さんを伴って来日されるそうですね、彼がそう話していました」

「そう言えば将軍家のご希望で招聘されているらしいね、前任の三宅周防守殿から引き継ぎがあった。まあ、唐人屋敷に滞在となろうがね。ところでもう一つ問題が起こっているのだ。実はいま長崎では麻疹《はしか》が大流行していてね、大変な死者を出しているそうだ。来長したばかりで詳しくは分からないが、できれば流行防止、治療活動に最善を尽くしたいのだ。そこで本草家も居る特別班の武藤殿をはじめ御一同の協力をお願い出来ないだろうか。ここの薬園にある薬草を活用するとか」

班長の安與は、丸い顔をぐるりと回しながらきっぱりと答える。

「無論、御協力することに皆さんは異存ないと思います」

一同は無言で頷いている。

「では一段落するまで明日からお手伝いさせていただきます」

安明は禿げた頭を撫ぜながら頭を下げ
「有難い、わしも心強くなってきた。皆さん、いっその事ここで一緒に暮らし、この地で骨を埋る気はないだろうか」

此の時の冗談とも本心とも受け取れるような安明の言葉が、後にその運命を誘うことになろうとは。

翌朝の食後に、青木文蔵、小川隆好、楢林栄実の三人は目付屋敷を出て役所の東側にある正一位諏訪方社を参拝してから、更に東の松の森天神社の先の河辺にある御薬園に入った。麻疹対策用の薬草を選別するためだ。

武藤安與は細井奉行との用談があって今日は出られないということだ。

長崎の御薬園は規模が小さく、薬草の種類も数量も少ないようだ。隆好は、この規模では入港してくる唐人をはじめ南方の人間が運んでくる外来病を治療することは難しいなと思った。

「青木さん麻疹に効く薬草はあるのですか」

大男の隆好が、膝を曲げて薬草を見ている文蔵に上の方から尋ねた。文蔵は立ち上がりながら言う。

「江戸の庶民が作る病薬戯競番付というのを見たことがありますよ。重病を意味する東の大関が疱瘡で西の大関が胎毒となっていたけれど。この胎毒というのは母胎内で受けた毒を言うようです。ここではおおまかに乳飲み子の湿疹を意味するらしい。小児の発疹には疫病が多くあるので麻疹（赤もがさ）も胎毒の範疇に入れるとすればの話ですが。但しこの番付欄には薬草が記載されていませんね。私の経験範囲では、麻疹に特別効果のある薬草を今のところ知りません。発熱、発疹の過程でどの薬草をどのように使うのかはかなり難しいことです。場合により人間の自然反応を妨害することにもなりますから。ただ、民間薬としてウコギ（五加樹）の花を煎じて飲むこと、エノキ（榎・朴樹）の葉を酢で煎じて飲むことなど、病勢の時機を見て服用させることはあるようです。どれも未だ試してはいません」

「疱瘡も麻疹もそれほどの、重病に位置付けられているのですか。私は卒中や中風の方が上位かと思っていました」

「恐らく前者は流行り病で小児や子供の死亡が多いため親達が恐れる病ですが、後者は老人の病でもうお迎えが来たのかといった程度の気楽さが周りにもあるのでしょう。疱瘡は器量定《さだ》め、赤もがさは命定めとも言われているので、もがさは致命的な度合が高いのでしょう」

「なるほど、それはよくわかります。人の話では宝永六年にお亡くなりになった常憲院（五代将軍徳川綱吉）様もこの赤もがさであったとか」

「発病から十日目に死亡されたということです。どうも回復するかどうかの瀬戸際にどこかの内臓をやられたらしい、この病はそれだけ体に負担が掛かるという事ですね。軽く考えると大人でも危ないと思います。小川さんは多くの病人を診察されているので麻疹の経過で何かお気づきになっていることはありませんか」

隆好は総髪の頭を二、三度振って
「いえ、未だ若輩でそれほどの経験はありません。ですが、発疹前と発疹後とに発熱が分かれていることは気付いていました。今のお話を勘案すると、体の反応から見るとむしろ発疹後の方が病に対して重大な抵抗をしていることが予想できます。つまり危険な綱渡りをしているのは病気の後半であることを知りました」

「なるほど、良く理解できます。しかし、残念ながら今のところその危機を助ける妙薬は分かりません。実は先程からムラサキ（紫草）を探していたのですがね。これは根を煎服させると多少効果があるかもしれません。無いよりは益《ま》しということです」

文蔵はそう言ってから前の方で薬園の草花を見ている栄実を大声で呼んだ。

「楢林さん、ちょっとすいません」

戻ってきた栄実と隆好に文蔵は細長い顔を振り分けながら言う。

「病人を扱った経験を持つ者同士で相談したいのはこれからの問題です。この地で今はやりの麻疹

図 25　長崎出島之図（長崎大学附属図書館経済学部分館蔵）

対策に協力できることは限られています。病人一人一人の治療看病は地元の医師や看護人の領分です。我々の出る幕ではありません。今も小川さんと話しましたが、この薬草園にある薬草はほとんど役に立たないものばかりです。残された手段は出島のオランダ人です。彼らの進んだ医療知識から何か役立つ薬剤なり手段なりを引き出すことができないかということです。この三人で挑戦してみませんか。昨日もそれを発議しましたが、どうもこの出島の件は奉行もあまりはっきりとした態度を示さなかったと思いますがどうです。ちょっと関わり合いを避けているような塩梅で」

隆好はあっさりと言う。

「失敗したときの用心ではないでしょうか。役付の方々には自然に身に着いてくる防衛反応のようなものですよ」

「オランダ人からの医療知識収集の件ですか。要は接触工作をどうするかですね」

栄実の方は評論家のようにそう答えて顎先の疎《まばら》な髭を捻る。

「長崎屋や唐人の劉氏をまた出島という舞台で踊らせるわけにはいかないだろうし、と言ってもオランダ館出入り自由な遊女や禿に化けて橋境の大木戸を入ることもできない」

文蔵は誰にともなくそう言って、もう匙を投げている状態だ。

ここで栄実が思い出したように言う。

「すいません忘れていました。昨日一旦実家に帰りましたところ、大通詞の今村英生先生が江戸から帰長されていることを聞きました。それでここに滞在中お会いしたいものと思いましてね、使いの者に手紙を持たせておいたのです。この際あの先生にこの件を相談してみるというのはどうでしょうかね」

文蔵は渡りに船とばかりにすぐに賛同した。

「それは名案です。なにしろ先生はこちらでも名士ですからね、またオランダ医学の知識も十分ある方だし」

「ではこれから揃ってお伺いしてみましょう。平戸町まではほぼ一本道です。ここを川沿いに下り、北島町、勝山町を通り、波戸場の方に進めば直ぐにお宅の前に出ます。突然の訪問にびっくりされるとは思いますが」

栄実は一同を先導する。


平戸町の今村邸に到着して玄関で案内を乞うと、薄暗い奥の部屋から面長で大きな白い顔がぬっと出て来た。今村英生本人である。

「やあしばらくです。皆さんお揃いでようこそ。まあ上がって下さい」

英生はあまりびっくりした様子もなく一同を奥の座敷に招じ入れる。煙草盆や茶菓を家人が運び入れ一息ついたところで、栄実がこれまでの経緯《いきさつ》を手短に述べる。

英生はキセルから紫色の煙をくゆらせながら時々小さな髷の乗った頭で頷いて聞いていた。

栄実は話を纏にかかる。

「まあそのようなわけでして、奉行所の麻疹対策に協力のためしばらくは当地に足止めとなるようです」

英生はキセルの雁首を灰吹の縁でポンと叩いて吸い殻を落とし
「なるほど、御苦労なことで。麻疹の流行は確かに困ったものです。いまのところ麻疹そのものを治す薬草は私も知りません。オランダ人にも恐らく特効薬はないと思いますが、一応確かめてみることは必要でしょうな」

栄実は細い顎の先に付いた疎な髭を摩《さす》りながら、英生の答えに直ぐ反応した。

「先生、オランダ医者にそれを確かめる方法はありませんか」

英生はキセルの羅宇を指に挟んで廻し
「コンプラ仲間というのを知っているでしょうか、楢林さんは地元だから御存じでしょう」

「ええ、聞いたことはあります。ポルトガル語のコンパラドールから名付けられた仲間達ですね」

「そうです、出島オランダ人の賄方の買い物を仲介する者で、古く寛永時代から公認されている商売に携っているようです。なんでも十六人くらいが世襲の株を持っているということです。西役所と出島の間に江戸町というところがあってそこに彼らの仲宿が設けてあります」

小川隆好が固く結んでいた大きな口を開いた。

「オランダ人は彼らとどのようにして連絡をとっているのですか」

「私も詳しい方法は知りませんが、要望があるときにだけオランダ人の方から何らかの連絡があるようです。どうも一方通行のようですが」

隆好は更に意見を述べる。

「その経路を使わせてもらうとして、コンプラ仲間の誰かにオランダ人医師への往復手紙を託すというのは如何でしょう。無論、何方へも応分の謝礼金を渡してですが」

英生は目尻の深い皺を伸ばすように眉を上げて次のように言う。

「この連絡手段を直接用いることは出来ません。何故なら、皆さんも私も幕府の雇人ですから、オランダ人と直接交渉したことが知れれば厄介な問題となります。もしこれが発覚するとかなりの罪になることは覚悟しなければなりません。また我々関係者の大勢にも迷惑がかかります。そこで、私の考えでは、ある知り合いの口の堅い唐通事にこの一件を依頼し、彼を通じてコンプラ仲間に依頼するという間接的な方法ならば可能かもしれません。交渉してみないとわかりませんが」

「なるほど、細井奉行殿や武藤殿の反応もこれでしたか。オランダ人相手の問題には民衆のためとは言え未だ注意が必要なのですね」

「さて、この話はしばらく方策を練ることとして、皆さんそろそろ昼も近いので、濱町にある唐人料理を作る店に行きましょう」

英生の案内で平戸町から通りを南に進み二つばかり橋を渡って西濱町の松籟軒《しょうらい》という料理店に入った。店内には大きな衝立が所々にあり、囲いの中はターフェルに椅子という中国料理店であった。四人が椅子に就くとこの店の主人がやってきて注文を取る。飲み物と料理を顔なじみの英生が注文しているが、内容は分からない。

「いま、皆さんご存知の某通詞と連絡を取ってもらっていますので、そのうちにやってくるでしょう」

最初は塩干のあご、雲丹、いかの塩から、あらかぶ（かさご）の煮物、酢漬、焼豚などで焼酎や日本酒を飲む。

「昼だから簡単なものでやりましょう。後で多比良がね（わたりがに）のゆがきを頼んでありますから。ところでこの南側には万治三年（一六六〇）の頃ですが銭座（銭貨の鋳造所）がありましてね、銅銭を鋳造していたことがありますが、今はそれが築地の鋳銅所となっています。しかし、近年はその銅そのものがあまり産出されていないようで唐・蘭との貿易も先細りのようですよ」

英生がそんな話をしているとき、前の衝立からぬっと顔が出た。皆のよく知っている彫の深い顔だ。誰かが驚いて口走る。

「ケイゼルさんではないですか」

「カベニミミアリ、ヨージン、ヨージン」

ケイゼルが口に人差し指を当ててから、英生に早口の蘭語で言う。

「オランダ船が入港して商館長もミンネドンクからボックスティンに交代するのでね。色々とあって長崎に来ています。コンプラの市兵衛さんに頼みごとがあって門で合図のゴーセツを鳴らしこの店に呼び出したところ、偶然に後ろで皆さんの会食が始まったのです」

栄実は他の連中にもケイゼルの話を簡単に通訳した。

「ケイゼルさん、そちらの話が終わってからこちらで少しお聞きしたいことがあるのですがね、さしつかえなければですが」

英生がケイゼルに誘い水を向けると
「ヘーン　プロブレーム（問題ない）」

そう言って衝立の向こうに消えた。

「ちょうどいい機会なので彼に麻疹の薬の件を聞いてみたいのだが、どうですか」

英生は一同に了解を得る。

「ゴーセツって何ですかね」

小川が疑問符を投げる。

「何か音の出る道具ではないかな」

この時点では誰にも判らない。

〈号折《ごうせつ》とは桂の樹などで定型号版に造る中央で折り曲げ可能な将棋盤のことらしい〉

長崎の港はいま唐船が四十隻弱入港している。西濱町の南西突端に四角な新地が築造されていて、そこには数十棟の唐人荷物蔵とお米蔵が建造されていて輸出入の貨物類が大量に搬入されている。東対岸の大徳寺南には広大な唐人屋敷があるが、いずれも城壁のように堅固な塀で囲まれ出入口の門前には御番所がある。しかし出島のオランダ屋敷ほど厳重な出入り検査はない。唐人に対してはキリスト教の心配がないためだ。

その唐人相手の遊妓達がいるのは、大徳寺東側の寄合町や傾城町、丸山町である。この遊女街に入るための境界となる本石灰町《もとせっかいまち》と鍛冶屋町を横切る川には、思案橋というのが架かっていて、ここを渡ろうかどうかを決めさせる場所となっている。この辺は中心部の内町《うちまち》の外側にあるので外町《そとまち》と言われている。その対岸に当たる銅座、西濱町のあたりには唐人達のための唐人料理を提供する店が多く、土地の商人や町役人、近郷の武士などにも利用されている。

松籟軒は唐人料理店の中でも規模の大きな老舗なので、会合場所としてよく使われている。

「パルドン（すいません）」

ケイゼルはそう言いながらこちらの席に入ってきた。

店員が英生の隣に席を用意してくれいる。

「お忙しいところを申し訳ありません」

その隣の楢林栄実小通詞がオランダ語で丁重にあいさつする。

「いえいえ、私用の問題ですから御心配いりません。実は寛永通宝の古銭や清、朝鮮、安南などの渡来銭を収集しているので、珍しい出物を探してもらうための依頼でした。ああ、趣味のない人にはそれほどの価値はありません。また、残念ながら質が悪いので貿易銭のナガサキゲルト（長崎銭）は評価は低いですよ」

楢林の通訳を待ってケイゼルにも負けない大男の小川隆好が総髪の束を横に揺すって言う。

「ナガサキゲルトですか、知りませんでした」

楢林がケイゼルに訳すと

「今村先生なら良く御存じですよ」

ケイゼルはそう言って右手の親指で今村を指す。

「先程銭座での銅銭鋳造の話をしたばかりです。大方は貿易銭でしょうが、中には元豊通宝、嘉祐通宝など楷書の銭銘と、篆書の天聖元宝の銭銘があるのがあるということです。そのぐらいしか知りませんね、実物を見たわけでもありませんが」

英生の答えにケイゼルは

「ここの鋳造品でもそのような北宋銭の銭銘を用いたものがあれば価値があるので欲しいところです」

「こんにちは」

その時少し間延した太い声がして、背の高い太った青年が一座の中に入ってきた。頭には太い髷を載せている。

「やあ、藤三郎さん、しばらくでしたね、こちらに帰っていたのですか」

隆好が懐かしそうに声をかけると一同も笑顔となる。

「今村先生のお使いが家にきましたので遠慮なく参りました」

もうご馳走になるつもりである。

「青木先生、ケイゼルさん、楢林さん、皆さんも稽古通詞をご存知でしたね。家が近いので呼んでおきました」

英生がそう言い、店員に彼の席を作らせた。

それぞれが落ち着いた頃合いを見てケイゼルが今村に尋ねる。

「さて、お尋ねのことは何でしょうか」

英生は面長な顔を捻って青木と小川を交互に見る。

「これは青木先生と小川先生からの話でしたね」

その二人がしばらく躊躇してから青木が
「はい、この度当地では日本名で麻疹そちらではマーゼルンでしょうか、これが流行っており、奉行所もその対策に大変苦慮しています」

英生の待ったの合図で話を止めてから
「出島のオランダ館に居られる医師の先生に連絡できないかと考えていました。特別の治療薬があれば分けてもらいたいのですが何分規則がやかましいため我ら自身が動けないのです」

少し間をおいて

「それで唐通事を経由してコンプラの方にお願いし、何とか先生と連絡をとりたいものと思っていたところです」

これは英生がケイゼルに通訳した。

ケイゼルは短く刈り込んだ茶髪の頭を指で擦《さす》りながら言う。

「皆さんの状況はわかりました。今の商館医師ヨハネス・ホーヘンは間もなく交代で帰国しますが、問い合わせの件は私が引き受けましょう。大丈夫です。唐通事やコンプラの仲介は考えなくていいと思います」

英生の通訳を聞いて皆がほっとした顔でいると、ケイゼルが右の手の平を挙げて見せてから
「私は馬の病気は少々勉強してきましたが人体となるとわかりません。しかし、今まで多くの国々を渡り歩いてきた経験から言いますと、マーゼルンの特効薬は未だないと思います。どの国でも罹病者の体力で克服する以外に方法がないと言われています」

通訳を待ってから更に付け加える。

「ホーヘン医師も恐らくそう言うでしょう。また、彼は外科医ですから治療に参考になる意見を期待しない方がいいと思います。ただ病人の養生はどの国でも別室で行うことが厳格に行われています」

英生の通詞で青木と小川はなるほどという顔をして頷いている。すると横の方から太い声がゆっくりしたオランダ語を喋り始めた。

「ケイゼルさん、オランダの医学書がありましたら一冊買いたいのですがお願いできませんか」

声の方を見ると藤三郎の四角な顎が鮟鱇の口のように大きく動いている。

数日の後、英生の自宅にコンプラ仲間の市兵衛の家人が厳重に梱包した一個の小包を届けてきた。開けてみるとケイゼルからの届け物である。

中にはオランダ語の小冊子と一冊の本があった。小冊子にはケイゼルからの手紙が挟んである。開けてみると次のような文章があった。

〈親愛なる今村先生へ

先日のマーゼルン治療薬については、やはりホーヘン医師も特別な薬は無いと言っています。そして、病人を隔離すること、看病人にはできるだけマーゼルンを経験している人を選ぶこと、安静、温かい水の補給、柔らかい食べ物などに気を付けるようにとのことです。

小冊子の方は、今村先生に差し上げるため私が馬の傷病に際して使用してきた薬剤を記したものです。お役に立てば幸いです。

外科医学書の方は、ホーヘン医師の持ち物ですが稽古通詞の藤三郎氏に贈呈するとのことです。

文章の解読には苦労することでしょうが、手技図を見て判読すれば外科技術の手法は何とか理解できるでしょう。頑張るよう祈ります。

私はいずれまたどこかでお会いすることもあるでしょう。ご幸運を祈ります。

友のケイゼルより〉

現地において任務完了となった小通詞の楢林栄実は、今村英生大通詞の連絡で平戸町の英生宅を訪れた。

稽古通詞の吉雄藤三郎も既に来ていた。互いに通詞の家は纏ったところに屋敷が置かれている。互いの業務連絡や急用にも対応できるような配慮だ。

英生がケイゼルからの手紙の内容を二人に告げて
「そんなわけでね、楢林さんは他の関係者にも簡単に知らせてほしい」

「この本にも書いてありませんか」

藤三郎はオランダ医者から貰った本を大事そうにめくってみる。英生はこの男から暢気な人間の標本を見せられているように思う。外国の原書をパラパラ捲って読めるようなら誰も苦労はしないだろう。

「わしは見てないよ、まあゆっくり探してくれ。それも文章が読めればの話だ。たぶん外科の本にはマーゼルンは載っていないだろうがな」

更に英生は大事をとって念を押す。

「それから今回のケイゼルの関与は誰にも他言しないでもらいたい。手紙や本の件もな」

「私はこれを戴いたので頑張ります。有難うございました」

誰にともなく藤三郎は深々と頭を下げた。彼の息子の定次郎（耕牛）が後に大通詞でありながら吉雄流オランダ外科の開祖となっている。

吉雄養浩斎耕牛《よしおようこうさいこうぎゅう》が優秀な蘭語学者及び蘭方医として名声を博し、日本全国から門弟が集り、良くその後進を指導し、日本の蘭学発展に大きな貢献をしたことに、或いはこの本が役立っていたのかもしれない。門下には前野良沢、杉田玄白、平賀源内などがいる。

長崎の麻疹騒動はその後どうなったのか。

病人を隔離し、本草家（医師）は病人の証（漢方の症状）をよく見定めてから慎重に看病を指導したので、猛威を振るった麻疹流行も治まり、長崎の港は漸く平常の状態を取り戻し、この件は一段落となっている。

これで一山を越えたとようやく胸を撫でる細井奉行は、郷里の長崎において役目を解かれた楢林長右衛門栄実を除いて江戸に戻る薬物特別調査班一行の帰途を見送った。

図 26　吉雄耕牛像（藤浪剛一編『医家先哲肖像集』より）

（二〇）おくんちの古銭

登場人物

隼の吉蔵《きちぞう》	四十前後	神代吉蔵
おばば様（名前不詳）	七十歳以上	劉氏母堂
武《たけ》　三《ぞう》	年齢不詳	長崎屋手代
劉《りゅう》	年齢不詳	唐商人
細井安明	六十二歳	長崎奉行
与力某（名前不詳）	三十歳位	奉行所与力
高木貞三郎《ていざぶろう》	五十歳位	代官
山本徳三《とくぞう》	六十歳代	町年寄
小塚十郎	三十歳代	組与力

長崎には九月七日から三日間の鎮西大社諏訪神社秋の御祭礼、諏訪御神事奉納踊の時期が今年もやってきた。

地元ではこの祭日はお諏訪さまの「おくんち・御供日」、または単に「くんち・宮日」とも呼ばれている。九月九日重陽の節句に由来するという説もある。御大祭は吉例により六日の晩は踊町では諏訪神社をはじめ伊勢宮、八坂神社の三社を新調の衣装で打込みをする。初日の七日は御神幸（おくだり）、九日には御還幸（おのぼり）が行われるが、お供はすべて年番町で行う。この年番町はおくんちの一切の世話をして三年目に踊町を迎えるのだ。

今年度の踊町は、丸山町、他五町で、各踊町の奉納踊りは三日間行うが、今年の第一番は丸山町の本踊りである。

本踊り傘鉾《かさぼこ》の仕立は、垂模様が塩瀬羽二重に三社御紋金糸縫、輪《りん》はビロード、飾《だし》が朱塗の台に金色丸額を配し丸山町の町名を記したものだ。

傘鉾の後に踊子、地方《じかた》と続き、長唄は「其俤偲舞衣《そのおもかげしのぶまいぎぬ》」で、踊子は唐人と町娘が五、六人で揃って舞いながら従う。この度の地方（立方）の揃えは三味線が二人、胡弓が一人、鳴物が二人で唄が三人である。

第二番が本古川町の本古川船で、傘鉾に続いて船を引く。

第三番は、寄合町で傘鉾の後は本踊の「極楽万歳」。

第四番は榎津町の川船。

第五番は、摩屋町の本踊の「宮比《みやび》御神楽」

第六番は本紙屋町の唐人船で、唐人船を二十人の根引が唐楽の太鼓や銅鑼に勢いをもらって引く。

第七番は新橋町で寶船《たからぶね》、傘鉾に続いて本踊「カピタン諏訪社詣」の大船を大勢の根引が引く。

ところが、くんちの本踊りたけなわなところへ大粒の雨が降り出し、次第に激しい雷雨となった。

最初は雨で祭りを止めるのは祭神の神霊に不敬なりという年番町の意向で続けたが、雷雨がどうにも止まずとうとう本踊りを中止してしまった。

西古川町の南側を本川《もとかわ》が流れていて近くには石橋が架かり、この辺りの端には第十橋、第十一橋などの番号名称が付されている。その川端の本川筋通りに面したところは毛皮屋、呉服屋、道具屋、雑貨屋、骨董屋などが並んでいて、その何軒目かの店の裏には栈橋が設けてあり船着き場ともなっている。川辺の所々には柳の木が植えてあり青緑の風を呼んでいる。

大雨の中を、表通りの家並伝いの庇で避けながら、ある一軒の店の戸を開けて飛び込んだ男がいた。四十前後の痩せた長身の男で、坊主刈の頭を手拭で拭いてはいるが、切れ長の目を油断なく左右に走らせている。店の中は薄暗くなっていて、男が店に入ってきてもしんとした気配のままである。皆が祭踊りの見物に出ているのだろうか。

「こんにちは、泥棒様だよ、誰も居ませんか」

男の声は済んだ高音で遠くまで良く通ってゆく。雨で端折った浴衣の裾を下ろしながら奥の方を覗いていると、暗がりからのろのろと老女が現れた。もう七十を越しているものと思われる風情の老婆

図 27　崎陽諏訪明神祭祀図（一部）（大阪府立中之島図書館蔵）

だが、声も口調も凛としていて未だ老けてはいない。

「なるほど泥棒には違いないが、ただのこそ泥じゃあないか」

きつい言葉が老婆にしては血色の良い唇から出てくる。

「息子さんの劉さんには敵いません。海を跨いだ大泥棒ですからね、雨の中その劉さんから呼ばれて飛んできたところでね、このとおりずぶ濡れですよ」

「心がけが悪いのと違うか、こんな濡れ鼠は本踊りの踊り子連に見せる代物じゃあないよ」

「相変わらずの毒舌に体のあちこちが痺れてきたようだ、おばば様。さて、どちらへ行こうかな」

男はこの老婆を正塚婆《しょうづかばば》（奪衣婆《だつえば》）の生まれ変わりだと思っているから一切逆らわないことにしている。

「下の穴倉に決まっているだろう」

「なるほど、濡れ鼠には相応なところだ」

そのようなやり取りの後、おばば様の指示で秘密の通路を地下室に降りた。

地下の密室には布袋様のようにでっぷりした劉氏と、日焼けした仁王様のような厳つい顔の長崎屋手代の武三がローソクの火に揺られて座っていた。

「隼の吉蔵どんも婆さんには敵わないようだな」

武三が円い背を伸ばすようにして言う。

「へっ、へっ、へっえ、毒が強くて呂律が回らねえ、劉さん何か良い薬はありませんか」

吉蔵がわざと舌の動きを鈍くする。

「まてまて、冗談言っている場合じゃないよ。代官、町年寄、奉行所組与力、大波止《おおはと》に集まっている。何があった。我らに関係あるのか」

そう言って劉氏が両腕を組んでそれを上下する。厄を払う何かの御呪《おまじな》いかもしれない。

「我らの南京船はとっくに港を出ていますから関係ないでしょう。船改《ふなあらため》にも信牌（唐通事が発行する入港許可証）を持つ唐船に問題はなかったのでね。でも大波止は御旅所だから御祭り見物ではないのかな」

吉蔵はこれはオランダ出島の関係ではないかと思っている。

武三は左手の人差し指と親指を伸ばしてその間を広げて見せながら（オランダ三色旗中央のVOC紋〔Neder Duitsche Oost Indishe van Compagnie：オランダ東インド会社〕にある大きなVの字を示す）

「こちらさんじゃあないかな」

武三も吉蔵と同じ考えを持っているらしい。

「吉蔵さん、あなた奉行所と出入りできる。至急様子を探る。いいね」

劉氏の言葉はないがしろには出来ない。彼からそれだけの利益を得ているからだ。

「わかった。お奉行に何か持参する物を用意してくれませんか、ただお祭り中なんで会えるのかな」

吉蔵は少し無理があるのを覚悟しながら、この家にある蛮品の何かを持っていくことにする。しかし、面談の理由を上手く考えなければなるまい。

中日《なかび》の八日、各所では町の奉納踊りが行われているが、御旅所に近い西御役所内は特に変わりはない様子である。

「お奉行様、唐小通事の神代殿が御礼の面会を願ってきておりますが如何致しましょう」

組与力の者が細井奉行に告げて来た。

「神代、ああ先日顔を写生に来た唐通事か、丁度いいこちらも用事があったのでな。入れてくれ」

吉蔵は与力に案内されて部屋に入る。

「先日は御着任早々大変厚かましいお願いを致しました。お陰様で立派なご肖像画をお掛けすることが出来ました」

一旦言葉を切って
「本日は、その御礼言上にと伺いました。また、誠にささやかな品をお持ち致しましたので御収め下されば幸いに存じます」

そう言って風呂敷包を開いて漆塗りの箱を差し出した。

「いやいや、このような皺だらけの顔を描くのも大変だよ、息子さんには苦労を掛けたものだ。またこれはご丁寧にありがとう。何だろうな」

細井が箱の蓋を開けると、大きな天眼鏡が一個入っている。

「ほほう、これは大きなものだな。ちょっと待てよ」

横の机から書面を取って紙面を天眼鏡で眺めると、細字がぐっと大きく見えた。

「なんとこれは見易いことだ。そろそろ細かい字が読みずらくなっていたところだ。これは誠に有難い」

細井は四角張った顔をにこやかにして言う。

「お役に立てて良かったと思います」

吉蔵は坊主刈りの頭を下げる。

「ところで、通事殿は同じ唐通事の彭城藤次右衛門《さかきとうじえもん》氏をご存じだろうが、彼は先日『清国通商産物略記』を書き上げたらしい。いや、唐通事方もなかなか張り切っているようだね」

細井の唐通事の活躍を評価する言葉を聞いたが、吉蔵にはそんなことはどうでもいいことで、昨日の情報が知りたいのだ。

「前日《まえび》の昨日は、お下《くだ》りでこのあたりも大変賑わっていましたが、突然の雨でございました。奉納踊りの連中も番組を変更したらしいですが」

吉蔵が話を昨日の騒動に引き寄せる。

「この辺は今年は雨が多かったらしい。作物に影響が無ければよいが」

細井は昨日の事件のことには触れず
「実はこちらにも頼みたいことがあってね。今年十二月に花鳥画の有名な画家で唐人の沈南蘋先生が来日することは存じているだろう。人の話では、先生は今まで直弟子を一切採らない方針をとってきたらしい。ところが招聘された上様のお考えでは誰かに何とか彼の絵の技術を受け継がせることをお望みなのだよ。実はそれで困っていたのだ。そこで先日、わしの顔を写生してくれた御子息が優れた絵画の素養を見せてくれた。沈先生もこの少年ならば或いは受け入れてくれるのではないかと考えた。その折、沈先生の日常業務を手伝ってもらいたいと思ったのでな。唐語を話せるので先ずは先生の雑用係として働いてもらうわけだ。無論しかるべき仲介者を通して事を図るのだが。そのうちに沈先生が必ず息子さんの持つ天性の技量を認める機会が来ると思っている。どうだろう本人の為にもなるし、今から考えておいてくれないかな」

「それは大丈夫です。必ずお役に立てるように今から説得致しておきます」

「そうか、それは有難い。それともう一つ、ついでのことだが、ちょっと見てもらいたい物があるのでな」

細井奉行は手を叩いて与力を呼び、何事か耳打ちした。

与力がお盆の上に紙に包んだ物を乗せて来たので、細井がそれを受け取り、机に置いて紙包みの中身を広げた。

「この銭を見てもらいたいと思ってね、寛永通宝でないことぐらいは判るのだが」

そう言って紙包みを持ったまま吉蔵に近寄ると細井の禿げた頭が動いて光った。

吉蔵がその銭を受け取って観るとやや大型の朝鮮銭だった。

「これは珍しい。常平通宝という朝鮮銭です。日本では殆ど使われていません。百年ぐらい前から朝鮮で鋳造されているものです。大型の折二銭《せつじせん》で状態も良好ですから未だ五十年ぐらい前の銭でしょう」

「なるほど、清朝銭かと思って調べても銭銘年号が出てこない筈だ。いやどうも有難う、お陰で助かったよ。それにしても一目で判別できるとは驚いたよ」

「この銭はどんな経路から入手されたのかわかりませんが、大変貴重なものだと思います。また、お褒めいただきましたが、唐通事は唐貿易に関与していますので、近隣の外国通貨を取り扱うこともあるのです」

吉蔵はそう言いながらも、これは恐らく昨日の大波止での一件との関連品だろうと思ったが、見切りが肝心なので挨拶して引き下がる。

「では、これで失礼致します。本日は大変お邪魔致しました」

廊下の端で待っていた先程の与力が外まで見送ってくれるようだ。吉蔵は少しはったりをかませた。

「昨日は大変でしたね、ご苦労様でした」

中年の与力はちらっと吉蔵を見てから

「御祭りだというのに騒がせられた」

「でも一件落着で良かったでしょう」

吉蔵の更なる踏み込みに与力が乗った。

「いや、未だ片付いていない。何しろホシは蘭船の近くで小舟を捨ててしまい、そのまま海に潜って逃げたからな」

「御苦労さんです。まあ、お気を付けて下さい」

吉蔵はこれだけ聞き出せば十分だ、深入りして痛くもない腹を探られるのも御免だ。与力に頭を下げてさっさと離れる。

吉蔵の推理では、沖に係留中の蘭船に何かの目的で誰かが近づき、何かの行動を執り、そこで番舟に発見された。逃げ切れないとみて小舟を捨てて海中に潜って逃走したのだろう。周りのどこかに仲間の舟がいて援けたのかもしれない。港にはおくんちの初日で舟も沢山あったので逃げることが出来た。ただし、舟に遺留品を残してしまった。それの一つが奉行から鑑定を依頼された朝鮮銭の常平通宝だ。そう結論づけて正塚婆のいる西古川町へ急いだ。

吉蔵が帰った後、細井奉行は長崎代官高木貞三郎、町年寄山本徳三、組与力小原十郎の三名らを呼んで協議した。

細井は先ず昨日の働きを労ってから質す。

「不審者のその後の足取りは掴めたかな」
「いえ何の手掛かりもありません。奴は海上の小舟を残して消えたままです」
小原組与力が答える。
細井は禿げ頭を擦りながら
「まさか魚に食われたわけでもないだろう、どこかに浮いているかも知れないぞ」
中年の与力は口を窄める様にして
「番舟を総動員させて探索中ですが見つかりません」
町年寄の山本は青白い顔の顎を突き出して
「当時は舟が何艘かその辺りにいたそうですから、恐らく仲間の舟で逃走していったのだろうというのが捜査担当者の意見です。」
今までのやり取りを聞いていた高木代官は
「蘭船に小舟で近づいていた男がいた。番舟が怪しい行動とみて接近した。小舟の男が舟を捨てて海中に姿を消した。舟中に数点の遺留品を残してね。ただそれだけの事でしょう。彼が水死体で見つかったわけでもない。また、蘭船に乗り込んだ目撃者もいない。現時点ではですね。お奉行、それ以上の問題が何かありますか」
細井はふと逃走者の所持していた朝鮮銭の常平通宝が頭に浮かんだが、この謎はいずれ専門家に相談することにしてこの連中に今これを伝えることはないと思った。

「まあ、しばらくは警戒を続けてみよう、お祭りが済んでからまた考えるとしよう」

それでこの件は一時お預けとなったが、おくんちが終わってからも何ら手掛りは得られず、そのまま時が経過していった。

その年の十二月、将軍吉宗の招聘により、清国の有名彩色画家である沈南蘋が数名の供を連れて長崎にやってきた。

唐屋敷に一行の特別宿泊所を設けてもらい、賄いを含む日常生活のすべてを屋敷に請け負ってもらっている。

上司の大通事、宮梅三十郎の仲介によって、日本側との事務連絡や絵画作業の雑事手伝いを行う人物として推薦されたのが、神代吉蔵の養子彦之進である。

（二一）蝗《いなご》の大群

登場人物（一）

松平乗邑	四十四歳	老中首座
松平信祝《のぶとき》	四十七歳	老中
酒井忠音	四十二歳	老中
松平輝貞	五十六歳	老中格
徳川吉宗	四十七歳	八代将軍
加納久道	五十八歳	御側御用取次
有馬氏倫《うじのり》	六十三歳	御側御用取次
野呂元丈	三十九歳	植物学・蘭学者
小川隆好	三十二歳	笙船の長男・医師
青木文蔵	三十四歳	本草学・蘭学者
小笠原持廣	四十七歳	弓馬家番士
小笠原常喜	四十七歳	弓馬師範家番士
小笠原長羽	三十一歳	旗本番士
武藤安與	三十七歳	旗本三男
八　重	二十五、六歳	大奥表使
三吉親分	三十三歳	渡世人
お　菊	三十二歳位	『咲良』女将
大岡忠相	五十二歳	南町奉行
加藤枝《え》直《なほ》	六十二歳	吟味役
細井安明	六十二歳	長崎奉行
細井安定	五十六歳	小姓組藩士

登場人物（二）

神代吉蔵	四十歳前後	唐通事・曲者
今村英生	六十二歳	和蘭大通詞
吉雄藤三郎	三十二歳	稽古通詞
吉雄定次郎	九歳	藤三郎長男
楢林栄実	三十七、八歳	小通詞
武　三	不祥	長崎屋手代・曲者
用　人	不祥	劉氏用人・曲者
貴　人		殿様・両国花火祈祷

享保十七年（一七三二）の六月、異変が起こった。昨年あたりから予兆ともいえる夏の異常な気候があった。高気温と長雨である。突然、西日本一帯で、西の方から異様に空気が呻りはじめ、暗黒の雲が地上のすべてに覆いかぶさってきた。イナゴとウンカが大襲来したのである。

これらの大群によって、農民が丹精込めて作っている田んぼの稲は食い荒らされ、ウンカに茎の水を吸われて、全土の稲は枯れていった。

九州、四国、中国、五畿内近辺を含む四十五藩領の稲の殆どが蝗害で食い尽くされた。のちに、この災害で被災民二百六十五万人、一万二千人を超す餓死者を出したことがわかった。幕府の記録『徳川実紀』では餓死者九十六万人強との記録も残されている。

幕府は各種の救荒対策を行ったが、米価高騰などを来し、この後に、江戸始まって以来の打ち毀しが起こってしまった。

江戸城の御用部屋ではこの度の西国災害についての閣議が開かれていた。

勝手掛老中の水野忠之が、隠居して間もなくの享保十六年三月に亡くなっているため、現在は大給松平の下総佐倉藩主松平乗邑が老中首座となっていた。

老中席には他に、遠江浜松藩主松平信祝、若狭小浜藩主酒井忠音、及び上野高崎藩主大河内松平の松平輝貞が老中格で並んでいる。

両眉の間が狭くて精悍な顔付きの乗邑は、長老者を立てるつもりで

「この度は正にイナゴのとんだ災難でした。過去にもあまり例のない大災害となりましたね。人生経験豊かな輝貞殿も初めての事でしょうか」

輝貞がイナゴと飛ぶを掛けた乗邑の表現に感心していると、自分にそのイナゴ話が飛んできたのだ。

「寛永十九年（一六四二）から二十年にかけての大飢饉以来の被害でしょう。これは陸奥、北陸地方の長雨、洪水、旱魃などによる被害でしたが、当時蝗害も多少あったようです。しかしこれほどの大群が襲い掛かった例は今までにはないと思います」

輝貞は両眉の間にある三本の縦皺を更に深くして答えた。乗邑は年齢の順番に従って尋ねていく。

「信祝殿はこの災害への対応について如何お考えですか。ご意見をお聞かせ下さい」

「私も今まで経験がありません。またこのようなイナゴの大発生を記録している文書も見たことがありませんしね。当面の飢餓対策以外には考え付きません」

細面の薄い頬髭を自信なく揺がせて、想定外の現象だということを強調しているだけだ。

忠音は次はこちらの番だと身構えて、太った体を左右に揺すりながら赤ら顔を乗邑に向ける。それに気付いてはいたが、乗邑は少し間を置いている。

「若狭でもやはり多少の被害を受けているのでしょうね」

乗邑は忠音の布袋様のような耳たぶを見ながら御座なりのことを言う。

「近江以西はどこでも大損害を被っているようです。五畿内も含みです。未だ正確な実情は判りません。飢餓対策は無論のことですが、当然、救援米の調達から米価の騰貴が予想されますので、この対策も肝要でしょう」

乗邑は閣僚の意見を形式的に聴取したが、この災害への対応は極めて常識的な緊急対策しか生まれてこないようだ。これはこれで粛々と災害対策を実施するしかないだろう。お上にはそのような合議結果を御側御用取次を通じて言上しておこう。

しかし、このたびのイナゴ、ウンカの大発生という現象は、地震のように予測も予防も出来ない現象であったのだろうか。前例もあるので何か直接原因と間接原因が存在しているのではないか。乗邑からすると、どうしても因と果の明確な関連が存在するように思えるのだが。

乗邑は、この問題をいつまで話していても所詮は小田原評定で無駄な事と思い
「皆さんのご意見は尤も千万なことと考えます。早速上様に言上しておこうと思います。ところで、御側御用取次の加納氏の話では、この大災害は、何か怨霊の祟りかも知れないなどという話が城内で囁かれているそうですな。特に大奥辺りでね」

それを聞いて、信祝が細面を傾けてやや捨て鉢な言葉を吐く。

「いつものことですよね。そしてどこかの神仏への御祓や御祈祷の行事が行われていくわけです。そんなもんです人間なんて。自然相手に何ができますか」

「駿河台の儒学者室鳩巣先生からも同じような意味の話を聞いたことがありますよ。まあ、いずれにしろこの上世間に騒動を起こしてはなりませんからね。現状で可能な手立てを講じてこの災難を乗り切るしかありませんな。皆さんよろしくお願い致します」

乗邑は閣議の締めを発言して会議を早々に終った。

西国の災害から既に二ヶ月程経過して、西日本諸藩（四十六藩）の稲作に甚大な被害をもたらした被害の実態も次第に明らかとなっていった。

後世の人々からは、この享保十七年（一七三二）夏の冷夏と虫害による災害は、「享保の大飢饉」と呼ばれて歴史に残った。

四つ頃（午前十時頃）江戸城内中奥の御小座敷に大柄な将軍吉宗が現れて部屋の机に向かった。

大きな耳と鼻は藩祖の家康譲りで立派であるが、小鼻から延びる八文字の皺がなんとなく深くなって見えるこの頃である。

机の上の筆箱を開けると久しぶりに鼠色の袱紗に包んだ柄杓型の矢立が入っていた。銀象嵌の三日月が墨壺の蓋に付いている。

墨壺から小筆を振り出し、巻いてある薄紙を伸ばすといくつかの判読文字が書いてある。

「ケ　馬　江　屋　薩　島」

ケはケイゼル、馬は外国馬、江は江戸、屋は長崎屋、薩は薩摩、島は薩摩が隠し事を行っている対馬北方の小島である。この小島は朝鮮も密貿易対策で警戒していると聞いている。

吉宗はこの判読文字から

「ケイゼルは外国馬と共に江戸に入り、浜御殿の厩舎に馬を納め、その後日本妻のいる長崎屋に落ち着く。薩摩は相変わらず対馬北方の無人島を密貿易に利用している」

という情報を得たのだ。

吉宗が御座の間に移ると、御側御用取次の加納久道が控えていた。

久道は相変わらずの丸顔で分厚い瞼をへの字に曲げ、横長の唇をヒキガエルのようにぱくつかせて

「お早うございます。このところ朝駆けはないようですがお体の具合でもよろしくないのではと」

久道の挨拶の途中で吉宗は左手を左右に振り

「この度の災害の中のんびりと朝駆けなどできないよ。体は極めて健康だな」

「大変な災害でしたから、さぞお気疲れのことお察し申し上げます。お上のご指示で老中方も遺漏なく西国各被災藩への援助を進めておるようです。特に九州、四国、中国、畿内各藩及び幕府直轄領の飢餓対策には全力を挙げて対応しているところです」

吉宗は右手親指の関節をしきりに左手で揉みながら聴いているが、大きな耳が時々ぴくぴくと動いているところを見ると、別なことを考えているのかもしれない。細い顎が動き

「これからの重要問題が二つある。一つは米価の高騰対策、もう一つは民心動揺への対応だ。前者は備蓄米の放出、後者は武士、農民、商人の身分に関係なく、各人に明日への希望を抱かせる方策を打つことだ」

吉宗は要点を簡潔に述べた。久道は言葉の持つ重要性は認識できるが、具体的な方策は全く浮かばない。久道の心を読んで吉宗は述べる。

「これはね、人々の困難に耐え忍ぶ力が神から試されているのだ。重要問題の解決方法も自然に良策が生まれることはまずないだろう。衆知を集めて最後までぎりぎり考え抜いた上ではじめて授る知恵だ」

久道は要するに吉宗の精神論を聞かされていることを悟った。

そこへ有馬氏倫が長い顔を表して挨拶した。

「大変遅れました。申し訳ありません。近頃歩きが遅くなったもので」

「近頃ですか、私には判りませんでしたが」

久道が皮肉を言う。吉宗は氏倫を庇って

「いや、あまり無理をしないでよいぞ御老体。いまは大事な時だからな」

吉宗は備忘録の「事物帳」を手にして

「この災害報告記帳の中でその大事なことがいくつかあるようだ。九州の大村藩ではこの災害でも飢餓者が少なかったらしい。代替食品の「甘藷芋」のお陰だという。また、瀬戸内の大三島でも同じように「甘藷」のお陰で飢饉の影響を減少させているということだ」

氏倫は白髪頭を前に突きだしながら言う。

「それは参考になりますな。その「甘藷」という芋は。これからは「芋」の栽培が災害の多いこの国を救う手段となりましょう」

久道が人黒顔を膨して

「それはやや大げさな話ですが、その「甘藷芋」は琉球から薩摩の特産です。国外には出さないよう厳しく管理しているようですよ」

「薩摩が厳しい管理を行っているのは事実だが、大三島の北見という男がその種芋を密かに入手し、「芋」の栽培に成功していたらしい。ついでに言うと我が方も昨年の薬物特別調査班の第一班が九州で種芋入手に成功し、現在小石川薬物園で栽培を行っているところだ。当方でもいずれ温暖な下総や上総でも本格的に繁殖を試みることになっている」

吉宗は大三島の「芋」情報を伝える。

氏倫と久道は緊張を解いて大きなため息をついた。

「確か第二班も何処かへ向かって出る予定でしたが」

久道が言う。

すると、吉宗は緩んだ眼袋を数回揺るがせながら大きな瞼を開け閉じして、しばらくどうしようかと迷っていたが
「実は、第二班には対馬方面に行ってもらうところだった。第一班と交代でね。薬用人参をはじめ他の薬物の動きがあった。我が国の禁制品売買も含めてだが。どうも巧妙に無人島や海上で取引がなされているらしい。ある藩を中心にね。但し朝鮮も絡んでいるので躊躇があった。ある人物の動きも見ていてね。まあ、急いては事を仕損じるというからね。さて、話は変わるが、大奥からの希望もあってこの災害で命を落とした多くの人々の霊を慰めるためと、二度とこのような災害が起こらぬよう神々に祈願することを考えているのだが、何か意見があるだろうか」

氏倫が長い顔を振り挙げて
「西国の災難ですから、故事に倣えば九州の宇佐八幡になるでしょう」

「私もそう思います」

久道もすかさず答える。この度は二人の意見が一致したわけだ。

吉宗は片方の指で大きな耳たぶを下に引きながら何事かを決心したらしい。

「祈願の折には流鏑馬の奉納を行いたい。民心を鼓舞する必要があるからだ。それと、同時に打毬の毬も奉納するつもりだ。万葉時代の朝廷が好まれた競技を復活したのでその報告のためだ。これは同じ地域の太宰府天満宮に奉納する。万葉の謌《うた》とも関連するからな。そこで今思い付いたのだが、この祈願には打毬にそれぞれ紅白試合の長を務めた三人の小笠原を任命する。三人とも流鏑馬の巧者であり、代々弓馬道の家柄でもあるから適任だろう。未だあるぞ、江戸の住民に安心と希望を与えるため、両国の川開きで大花火を打ち上げることとする。慰霊と江戸の発展を願ってな」

二人の御側御用取次は吉宗の思い切った目論みに肝を抜かれたが、これだけ大掛かりな災害者慰霊と防災祈願には江戸の人々も満足するに違いないと思った。そしてこれが以後の両国川開きの始まりとなるのである。

白山御殿跡の広大な小石川御薬園では、野呂元丈が蘭学書ドドネウスの『草木誌』を前にして悪戦苦闘していた。前は吉雄藤三郎が手伝いとして協力してくれたが、いまはかれも長崎に帰国している。

これとヨンストンの『動物圖説』は万治二年（一六五九）にオランダ商館長から献上された蘭学の本であるが、今まで幕府の文庫に眠っていたものを、お上が興味を示して叩き起したものだ。

しかし近頃、翻訳に努めている自分がなぜか阿呆らしく感じてきたのである。

元丈は部屋の縁側から青葉の繁る外を見ていたが、ラッキョウ頭を掻きながら独り言を呟く

「語学力のない自分が、こんな化物のような大物に正面から取り組んで一言一句正確に翻訳しようとするのは無理だ。多分やりかたに問題があるからだ。これではいつまでたっても先に進むわけがない。翻訳を命じられてからもう長期間を経た。自分の馬鹿正直さにほんと嫌気が差してきたよ。こうなったら挿絵の解説を主体とした圖説書にしてお茶をにごすことを考えるしかない。ヨンストン図説だって図版の説明に止めているじゃあないか。文章の翻訳に深入りしなければよいのだ」

薬園の木立にそう言って心を決めると、何となくその重みが軽くなってきたような気がする。

野呂元丈の取り組んだ『草木誌』は、其の後『阿蘭陀本草和解《おらんだほんぞうわげ》』となって後世に伝えられている。

同じ薬草園にある小石川療養所の庭先では、大きな体格の肝煎り医師小川隆好が腰を落として子犬と戯れている。父親の小川笙船は隠居して故郷の金沢に移り住んでいたのだが、このたび息子が幕府の薬物調査班員として西国に出張していた間は留守番肝煎りとして江戸の職場に復帰し協力していた。

しかし先日、再び金沢に帰国している。

「赤ひげ先生」と慕われているその父もそろそろ年を取ってきた。その健康状態にもやや不安を感じる。本人は元気に頑張っているようだが、このたびの大災害にはかなり苦労していることだろう。

隆好は父の投書によってこの療養所ができたことに大きな使命感を受け継いでいる。そしてどのような患者にも希望を失わせてはならないという父の教訓を守っていく覚悟がある。だから最新の知識を傾注して治療に専念することを心掛けているのだ。

特別薬物調査班の一員として西国の薬草・代替食品などを採取してこの植物園に送ったが、それは単なる病気の治療薬を探索するのみならず、流行病の治療と蔓延防止、大災害の飢餓対策には欠かせない活動であることが証明された。

長崎での麻疹流行に際して、ケイゼルに頼んでオランダ人の治療を訊ねたが、未だ有効な薬がないことを知った。また西国の稲作虫害による飢饉によって多くの人命が失われていったことを如実に体験したのである。

隆好は総髪の髪を揺すって

「これからはオランダ医学も勉強する。おいちび、いいか、俺は頑張るぞ」

隆好が子犬の頭を強く撫でると子犬は喜んでその手にじゃれついてきた。小石川療養所の肝煎りは、その後隆好の子孫が受け継いでゆくことになる。

青木文蔵は、同じ植物園内の甘藷栽培畑で青瓜のような顔をあちこちに回《めぐ》らせていた。

江戸日本橋の魚屋、佃屋半衛門の息子として生まれたが、伊藤東涯の古義堂で学び頭角を現す。その後、江戸町奉行所与力の加藤枝直の斡旋で大岡忠相に用いられた。

薬物特別探索班の一員となり西国に赴き、運よく甘藷の種芋を入手できた。それは厳重な薩摩の警戒網を、幸運にも唐人などの助けを受けながら突破し、無事江戸に輸送できたのであった。この西国大災害を見ると紙一重であったと言える。だが、栽培に失敗は許されない。これからはこの甘藷を広く栽培して代替食品にするという重要な役目を担っている。その厳しさを連日ひしひしと感じている。

「相手は生き物だからな」

そう単純に水と太陽だけでよいとは限らない。何か与えるべき物がありそうだ。昔から分からないときには堆肥ということもあるが、これもまた難しいところで、足らなくても与え過ぎても成長がうまくいかないのだ。

図 28　青木昆陽像

「まさに、子供を育てるのと同じことだ。さあどうしたものか」

文蔵は畑に向かって思わず溜息と独語が出てくる。

この青木昆陽がその後関東一円や離島に甘藷の栽培を普及させることになり、「甘藷先生」と呼ばれる。また命により再び長崎に赴きオランダ語を学んだ。著書には『蕃薯考《ばんしょこう》』『和蘭文訳《おらんだぶんやく》』などがあり、『国家金銀銭譜』は本邦古銭の目録である。『解体新書』に関与した前野良沢は昆陽の弟子である。

神楽坂肴町《さかなまち》にある料理屋『咲良《さくら》』の離れ座敷は、久しぶりに賑わいの宴が開かれていた。

床の間を背にして真ん中が面長の顔に長い鼻を立てている小笠原縫殿助持廣、左側に下膨れの顔で短い鼻を膨らませた小笠原常喜、右側に瓜実顔で鼻筋の通った小笠原長羽が座っている。

床の間に向かって左側には丸顔で円い目の武藤庄九郎安興、その隣には妹の大奥女中表使いの八重が、薄暗い部屋に咲いた八重桜のような華やかな顔で座っている。

その反対側を見ると渡世人の三吉親分が苦み走った顔を落ち着きなく回らせながら座り、またその並びには『咲良』女将のお菊が能の小面のような顔を一堂に向けて座っている。

そのお菊は一同が落ち着いた様子を確かめてから挨拶した。

「皆さま方にはお忙しい中よくいらっしゃいました。この度は、九州各社御祈願、御参詣の御公務と承りました。御大役おめでとうございます。また、誠にご苦労様でございます。何もありませんが壮行会を兼ねて本日は私共の心ばかりのお祝いの会を開かせていただきますのでどうぞよろしくお願い申し上げます」

正座に座った持廣が左右を見て思い腰を挙げようとすると、長羽は右手を挙げて抑えとくだけた調子で言う。

「まあ、座ってのままでよいじゃあないですか、みんな顔見知りなんだし」

「じゃあそうしようか、ついでに堅苦しい挨拶を抜いて先ず御礼だけ言おう。お菊さん本日はどうも有難う。みなで御馳走になって」

未だ料理も出ていないがもう御礼を述べた。

持廣はここで思い直し、低音の声を響かせて続ける。

「だが、今回の御役目に就かれる方々の役割を改めて披露しておこう。未だ良く御存じない方も居るからね。行き先は先程お菊さんのご挨拶のように九州の三社だが、それぞれ祈願の中身が異なるので、まとめて一人がぐるぐる回りで事を簡便に済ませるわけにはいかないのだそうだ。届け物を配達するのとは違うからね。すべてが上の方々の大事な想いが籠められているのでな。つまりここに並ぶ三人の各社への祈願者が選ばれたわけだ。各自が流鏑馬行事に精通していることと、この前の打毬競技で指揮をとった因縁もあるからだろう。もう一人の武藤安與殿は、先に薬物探索班を率いて西国から帰府したばかりだが、その経験を活かしこの度の大災害を受けた西国の被害状況を視察して報告すること、我らの祈願道中の援助支援、言い換えればまあ道中目付を兼ねてのお役を命じられたわけだ」

持廣の低音の響きが少ししわがれてきている。

女将のお菊が次の間に控えている中居を手招きで呼び、小声で何か飲み物をと言った。中居がお茶でしょうかと問い直すと、それを聞き付けた長羽がお菊に首を振るのでお菊がお酒をと指示し、自分も料理の準備に席を立った。

常喜が下膨れの顔を更に膨らませながら問う。

「私は豊前の宇佐神宮だそうですが、祈願の主旨は何でしたかね」

長羽が横から口をはさむ。

「それは今回祈願の大目的となる大災害からの護国安寧のためだろう」

「でも八幡大神《はちまんおおかみ》の御祭神は荒神の応神天皇だから本来は戦勝祈願の神じゃあないのかな」

常喜が反論する。

持廣は仲居が運んできた酒を徳利から盃に手酌で注ぎ、渇いている喉にぐいと通してから手を挙げて
「まあどっちにしろ、災害を受けたことを祭神にご報告して、これからの御加護をお祈りすればいい。それで用が達せられるわけだから、あまり深く考えないことだ。それより、流鏑馬の御奉納はしっかりと頼むよ。師範家の跡取りだからな」

長羽はまた一癖ある発言をする。

「弓馬家の家格も関係してくるので私は本来この祈願行事は遠慮するべきでしょうが、折角のお上の御意向をないがしろにはできませんので参加させてもらいます。ところで、長崎諏訪神社の流鏑馬奉納と聞いたのですが、こちらもそのご主旨とやらをお伺いしたいですね」

「これはそちらに本日特別に参加されている祈願本《もと》の大奥表使お八重さんからお話して頂けるとたいへん助かるが」

持廣が面長な顔を八重に向けてにっこりと作り笑いをする。

八重が軽く一同に会釈して
「本日は大事な会合にも関わらず御邪魔して申し訳ありません。大奥お年寄りのお指図で御台所様

からの祈願御寄附品を頭領様にお届けに上がっております。この度、家重様には伏見宮邦永親王さまの御息女比宮増子《なみのみやますこ》内親王様とのご婚儀が目出度く執り行われましたので、恒例の神事として流鏑馬の行事を鎮西大社の諏訪神社に御奉納されることと致したものでございます。恐らくは西国からの疫病や大災害をもたらす悪霊退散の御意向からと拝察致します」

ここで長羽はまた軽口をたたく。

「恐れ入谷の鬼子母神ですな。私の流鏑馬で疫病神が果たして逃げ出しますかね」

持廣は急いで両手で腹をたたいた。

「参った、参ったと退散することは間違いない。何しろこの役者は本邦一番の射手ですから。お八重さんご安心ください。また、ご関係者によろしくお伝えください」

更に一同を見回しながら声に力を込めて続ける。

「この行事一行に大奥より沢山のご報謝を頂戴致しております。責任者としては大変感激しております」

深く頭を下げたのは誰に対してか、またはご報謝金に対してなのかその判別は難しいところだ。

「さて、一行の行事段取りを簡単に申し上げる。ああそうそう、私の役割報告が抜けていましたな。うっかり忘れてしまいましたよ。武藤殿のこともね」

「油が切れているのではないですか、どうぞ」

長羽が持廣の猪口に徳利の酒を注ぐと、急いで二、三杯を鵜のような喉に流し込んでから

「ああ忙しい、小さいなこの器は。私は筑前の大宰府天満宮に向かいます。皆さんご存知のことでしょうが、ここは右大臣菅原道真公の御霊を鎮めるため醍醐天皇の勅を奉じた左大臣藤原仲平が社殿を造営しました。「道真の祟り」に恐れての創祀と言われています。まさに怨霊が絡んでいるわけだ」

ここで少し音量を絞り

「実を言うと大きな声では言えないが、この度の大宰府参詣には、我らが先に行った打毬競技との関連があるようだ。八重殿は既にご存知の事だが、打毬の出てくる『万葉集・巻六』の謌《うた》の記述と、神亀四年の出来事が重なるのでな。その話はまたの機会にするとして、どうも疫病、災害との関連性と打毬とを結びつける虚想を起こさせないようにというお上のご配慮があるのではないかと想定できるのだ。将軍家では筆頭祝言の能楽に『老松《おいまつ》』を演じるくらいだから、梅と松とは大事な関係を持つ。梅樹の園の道真公御廟に打毬を捧げて万葉の霊をも慰めることをお考えなのであろう」

八重は万葉集巻六の謌の深い意味を以前持廣から聞かされているので、その情景を頭に浮かべて深く頷いている。

「何だか万葉の難しい話になってきたので判ったような判らなかったような塩梅だが。どうです、油の切れた人も居るし腹も減っている人もいる。この辺で一杯御馳走になりませんか、なあ三吉親分」

長羽に名指しされた三吉は反射的に顔を横に振っている。

「そうだ、言い忘れていたが、ここにいる三吉殿はこの度私の指揮下で各地派遣一行の連絡係に採用されているのでよろしく」

持廣の紹介で三吉は更に固くなって頭を下げ皆に挨拶する。

「三吉です、よろしくお願い致します」

「もう一人ここに居りますが、どうしましょう」

小太りで丸顔の武藤安與が円い目をぐるりと回して言う。

持廣が長い顔を赤らめて弁解する。

「やあ済まない安與殿、お待たせしました。最初は兄上の庄兵衛安武殿も打毬の関係で候補になっていたが、大飢饉後の見回りには先の巡視経験が必要になるとのことでな、再度の西国下りに選ばれたというわけさ。まあ、一家二人の遠征では何かと負担が大きいだろうとの配慮もあったのだろうね。よろしく頼むよ」

「いえいえ私はどうせ冷飯食いの三男坊ですから構いませんが、兄の気持ちははどうだったのかな」

「心配ありませんよ、お兄様はあまり遠出を好まない方ですから」

妹の八重が助け舟を出した。

神楽坂『咲良』は本日貸し切りとなっているようだ。お菊は仲居を指揮して次々に料理を運び込んでくる。お菊の料理は手間を省かないのが良いところだ。お客もそれを承知しているから人気がある。

最初は蛤の煮もので、蛤を薄い塩水に漬け身に含む砂を吐かせてから湯がいて身をはがし、卵をといて薄い醤油を加え、千切りの木耳、鰹節とよく混ぜ小鉢に移して蒸し上げ、酒をふりかける。

次のまながつおの生《き》ずしは、新鮮なまながつおを三枚におろしてまんべんなく塩を振り、押し箱で何時《なんどき》か押してから身を良く洗い、水気をふき取ってから割り酢に一時ほど浸す。身を削ぎ切りにして木の芽や山椒の実をあしらって器に盛り付ける。

筍の和《あえ》ものは、朝掘りの筍を糠と鷹の爪を入れて茹で、冷ましてから皮を剝き、口に合うような大きさに切り、粉をまぶし、ごま油を少し加えた油で二度揚げする。分葱を小口切りし熱湯をかけて水けを絞ってからすり鉢でつぶす。西京味噌、金山寺味噌をすり混ぜて酒で調味し、そのたれに揚げた筍を和える。

お菊は一例を挙げると右のような下ごしらえと手間をかけた調理法を行っている。

「まあ皆さん今日はお菊さんの御馳走を十分楽しんで下さいな。さて、西国廻りは兵庫、下関などが道中の基点となるだろうが、往路の道筋と九州での分散地、待合せ場所や帰路の経路などを既に検使役の武藤殿と大まかに相談中なので、後日決まったら各自に書面でお渡しすることに致します。ご安心下さい。但し、先程の説明通りそれぞれ祈願の目的も方法も違ってくるのでね、また相互に実行面での打ち合わせが必要となることでしょう。同行する役人方も大勢いることだしね。まあ、何とかなるだろうさ。気楽に構えてやりましょう」

持廣は面長の顔を夕空のように赤く染めてこのように暢気なことを言いながら皆を纏めていく。

長羽は、持廣の話を聞きながらふと義父の長方のことが頭に浮かんだ。無事に帰ってくるまで大丈夫かな、六十六歳を過ぎて体を損ねていて、寝たり起きたりしているこの頃だ。

左隣の三吉が徳利を向けてきて

「おがさの旦那今日は元気がありませんね。何かご心配事でも」

「なあに大した問題じゃあねえよ。実は義父《おやじ》さんが少し体調を崩していてね。俺の留守にあちらからお迎えが来たらどうしようかと思っていたところだ」

「そうでしたか、それはご心配なことですね。でも奥方や旦那のお嫁さんが留守を守っていらっしゃるから大丈夫ですよ。ところでお菊さんからお聞きしましたが、お嫁さんのご舎弟のつまり義弟となった、ほらあの騎射試合でばったりお会いした若侍、確かあの時は大須賀さんと言いましたが、このたび養子先で播磨姫路の藩主（榊原政岑《まさみね》）にお成りになったそうですね。人生は分からないもんですね」

「この世ではそんなこともあるのかね、こちとらもう恐れ多くてお目通りが叶わねえだろうな」

「へっへっ、若侍にわざわざ頭を下げて御目通りなどは旦那のほうから御免被ると睨んでいますがね」

「相変わらず目利きが鋭いな。こちらも普段なら有難山《ありがたやま》のホトトギスに肖《あやか》りたいところだが、この災害で飢えて亡くなっている人々のことを考えると心が痛む。播磨のあたりも恐らく大変な被害を受けているに相違ないからな。彼もここで人生の大きな試練を受けているに違いない。まあ頑張ってもらいやしょう」


享保十七年（一七三二）夏、瀬戸内海沿岸を中心に大発生したイナゴやウンカによる虫害によって稲作が壊滅し、中国、四国、九州各地は大飢饉となってしまった。そして二百六十万人強の人びとが飢え、一万二千人強の餓死者を出したといわれる。

災害地ばかりでなく大坂、江戸の米価が高騰し、町民の不安は募るばかりとなっていた。数寄屋橋御門内にある南町奉行所にも生活の困窮を訴え、米価の引き下げを歎願する町名主が増えている。特に貧民の多い組のある町の嘆願書には
「江戸中餓死人所々ニ有之」（えどなかがしにんところどころにこれあり）

などと書かれている状況であった。

夕の七つ（午後五時）、江戸南町奉行大岡越前守忠相はようやく御用部屋から下がり、吟味役の加藤又兵衛枝直とともに駕籠で鉄砲洲に向かった。

新橋から備前橋を渡り、くねくねした通りを持つ屋敷町を抜けて、奉行所が管理している築地の某預り屋敷の門内に吸い込まれるようにに入る。

二人は内玄関で紺色の作務衣を着た屋敷の者に両刀を預け、他の者の案内で薄暗い廊下を進み、何度か左折と右折して大きな囲炉裏のある部屋に案内される。

囲炉裏は上座から長方形に伸び、炉の中には三個の鐵の五徳が置かれていて、上席に近い鉄輪《かなわ》の灰には熾きた炭が埋められているようだが部屋が大きいので暑さは感じない。

入り口に近い場所には六十過ぎの禿げた頭を光らせた爺さんと、またその隣には五十半ばで鰓《えら》の張った中年太りの男が座っていた。

二人とも忠相が入ると頭を下げて迎える。

「やあ、安明殿、暫《しばらく》でしたな」

忠相は少し猫背だが長身を前に折って挨拶し、長崎奉行細井安明が片手を伸ばして勧める上座に座った。又兵衛も続いて下座に膝を着ける。

一同が順次炉縁に座を占めるたところで、安明は隣の武士を来訪者に引き合わせる。

「こちらに控えるのは私の実弟の細井安定でありますが、既に何年か前に私の養子となることをお上から御認めを頂いております。現在は御小姓組の番士として務める者でございます。本日は事情により同行致しました」

「お話は前に聞いておりました。そう言われるとお顔も似たところがありますな」

安定は改めて平伏して挨拶する。

「よろしくお願い申し上げます」

このたび長崎奉行所では担当奉行の移動があり、同僚の三宅周防守が大目付に転じ、後任に前目付の大森山城守時長が新任奉行として発令されている。

奉行二人制のため細井安明は残留となったが、この長崎災害の対策等で少し前に一時帰府していた。

本日は用件があるとのことで大岡忠相に呼び出されていたのだ。

作務衣の男達が五徳に大きな鉄瓶を置き皆に白湯を配ってから別室に下がると、忠相は細井兄弟に楽にするよう促しながら炉縁に向かって胡坐をかいた。

「現地の災害対策で忙しいところ呼び出して申し訳ない。だが上様のご指示もあったのでね。結論を先に言うと細井殿の長崎奉行勤務のことなのだ。なかなか簡単に了解してもらえる話ではないことはわかっていますが、それは承知の上でのことです。通常は二年程度の交代で回っているわけですが、このような災害時には現地で何が起こるか予想ができません。暫くの間地道な活動のできる実務者が一人必要となります。次々に責任者が新人となっていては地元の役人も町人もが落ち着かないでしょうからな。そこで安明殿、お上は貴殿に情勢が落ち着くまで在勤期間を延長して留任していてもらいたいとのご希望なのだ」

安明はやはり予感が当たっていたと思った。このところ長崎では麻疹やコレラなどの疫病が流行し、またそれが窓口となって国内に広く伝搬していく。現状はそれを見て手を拱《こまね》いている状態だ。

長崎に赴任してみて実感したことは、これらの治療にはどうしてもオランダの医学知識が必要であることだ。それを今では多くの医師達も認識している。そのために先ずはオランダ医学書の和解《わげ》は欠かせない手段であろう。幸い多くのオランダ通詞との交流がある。この際、一身を懸けてこれを推進する役割を担うべきではないか。江戸のことはもう弟に任せておけばよいのだ。安明自身は長崎に骨を埋めなければならないだろう。そしてその覚悟は既にできていたようだ。改めて考えれば弟を同伴して紹介したのも、このような行く末の備えであったのだろう。

「身に余るお言葉を頂戴し光栄に存じます。もとよりこの大災害のこと、非常時の対応には一個人の処遇などを考えている余地はありません。お奉行殿ご安心下さい。仰せの趣は良く了解致しました」

「やあ有難い、ではそのようにお偉方へ報告させてもらうよ。ただこれからは貴殿となかなか会えなくなりそうで残念だがな。ところで、在府中のケイゼル氏はまたお上から銀貨を何枚か下賜されたようだ。良馬を輸入できた功績らしいよ」

「お上は彼を高く評価しています。先般のポロ競技復活やドドネウスの解読などでもお役にたっていますから。ああ、それで思い出したのですが、先般長崎でおかしな朝鮮の銅銭をある事件で入手致したのですが、御覧頂きたく持ってきておりました」

安明は懐から革製の巾着を取り出して中をさぐり、銅銭を忠相の掌《てのひら》に載せて見せる。

「朝鮮の常平通宝という通貨だそうです。五十年位前の鋳造らしいです」

「状態から見て近年のものらしいが、わが国では流通していない通貨のようだ。しかし朝鮮経由の密輸取引があるとは聞いたことがないね」

「私もそう思っていましたが、これからは対馬周辺についても広く探索するべきかと思いました」

「そうだね、むしろ朝鮮を通じての密輸が無いと思う方が油断している証しだろう。この銭の件も是非追及してみてくれないか。もう一件だが、枝直殿、花火の件はどうなっていたかな」

「はい、六月二十七日の夕刻から墨田川で実施の予定です。全餓死者の慰霊と悪疫退散の大花火を打ち上げるため花火職人を手配してあります。地元両国の水神祭に合わせ行います」

「お上も現地のお近くで観覧されるとのことなので この際我らもどこかで花火見物をしましょうかな安明殿」

「有り難うございます。そのような御趣旨の大花火を見損なうと祟りが怖いので是非拝観させていただきます」

それからは酒肴が供され互いに歓談することができた。

この料理の中で珍しかったのは「すっぽん煮」という煮物だった。鼈《すっぽん》を適宜に切り、蒟蒻を程よくちぎり、胡麻油で炒めてから醤油、砂糖、酒で煮つめ、終わりに葱のぶつ切りを加える。盛り付けてから生姜の絞り汁を落とす。

本日の会合が、残念なことに忠相と安明との二人にとって最後の晩餐になってしまった。歌舞伎の花道にある切り穴のスッポンから下がる様に、何時か役者は消えていくのだ。


今村市兵衛英生（源右衛門）は今年六十二歳となっていたが、長崎奉行所よりオランダ商館との文書のやり取りについて色々な問題点を問い合わせてくるので、なかなか気の抜けない毎日が続いている。

この間は、舶来した四頭の馬の計測値に不具合があったことが判明している。馬の背丈が注文よりやや低いということだ。当時の検査表をしっかり点検していないというお咎めを受けても仕方がないところだが、馬の形状が大変良好であったので不問に付すという。

将軍への献上品である塩漬け物、及び燻製肉、ライ麦、サパン（蘇方）樹、硝子フラスコ、数種の薬品、ベンガル産の小鳥などの注文表の点検もある。食料品や生きた動植物は特に入念な検査を要する。

そのような生活を日々成長する孫達を眺めながら過ごしていたのだが、今回の大災害によって長崎地方は大きな損害を被ったわけで、幕領住民も町の役人達も天手古舞《てんてこまい》となっていたのだ。

いま奉行所は、細井因幡守が江戸に出府していて大森山城守が執務している。奉行は当面の災害措置として大阪方面より米を回してもらい、この災害で食料に困窮している領民に対し、唐三か寺、その他の寺五十数か所などを通じて食料を求める人々に施粥を行った。また、貧民に対して当面の必要品を贖《あがな》う銭も与えた。

他方、細井奉行による江戸での活動も重要な役割となった。細井安明は各方面への理解と援助の歎願を勢力的に行った。誰にも必死に頭を下げて回ったのだ。

長崎の災害で急場の処置が大きな支障なく行うことができたのは、こうした実務者達の努力があってのことだ。

本日今村英生の屋敷に集まっているのは、近くに住む稽古通詞吉雄藤三郎とその長男で九歳の定次郎親子、および小通詞楢林栄実である。

「今日集まってもらったのにはわけがあってね。わしもそろそろ年を経てきたのでいつどうなることかわからない。息子たちもにも既に話してあるが、お二人には是非聞いておいてほしいのだよ。ああ、定次郎も入れると三人だな」

英生は傍らの一冊の本を手にして言う。

「お陰様で昨年にはこの『西説伯楽必携《せいせつはくらくひっけい》』が出来上がった。簡単に内容を挙げれば《長崎奉行との問答では阿蘭人御答、御馬道中朝夕飼様《おうまどうちゅうちょうせきかいよう》の事、三宅周防守様より御問《おたずね》、馬相形《うまのそうぎょう》、鐵沓《てっとう》、厩並飼料《うまやなみしりょう》、乗《のり》方《かた》、薬方《やくほう》、馬疾《ばしつ》療法、同類の事、第一「ドルース」という事から……中略するが……第七十四、能き馬と中事まで』などの文章を和解してあるものだ。基本的にはピーテル・アルマヌスの書籍、ケイゼル氏との問答などを纏めたものだ。そこで是非心に止めておいてもらいたいことだがね。外国の会話を日本の言葉に話し変えることは訓練すれば聞き真似できることだが、この仕事をして分かったのは、それを文字に変える場合には、ある品物、ある動作、ある意味を表す共通の日本の言葉を新たに作り出さなければならないのだ。これは容易なことではない。まあ、今まで他の人も同じ苦しみをしているところだろうがね。これからオランダ語を習う場合には、ただ単に言葉の意味を橋渡しすることだけではだめだ。その意味を第三者にも理解できるような言語に書き変えることが必要となる。そしてそれを多くの日本人が理解できるように発展させ指導してくれ。特に人々の疾病を救う医学の分野でな。いいかね定次郎、よくここを覚えておいてくれよ。三人ともこれはわしの遺言だと思っていてくれないか」

これを聞いていた吉雄定次郎は、のち幸左衛門（幸作とも）、号を耕牛また養浩斎と称した。十四歳で稽古通詞、十八歳で小通詞、二十四歳で大通詞となる。英生のこの時の言葉を良く実践し、オランダ語、医学、天文学、地理学、本草学に通暁し、蘭学習得を目指す多くの者達を教授し、後の日本の開国に大きく貢献した。

吉雄邸で学んだ蘭学者や医師には、青木昆陽、野呂元丈、大槻玄沢、三浦梅園、平賀源内、林子平、司馬江漢などがいる。また、前野良沢、杉田玄白の『解体新書』には耕牛の序文が寄せられている。

長崎港では先日の夜の大風で、出港した南京船が港外の暗礁に乗り上げて遭難するという事件があった。幸い三十名ばかりの乗組員の全員が近くの海岸に漂着していて命は助かっている。船は大破沈没し、船の小片が未だ各地に漂着している。

乗組員の話ではこの船には積荷は殆どなく、船主は劉さんという唐人であったが、本人は当日別の持ち船に乗船していて無事であり、その南京船は既に南方方面に出航していったということだ。

奉行所も遭難者からの事情聴取の結果、港外における通常の気象事故として書類を作成し、関係者にはその後の取り調べはなかった。

西古川町にある正塚婆と呼ばれている老人の居る家の地下には、蝋燭の火にゆらめくいくつかの黒い人影があった。それぞれの顔は良く見えないが、長崎屋手代の武三、劉氏の用人、および神代の吉蔵の三人の曲者である。

「このたびはとんだ災難だったね」

そのうちの一人の抑えた声が祝詞のように空気の上澄みに登ってゆく。澄んだ高音だ。しばらくして返事を返す男の太い声が響いたがあまり力が入っていない。

「いまのところ東西南北災難尽くしでね、どちらの災難だかわからねえ」

「まあ、劉の大将は南に逃げたそうだ。考えようでは北の島で捕まるよりは益《ま》しだろうよ」

今度の声も錆て掠れている。海の風で声帯が塩漬けになっているためだ。

塩漬けの声が交互に行き交う。

「危ねえところさ、沈んだのが迎えの空船で助かった、お役人もお宝が何にも揚がってこねえので拍子抜けしたわけだ」

「ところで隼の旦那、先日朝鮮の銭を小舟に落として逃げた男がいましたね、あいつはどうもお上の隠密のようですぜ」

隼の旦那と呼ばれた男は音階を落とした声で答える。

「へえー、では常平通宝はわざと落としたのだろうか」

蝋燭の火が急にゆらめいて背の円い男が仁王様のような顔を中央にぬっと出し、右手の親指と人差し指の間を広げてV字（オランダの旗記号）を作って見せる。

「これの頭目の話ではね。連中はサの字との関係を追っていてどうも対北の基地の商売を掴んでいるようすだというのだ」

隼の吉蔵はなるほどと言って坊主刈の頭を突き出す、

「朝鮮が関係してオランダが南の産物を、薩摩が北の産物を持ち合って秘密に交換している、それを幕府の現地当局に知らせる手段として隠密がわざと朝鮮の通宝を奉行所役人に見つけさせたという筋書きか。しかもおくんちの最中にな、俺もその芝居の馬の脚に使われていたというわけだな」

この仕組まれた内幕を振り返っている。

「それでね隼の旦那、頭目はね、暫くの間サの字組もこちらの組もフケてほしいたそうだ。まあ、数年の間は動きを止めて冬眠していてもらいたいということだよ」

「わかった。皆も同じだろうが俺の方にも本業があってね。何とか一家が食うには困らない。ところでその隠密とやらはまだこの辺をうろついているのかね」

「さあそいつはわからねえ、なにしろその後注意をしているが全く手掛かりが掴めねえんだ。敵さんもさすがに腕の良い忍者を使っているようだ。だからこの場所も足が付かねえうちに今日でお別れさ」

「ちょっと寂しいね、正塚婆の悪舌も聞けなくなるとはな」

このような次第となって、この店からは地下の曲者が残らず何処かへ去っていった。


大川（隅田川）に架かる両国橋と新大橋の間に、川縁に面した大きな屋敷がある。周りはすべて大名の下屋敷らしいからこれも多分どこかの大名屋敷であろう。

普段は誰も使っている様子はなかったが、数日前から各種の職人が出入りして屋敷や庭の手入れを行っていた。また今日は、朝から奉行所の役人が屋敷の外をうろうろと回っていて警戒を厳重にしている様子だった。

六月二十七日の夕方は屋敷周辺の道路は立ち入り禁止となっている。誰か貴人がこの屋敷に来るのかもしれない。

間もなく右岸、左岸の浅草・向島の河川敷では水神祭と合わせて花火の打ち上げが始まる。大川端の船宿や料理茶屋の持ち船がお客を満載して川に漕ぎ出していて、川面が船で埋め尽くされている状態だ。屋敷の方も先刻から駕籠が何台も乗り入れていて、大勢の武士やその供人で溢れている。

その屋敷の二階からは部屋の障子が外されていて花火を打ち上げる準備の様子が蟻の動きの様に見えている。誰かがそれを天眼鏡で見ていて報告する。

「そろそろ始まる様子です」

貴人から白湯を所望されて、御付きの番士は小分けした白湯を毒見し安全を確かめてから貴人の前に置く。

暮れ六つ（午後六時）の日暮れの鐘が方々の鐘楼から打たれている。

同時に空に数個の白煙を撒いてパン、パン、パンという空音の花火が上がった。打ち上げ開始の合図だ。

観衆が一斉に空を見上げると、今度は続けてボコン、ボコンと腹に響く音がしてから、空に大きな火の球が二筋、白煙を引きながらゆるゆると高く打ちあがり、大輪の菊花が二つ大空に描かれた。花弁の端に星光が一瞬煌《きら》めいてから光の粉のような名残の火花が川面に落ちてゆく。

「鍵屋、玉屋」の歓声があちこちから挙がった。

それから三刻（三十分）ばかり趣向を凝らした花火が数か所の打ち上げ場から上がり、いよいよ本日の目玉となる尺玉（一尺・十号玉）が打ち上るという。

「そろそろ尺玉が上がります」

供の番士が告げると、貴人はすくっと立って裾を払い、打ち上げ場の方を向き両手を合わせて祈る。

《この度、西国の災害により多くの尊い人命が失われている。人々の霊魂よ、どうか極楽浄土に迎

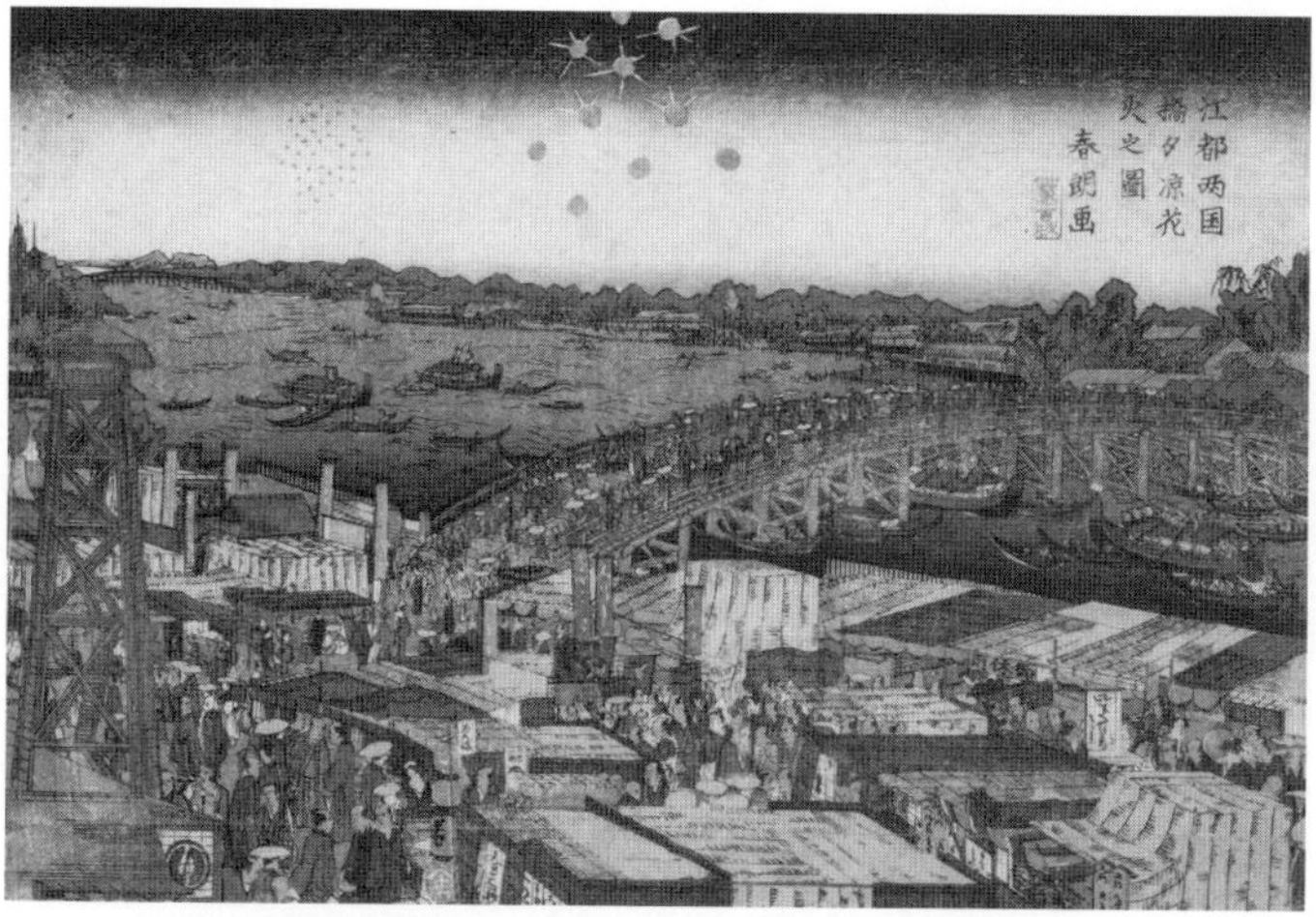

図29　春朗（葛飾北斎）「江都両国橋夕涼花火之図」

えられて御仏の御加護をお受け下さい。我ここに心からご冥福をお祈りいたします》

しばらく黙祷すると、ずどーんという轟音がして火の玉がしゅるしゅると啜《すす》り泣くような音を立てて昇天し、そのあと大音響とともに天空を覆うような星の傘を広げた。この満天の星は空に長く止まってから二、三回瞬《またた》いて消えた。

この天空の花火は、被災して亡くなった者達の霊がこの慰霊によってきっと成仏してくれた証なのだと貴人には強く感じられた。

そして何故か頭の中には、打毬を楽しんだ万葉の人達が梅の木の下で輪になってこちらを向いている姿が見えている。

頑張れよというように皆が手を振ってくれているような気がした。

（了）

参照文献

『古銭と紙幣　収集と鑑賞』矢部倉吉／金園社／一九七五年一月
『長崎偉人伝　吉雄耕牛』原口茂樹／長崎文献社／二〇一七年十一月
『病気の社会史　文明に探る病因』立川昭二／日本放送出版協会／一九七一年十二月
『オランダ語基本単語2000』川端喜美子／語研／一九九六年四月
『江戸時代の洋学者たち』緒方富雄（編）／新人物往来社／一九七二年九月
『阿蘭陀商館物語』富永孝／筑摩書房／一九八六年十二月
『崎陽群談』中田易直・中村質（校訂）／近藤出版社／一九七四年十二月
『江戸東京年表』大濱徹也・吉原健一郎（編）／小学館／二〇〇二年十二月
『長崎年表』金井俊行／以文会社／一八八八年九月
『完本 大江戸料理帖』福田浩・松藤庄平（共著）／新潮社／二〇〇六年三月

◆

『新長崎年表（上）』満井録郎・土井進一郎（共著）長崎文献社（編）／長崎文献社／一九七四年五月
『新長崎年表（下）』嘉村国男（著）長崎文献社（編）／長崎文献社／一九七六年六月
『蘭学の祖 今村英生』今村明恒／朝日新聞社／一九四二年五月
「歴史読本」一九九一年一月増刊号（特別編集号）／新人物往来社
『嘉永・慶應　新・江戸切絵図』鈴木理生（監修）／人文社／二〇一〇年九月
『江戸切絵図』浜田義一郎（編）／東京堂出版／一九七四年二月
『再現江戸時代料理』松下幸子・榎本伊太郎（編）／小学館／一九九三年三月
『諏訪御神事奉納踊〈第拾弐輯〉』〈編集発行人〉山下誠／〈発行〉（株）呂紅・〈資〉博英社
『復元 江戸生活図鑑』笹間良彦／柏書房／一九九五年三月
『長崎出島の食文化』藪内健次（監修）／親和銀行／一九九三年三月

◆
『飛鳥の水時計』（『飛鳥資料館図録 第十一冊』）奈良国立文化財研究所・飛鳥資料館／一九八三年十月
『阿蘭陀宿長崎屋の史料研究』片桐一男／雄松堂出版／二〇〇七年十一月
『日蘭辞典』ファン・デ・スタット／南洋協会／一九三四年十二月
『復元 江戸時代の長崎』布袋厚（編著）／長崎文献社／二〇〇九年八月
『寛政重脩諸家譜』堀田正敦等共編／栄進舎出版部／栄進社出版部／一九一八年六月
『読める年表〈決定版〉』川崎庸之等（総監修）／自由国民社／一九九〇年十月
『長崎版画・享和二年肥州長崎図』（享和二年〔一八〇二〕・文錦堂版「肥前長崎図」）／長崎文献社／二〇一七年

Summary

A Revival story of the Uchimari (Polo games) in Manyou period Japan

Toshiro Kumaki

This is a revival story of the polo games in the Jinki era names of the Nara or Manyou period (710–794 CE) Japan.

Yoshimune TOKUGAWA, the eighth shogun (1684.11.27–1751.7.12, shogun1716–1745) is reviver of this games that named Utimari or Dakyuu. He reformed the politics and the economic activity for keep balance of the《Tokugawa》shogunate government. This was known as "kyouhou reforms". And the other side, he left much cultural property. That is the European studies from the Dutch, astronomy plant and animal introduce of foreign country. Moreover, in Japanese cultural tradition, he worked to achieve result. For instance, an equestrian event and a match of archery play. Not only I described revival story of the Japanese Polo games (Uchimari) in this historical novel, but many supporters activity.

■著者略歴

熊木敏郎（くまき としろう）

医学博士・熊木労働衛生コンサルタント事務所所長。

埼玉県出身。県立熊谷高校、日本医科大学卒業。東京大学医学部物療内科教室入局。

日本医科大学栄養学（第二生化学）教室・衛生学公衆衛生学教室非常勤講師、日本医科大学客員教授、社会保険葛飾健診センター所長、慈誠会記念病院院長、日本労働安全衛生コンサルタント会副会長などを歴任。

【主な著書】

『理容美容の作業と健康』（1985年・労働科学研究所出版部）

『突然死はなぜ起こる〈第4版〉』（2008年・日本プランニングセンター）

『今も活きる大正健康法〈物療篇〉』（2015年・雄山閣）

『今も活きる大正健康法〈食養篇〉』（2015年・雄山閣）

2020年7月10日　初版発行　　《検印省略》

江戸《えど》〈洋学《ようがく》〉異聞《いぶん》（一）万葉《まんよう》の打毬《うちまり》

著　者　熊木敏郎

発行者　宮田哲男

発行所　株式会社 雄山閣

〒102-0071　東京都千代田区富士見2-6-9

TEL　03-3262-3231 / FAX　03-3262-6938

URL　http: //www.yuzankaku.co.jp

e-mail　info@yuzankaku.co.jp

振　替：00130-5-1685

印刷・製本　株式会社ティーケー出版印刷

ISBN978-4-639-02714-0 C0093
N.D.C.913　392p　19cm